Englische Meistererzählungen
Zweisprachige Ausgabe

Englische Meistererzählungen

Famous English Short Stories

Zweisprachige Ausgabe

Aus dem Englischen von
Bernd Samland, Marianne Frisch
und Walther Puchwein

Anaconda

Die englischen Texte folgen den Ausgaben D. H. Lawrence: *Selected Stories*. Ed. by Sue Wilson. London 2007; *The Penguin Book of English Short Stories*. Ed. by Christopher Dolley. London 1967 (Dickens, Greene, Kipling, Woolf); *The Oxford Book of English Short Stories*. Ed. by A. S. Byatt. Oxford 1998 (Chesterton); *Great English Short Stories*. Ed. by Paul Negry. Mineola 2005 (Hardy).

MIX
Papier aus verantwortungsvollen Quellen
FSC® C083411

Penguin Random House Verlagsgruppe FSC® N001967

Die Deutsche Nationalbibliothek verzeichnet diese Publikation in der Deutschen Nationalbibliografie; detaillierte bibliografische Daten sind im Internet unter http://dnb.d-nb.de abrufbar.

Umschlagmotiv: Thomas Hosmer Shepherd (1792–1864), »The Entrance to Tallow Chandler's Hall«, Private Collection / bridgemanart.com
Umschlaggestaltung: www.katjaholst.de
Satz und Layout: InterMedia – Lemke e. K., Heiligenhaus
Druck und Bindung: CPI books GmbH, Leck
ISBN 978-3-86647-814-5
www.anacondaverlag.de

Contents / Inhalt

Charles Dickens

The Signalman

'Halloa! Below there!'

When he heard a voice thus calling to him, he was standing at the door of his box, with a flag in his hand, furled round its short pole. One would have thought, considering the nature of the ground, that he could not have doubted from what quarter the voice came; but instead of looking up to where I stood on the top of the steep cutting nearly over his head, he turned himself about and looked down the Line. There was something remarkable in his manner of doing so, though I could not have said for my life what. But I know it was remarkable enough to attract my notice, even though his figure was foreshortened and shadowed, down in the deep trench, and mine was high above him, so steeped in the glow of an angry sunset, that I had shaded my eyes with my hand before I saw him at all.

'Halloa! Below!'

From looking down the Line, he turned himself about again, and, raising his eyes, saw my figure high above him.

'Is there any path by which I can come down and speak to you?'

He looked up at me without replying, and I looked down at him without pressing him too soon with a repetition of my idle question. Just then there came a vague vibration in the earth and air, quickly changing into a violent pulsation, and an oncoming rush that caused me to start back, as though it had force to draw me down.

Charles Dickens

Der Bahnwärter

»Halloho! Da unten!«

Als er eine Stimme ihn so rufen hörte, stand er an der Tür seines Häuschens, in der Hand eine Flagge, die um den kurzen Stiel gerollt war. Angesichts der Beschaffenheit des Geländes hätte man meinen sollen, dass er keinerlei Zweifel haben konnte, aus welcher Richtung die Stimme kam; statt aber hochzuschauen zum Rand des steilen Abhangs fast direkt über ihm, wo ich stand, drehte er sich um und schaute die Strecke hinunter. Die Art und Weise, wie er das tat, hatte etwas Bemerkenswertes an sich, auch wenn ich ums Verrecken nicht hätte sagen können, was genau es war. Aber ich weiß, es war so bemerkenswert, dass es meine Aufmerksamkeit fesselte, auch wenn seine Gestalt unten im tiefen Graben verkürzt und verschattet schien, während die meine hoch über ihm in den Glanz eines so wilden Sonnenuntergangs getaucht war, dass ich meine Augen mit der Hand abschirmen musste, bevor ich den Mann überhaupt erkennen konnte.

»Hallo! Da unten!«

Er wandte den Blick von der Strecke ab, wobei er sich wieder umdrehte, und als er die Augen hob, sah er meine Gestalt hoch oben über sich.

»Führt hier irgendein Weg hinunter zu Ihnen, damit ich runterkommen und mit Ihnen sprechen kann?«

Er schaute hoch zu mir, ohne zu antworten, und ich schaute hinunter zu ihm, ohne ihn mit einer Wiederholung meiner müßigen Frage allzu schnell zu bedrängen. In dem Augenblick wurden auch schon Erde und Luft von einem unbestimmten Zittern erfasst, das rasch zu einem heftigen Rattern anwuchs, dann zu einem anbrausenden Tosen, das mich zum Rückzug

When such vapour as rose to my height from this rapid train had passed me, and was skimming away over the landscape, I looked down again, and saw him refurling the flag he had shown while the train went by.

I repeated my inquiry. After a pause, during which he seemed to regard me with fixed attention, he motioned with his rolled-up flag towards a point on my level, some two or three hundred yards distant. I called down to him: 'All right!' and made for that point. There, by dint of looking closely about me, I found a rough zigzag descending path notched out, which I followed.

The cutting was extremely deep, and unusually precipitous. It was made through a clammy stone, that became oozier and wetter as I went down. For these reasons, I found the way long enough to give me time to recall a singular air of reluctance or compulsion with which he had pointed out the path.

When I came down low enough upon the zigzag descent to see him again, I saw that he was standing between the rails on the way by which the train had lately passed, in an attitude as if he were waiting for me to appear. He had his left hand at his chin, and his left elbow rested on his right hand, crossed over his breast. His attitude was one of such expectation and watchfulness that I stopped a moment, wondering at it.

I resumed my downward way, and stepping out upon the level of the railroad, and drawing nearer to him, saw that he was a dark sallow man, with a dark beard and rather heavy eyebrows. His post was in as solitary and dismal a place as ever I saw. On either side, a dripping-wet wall of jagged stone, excluding all view but a strip of sky; the perspective one way only a crooked prolongation of

zwang, als hätte es die Kraft, mich in die Tiefe zu ziehen. Als der Rauch, der von diesem Schnellzug zu mir aufgestiegen war, sich verzogen und in der Landschaft verloren hatte, schaute ich wieder hinunter und sah, wie er die Signalflagge, die er während der Durchfahrt des Zuges gezeigt hatte, wieder einrollte.

Ich wiederholte meine Frage. Nach einer Weile, während der er mich mit konzentrierter Aufmerksamkeit zu betrachten schien, zeigte er mit seiner eingerollten Flagge zu einer Stelle auf meiner Höhe, etwa zwei- oder dreihundert Yards entfernt. Ich rief zu ihm hinunter: »In Ordnung!«, und machte mich auf zu dem Punkt. Dort schaute ich mich genau um und fand einen in den Stein gehauenen Zickzackpfad, den ich einschlug.

Die Trassenschneise verlief äußerst tief und der Hang war ungewöhnlich abschüssig. Sie führte durch feuchtes Gestein, das immer glitschiger und feuchter wurde, je weiter ich ging. Aus diesem Grund wurde der Weg auch lang genug, dass mir Zeit blieb, mich jener einzigartigen Miene des Zögerns oder Zwanges zu entsinnen, mit der er den Pfad angezeigt hatte.

Als ich den Zickzackpfad tief genug hinabgestiegen war, um den Mann wieder zu sehen, sah ich ihn zwischen den Schienen stehen, über die eben noch der Zug gefahren war, und zwar in einer Haltung, als wartete er nur auf mein Auftauchen. Er hatte die linke Hand am Kinn und sein linker Ellenbogen ruhte auf der rechten Hand, ebendiesen Arm hatte er über der Brust gekreuzt. Seine Haltung war von solcher Erwartung und Aufmerksamkeit geprägt, dass ich einen Augenblick innehielt und darüber nachdenken musste.

Ich setzte meinen Weg abwärts fort, und als ich unten auf das Gleisbett trat und mich dem Mann näherte, sah ich, dass er dunkelhaarig, aber von aschfahler Gesichtsfarbe war, mit dunklem Bart und ziemlich schweren Augenbrauen. Er versah seinen Dienst am einsamsten, trostlosesten Ort, den ich wohl je gesehen hatte. Auf beiden Seiten tropfend nasse, schartige Felswände, die, bis auf einen Himmelsstreifen, jede Aussicht

this great dungeon; the shorter perspective in the other direction terminating in a gloomy red light, and the gloomier entrance to a black tunnel, in whose massive architecture there was a barbarous, depressing, and forbidding air. So little sunlight ever found its way to this spot, that it had an earthy, deadly smell; and so much cold wind rushed through it, that it struck chill to me, as if I had left the natural world.

Before he stirred, I was near enough to him to have touched him. Not even then removing his eyes from mine, he stepped back one step, and lifted his hand.

This was a lonesome post to occupy (I said), and it had riveted my attention when I looked down from up yonder. A visitor was a rarity, I should suppose; not an unwelcome rarity, I hoped? In me, he merely saw a man who had been shut up within narrow limits all his life, and who, being at last set free, had a newly-awakened interest in these great works. To such purpose I spoke to him; but I am far from sure of the terms I used; for, besides that I am not happy in opening any conversation, there was something in the man that daunted me.

He directed a most curious look towards the red light near the tunnel's mouth, and looked all about it, as if something were missing from it, and then looked at me.

That light was part of his charge? Was it not?

He answered in a low voice: 'Don't you know it is?'

The monstrous thought came into my mind, as I perused the fixed eyes and the saturnine face, that this was a spirit, not a man. I have speculated since, whether there may have been infection in his mind.

verwehrten; der Blick in die eine Richtung bot nichts weiter als die krumme Verlängerung dieses großen Kerkers; der kürzere Ausblick in die andere Richtung endete an einem düsteren roten Licht und dem noch düstereren Tor eines schwarzen Tunnels, dessen massive Architektur eine barbarische, bedrückende und abweisende Atmosphäre verbreitete. So wenig Sonnenlicht fiel je auf diesen Fleck, dass er einen erdigen, tödlichen Geruch verströmte; und so viel kalter Wind brauste hindurch, dass es mich so eisig ankam, als hätte ich die natürliche Welt verlassen.

Ehe er sich bewegte, war ich ihm nahe genug, um ihn zu berühren. Nicht einmal dann lösten sich seine Augen von den meinen, und er trat einen Schritt zurück und hob die Hand.

Dies war ein einsamer Dienstposten (wie schon gesagt), und er hatte gleich meine Aufmerksamkeit gefesselt, als ich von oben hinabschaute. Ein Besucher war eine Seltenheit, sollte ich annehmen; keine unwillkommene Seltenheit, hoffte ich? In mir sah er lediglich einen Mann, der sein ganzes Leben in enge Schranken eingepfercht war und der, jetzt endlich freigelassen, ein neu erwachtes Interesse an dieser großartigen Anlage hatte. In diesem Sinne habe ich ihn angesprochen; aber ich bin mir der Worte, die ich benutzt habe, bei Weitem nicht gewiss, da es mir nicht nur überhaupt schwerfällt, ein Gespräch zu beginnen, sondern mich auch etwas an diesem Mann einschüchterte.

Er richtete einen äußerst sonderbaren Blick auf das rote Licht an der Mündung des Tunnels und schaute es ganz genau an, als ob daran etwas fehlte, und dann sah er mich an.

Das Licht unterstehe seiner Obhut? Sei es nicht so?

Er antwortete mit gedämpfter Stimme: »Wissen Sie das denn etwa nicht?«

Es kam mir, als ich den festen Blick und die verschlossene Miene musterte, der ungeheure Gedanke in den Sinn, dass dies ein Geist war, kein Mensch. Ich habe seither gegrübelt, ob ihm vielleicht irgendetwas den Sinn verschlagen haben mochte.

In my turn, I stepped back. But in making the action, I detected in his eyes some latent fear of me. This put the monstrous thought to flight.

'You look at me,' I said, forcing a smile, 'as if you had a dread of me.'

'I was doubtful,' he returned, 'whether I had seen you before.'

'Where?'

He pointed to the red light he had looked at.

'There?' I said.

Intently watchful of me, he replied (but without sound), 'Yes.'

'My good fellow, what should I do there? However, be that as it may, I never was there, you may swear.'

'I think I may,' he rejoined. 'Yes; I am sure I may.'

His manner cleared, like my own. He replied to my remarks with readiness, and in well-chosen words. Had he much to do there? Yes; that was to say, he had enough responsibility to bear; but exactness and watchfulness were what was required of him, and of actual work–manual labour–he had next to none. To change that signal, to trim those lights, and to turn this iron handle now and then, was all he had to do under that head. Regarding those many long and lonely hours of which I seemed to make so much, he could only say that the routine of his life had shaped itself into that form, and he had grown used to it. He had taught himself a language down here–if only to know it by sight, and to have formed his own crude ideas of its pronunciation, could be called learning it. He had also worked at fractions and decimals, and tried a little algebra; but he was, and had been as a boy, a poor hand at figures. Was it necessary

Ich wiederum trat einen Schritt zurück. Doch dabei entdeckte ich in seinen Augen eine schlummernde Angst vor mir. Das nun verscheuchte den ungeheuren Gedanken.

»Sie sehen mich an«, sagte ich mit gezwungenem Lächeln, »als hätten Sie Furcht vor mir.«

»Ich war mir unschlüssig«, entgegnete er, »ob ich Sie schon einmal gesehen habe.«

»Wo?«

Er wies auf das rote Licht, zu dem er hingeschaut hatte.

»Da?«, fragte ich.

Mich nicht aus den Augen lassend, erwiderte er (aber tonlos): »Ja.«

»Guter Mann, was sollte ich dort tun? Wie dem auch sei, jedenfalls bin ich dort noch nie gewesen, darauf können Sie schwören.«

»Das werde ich wohl auch«, entgegnete er. »Ja; das werde ich bestimmt.«

Sein Betragen heiterte sich ebenso auf wie meines. Er antwortete mit Bereitwilligkeit und in raschen, wohlgewählten Worten auf meine Bemerkungen. Habe er hier viel zu tun? Ja; damit wolle er sagen, er habe genügend Verantwortung zu tragen; aber es waren Genauigkeit und Wachsamkeit, die von ihm verlangt würden, und an wirklicher Arbeit – also körperlicher Arbeit – habe er nahezu keine. In dieser Beziehung habe er nichts weiter zu tun, als jenes Signal umzustellen, jene Lichter zu putzen und hin und wieder diesen Eisengriff umzulegen. Bezüglich jener vielen langen und einsamen Stunden, von denen ich anscheinend so viel Aufhebens mache, könne er nur sagen, dass die Routine seines Lebens eben diese Form angenommen habe, und er habe sich daran gewöhnt. Er habe sich hier unten selbst eine andere Sprache beigebracht – wenn das bloße Studium vom Blatt und die Bildung grober eigener Vorstellungen von der Aussprache schon Erlernen genannt werden könnten. Er habe sich auch mit Bruch- und Dezimalrechnung beschäftigt, sich außerdem an ein wenig Algebra

for him when on duty always to remain in that channel of damp air, and could he never rise into the sunshine from between those high stone walls? Why, that depended upon times and circumstances. Under some conditions there would be less upon the Line than under others, and the same held good as to certain hours of the day and night. In bright weather, he did choose occasions for getting a little above these lower shadows; but, being at all times liable to be called by his electric bell, and at such times listening for it with redoubled anxiety, the relief was less than I would suppose.

He took me into his box, where there was a fire, a desk for an official book in which he had to make certain entries, a telegraphic instrument with its dial, face, and needles, and the little bell of which he had spoken. On my trusting that he would excuse the remark that he had been well educated, and (I hoped I might say without offence) perhaps educated above that station, he observed that instances of slight incongruity in such wise would rarely be found wanting among large bodies of men; that he had heard it was so in workhouses, in the police force; even in that last desperate resource, the army; and that he knew it was so, more or less, in any great railway staff. He had been, when young (if I could believe it, sitting in that hut—he scarcely could), a student of natural philosophy, and had attended lectures; but he had run wild, misused his opportunities, gone down, and never risen again. He had no complaint to offer about that. He had made his bed, and he lay upon it. It was far too late to make another.

versucht; aber der Umgang mit Zahlen sei ihm, auch schon als Junge, schwergefallen. Sei es für ihn, wenn im Dienst, immer nötig, ständig in dieser Passage voll feuchter Luft zu verharren, und könne er nie aus dieser Klamm hoher Felswände hoch ans Sonnenlicht steigen? Nun, das sei abhängig von Zeiten und Umständen. Unter manchen Bedingungen gebe es an der Strecke weniger zu tun als unter anderen, und dasselbe gelte auch für bestimmte Tages- und Nachtstunden. Bei schönem Wetter ergreife er durchaus manchmal die Gelegenheit, über diese tieferen Schatten hinaus in die Höhe zu steigen; da er aber jederzeit von seiner elektrischen Klingel zurückgerufen werden könne und zu solcher Zeit auf diese mit doppelter Sorge horche, bringe ihm das weniger Erholung, als ich wohl annehmen möge.

Er führte mich in sein Häuschen, darin brannte ein Feuer, und auf einem Tisch befanden sich ein amtliches Buch, in welches er bestimmte Eintragungen machen musste, ein Telegrafenapparat mit Wählscheibe, Ziffernblatt und Nadeln sowie die kleine Klingel, die er bereits erwähnt hatte. Im Vertrauen auf seine Nachsicht bezüglich meiner Bemerkung äußerte ich, dass er gut ausgebildet sei und (ich hoffte, das sagen zu dürfen, ohne Anstoß zu erregen) vielleicht besser ausgebildet sei, als sein Posten verlange, woraufhin er sagte, ja, an solchen Fällen kleiner Missverhältnisse mangele es nicht in großen Belegschaften; wie er gehört habe, verhalte es sich ähnlich in Werkstätten, bei der Polizei, sogar in jener allerletzten Zuflucht, dem Militär; und so sei es auch, seiner Kenntnis nach, bei den Mitarbeitern der Eisenbahn. Er sei als junger Mann (für mich, der ich in der Hütte saß, kaum zu glauben – das konnte er kaum gewesen sein) Student der Naturphilosophie gewesen und hatte Vorlesungen besucht; aber dann habe er über die Stränge geschlagen, seine Möglichkeiten verfehlt, sei untergegangen und habe sich nie wieder hochgerappelt. Er beklage sich nicht darüber. Er habe sein Bett gemacht und sich darauf niedergelegt. Es sei viel zu spät, sich ein neues Bett zu machen.

All that I have here condensed he said in a quiet manner, with his grave dark regards divided between me and the fire. He threw in the word, 'sir', from time to time, and especially when he referred to his youth–as though to request me to understand that he claimed to be nothing but what I found him. He was several times interrupted by the little bell, and had to read off messages, and send replies. Once he had to stand without the door, and display a flag as a train passed, and make some verbal communication to the driver. In the discharge of his duties, I observed him to be remarkably exact and vigilant, breaking off his discourse at a syllable, and remaining silent until what he had to do was done.

In a word, I should have set this man down as one of the safest of men to be employed in that capacity, but for the circumstance that while he was speaking to me he twice broke off with a fallen colour, turned his face towards the little bell when it did NOT ring, opened the door of the hut (which was kept shut to exclude the unhealthy damp), and looked out towards the red light near the mouth of the tunnel. On both of those occasions, he came back to the fire with the inexplicable air upon him which I had remarked, without being able to define, when we were so far asunder.

Said I, when I rose to leave him, 'You almost make me think that I have met with a contented man.'

(I am afraid I must acknowledge that I said it to lead him on.)

'I believe I used to be so,' he rejoined, in the low voice in which he had first spoken; 'but I am troubled, sir, I am troubled.'

Alles, was ich hier zusammengefasst habe, sagte er ganz ruhig, während seine ernsten, dunklen Blicke immer wieder von mir zum Feuer wanderten. Von Zeit zu Zeit warf er das Wort »Sir« ein, besonders dann, wenn er seine Jugend erwähnte – als ob er mich ersuchte, doch zu verstehen, dass er nichts weiter zu sein behauptete als das, was ich in ihm fand. Er wurde mehrmals von der kleinen Klingel unterbrochen und musste daraufhin Nachrichten lesen und Antworten senden. Einmal musste er vor die Tür treten, als ein Zug vorbeifuhr, um ein Flaggensignal zu geben und dem Lokomotivführer eine mündliche Mitteilung zu machen. Bei der Erfüllung seiner Pflichten, so meine Beobachtung, verfuhr er äußerst genau und wachsam, sodass er seine Darlegungen mitten im Wort abbrach und so lange schweigend verharrte, bis getan war, was er zu tun hatte.

Mit einem Wort, ich hätte diesen Mann als einen der zuverlässigsten Männer in diesem Beruf bezeichnet, wäre da nicht der Umstand gewesen, dass er zweimal das Gespräch mit mir erblassend abbrach, sich nach der Klingel umdrehte, als sie NICHT ertönte, die Tür der Hütte öffnete (die geschlossen gehalten wurde, um die ungesunde Feuchtigkeit fernzuhalten) und hin zum roten Licht an der Mündung des Tunnels schaute. Beide Male kehrte er ans Feuer zurück mit dem unerklärlichen Gesichtsausdruck, den ich schon an ihm bemerkt hatte, ohne ihn genau bestimmen zu können, als wir noch weit voneinander entfernt waren.

Als ich aufstand, um mich von ihm zu verabschieden, sagte ich: »Sie machen auf mich fast den Eindruck, als seien Sie ein zufriedener Mann.«

(Ich fürchte, ich muss gestehen, dass ich das gesagt habe, um ihn aus der Reserve zu locken.)

»Ich glaube, das bin ich einst auch gewesen«, entgegnete er mit der leisen Stimme, mit der anfangs gesprochen hatte; »aber ich bin ein geplagter Mann, Sir, ein geplagter Mann.«

He would have recalled the words if he could. He had said them, however, and I took them up quickly.

'With what? What is your trouble?'

'It is very difficult to impart, sir. It is very, very difficult to speak of. If ever you make me another visit, I will try to tell you.'

'But I expressly intend to make you another visit. Say, when shall it be?'

'I go off early in the morning, and I shall be on again at ten o'clock tomorrow night, sir.'

'I will come at eleven.'

He thanked me, and went out at the door with me. 'I'll show my white light, sir,' he said, in his peculiar low voice, 'till you have found the way up. When you have found it, don't call out! And when you are at the top, don't call out!'

His manner seemed to make the place strike colder to me, but I said no more than, 'Very well'.

'And when you come down tomorrow night, don't call out! Let me ask you a parting question. What made you cry, "Halloa! Below there!" tonight?'

'Heaven knows,' said I. 'I cried something to that effect–'

'Not to that effect, sir. Those were the very words. I know them well.'

'Admit those were the very words. I said them, no doubt, because I saw you below.'

'For no other reason?'

'What other reason could I possibly have?'

'You had no feeling that they were conveyed to you in any supernatural way?'

'No.'

Er hätte die Worte auf der Stelle zurückgenommen, wenn er gekonnt hätte. Da er sie jedoch ausgesprochen hatte, nahm ich sie sofort auf.

»Ein geplagter Mann? Was plagt Sie denn?«

»Es ist sehr schwer zu erklären, Sir. Es ist sehr, sehr schwer, davon zu sprechen. Wenn Sie mir wieder einmal einen Besuch abstatten, will ich versuchen, es Ihnen zu erzählen.«

»Aber ich habe ausdrücklich vor, Ihnen wieder einen Besuch abzustatten. Sagen Sie mir, wann das möglich ist?«

»Ich beende meine Arbeit früh am Morgen, und morgen Abend um zehn fange ich wieder an, Sir.«

»Dann komme ich um elf.«

Er bedankte sich bei mir und ging mit mir zur Tür hinaus. »Ich zeige Ihnen mein weißes Licht, Sir«, sagte er mit der ihm eigenen leisen Stimme, »bis Sie den Weg nach oben gefunden haben. Rufen Sie nicht, wenn Sie ihn gefunden haben! Und rufen Sie nicht, wenn Sie oben angekommen sind!«

Sein Gebaren schien mir den Ort noch kälter wirken zu lassen, aber ich sagte nichts weiter als: »Nun gut.«

»Und rufen Sie nicht, wenn Sie morgen Abend kommen! Ich möchte Ihnen zum Abschied eine Frage stellen. Was hat Sie dazu bewogen, heute Abend ›Halloho! Da unten!‹ zu rufen?«

»Weiß der Himmel«, sagte ich. »Ich habe etwas in der Art gerufen …«

»Nicht in der Art, Sir. Das waren genau die Worte. Die kenne ich sehr gut.«

»Zugegeben, das waren genau die Worte. Die habe ich zweifellos gesagt, weil ich Sie dort unten gesehen hatte.«

»Aus keinem anderen Grund?«

»Welchen anderen Grund könnte ich denn wohl gehabt haben?«

»Sie hatten nicht das Gefühl, dass Ihnen die Worte auf übernatürliche Weise eingegeben worden sind?«

»Nein.«

He wished me good night, and held up his light. I walked by the side of the down Line of rails (with a very disagreeable sensation of a train coming behind me) until I found the path. It was easier to mount than to descend, and I got back to my inn without any adventure.

Punctual to my appointment, I placed my foot on the first notch of the zigzag next night, as the distant clocks were striking eleven. He was waiting for me at the bottom, with his white light on. 'I have not called out,' I said, when we came close together; 'may I speak now?' 'By all means, sir.' 'Good night, then, and here's my hand.' 'Good night, sir, and here's mine.' With that we walked side by side to his box, entered it, closed the door, and sat down by the fire.

'I have made up my mind, sir,' he began, bending forward as soon as we were seated, and speaking in a tone but a little above a whisper, 'that you shall not have to ask me twice what troubles me. I took you for someone else yesterday evening. That troubles me.'

'That mistake?'

'No. That someone else.'

'Who is it?'

'I don't know.'

'Like me?'

'I don't know. I never saw the face. The left arm is across the face, and the right arm is waved,—violently waved. This way.'

I followed his action with my eyes, and it was the action of an arm gesticulating, with the utmost passion and vehemence, 'For God's sake, clear the way!'

'One moonlight night,' said the man, 'I was sitting here, when I heard a voice cry, "Halloa! Below there!" I started

Er wünschte mir eine gute Nacht und hielt sein Licht in die Höhe. Ich ging die Gleise der Schienenstrecke entlang (mit dem äußerst unangenehmen Gefühl, dass von hinten ein Zug auf mich zukäme), bis ich den Pfad gefunden hatte. Es war leichter, ihn zu erklimmen als ihn hinabzusteigen, und ich gelangte ohne weitere Abenteuer in meinen Gasthof zurück.

Pünktlich wie verabredet setzte ich am nächsten Abend den Fuß auf die erste Stufe des Zickzackpfades, als die Uhren in der Ferne elf schlugen. Er erwartete mich tief unten mit seinem leuchtenden weißen Licht. »Ich habe nicht gerufen«, sagte ich, als wir einander trafen, »darf ich jetzt reden?« »Auf jeden Fall, Sir.« »Dann guten Abend, und hier ist meine Hand.« »Guten Abend, Sir, und hier ist meine.« So gingen wir dann nebeneinander zu seinem Häuschen, betraten es, schlossen die Tür und setzten uns ans Feuer.

»Ich habe den Entschluss gefasst, Sir«, begann er, beugte sich vor, als wir uns gesetzt hatten, und sprach in einem Ton, der kaum lauter war als ein Flüstern, »dass Sie mich kein zweites Mal fragen müssen, was mich plagt. Ich habe Sie gestern Abend für einen anderen gehalten. Das plagt mich.«

»Dieser Irrtum?«

»Nein. Jener andere.«

»Wer ist er?«

»Ich weiß nicht.«

»Jemand wie ich?«

»Ich weiß es nicht. Ich habe das Gesicht noch nie gesehen. Der linke Arm liegt über dem Gesicht und der rechte Arm wird geschwenkt – wie wild geschwenkt. So etwa.«

Ich verfolgte mit meinen Augen seine Bewegung, und es war die Bewegung eines Armes, der mit äußerster Leidenschaft und Heftigkeit gestikulierte und damit sagen wollte: »Um Gottes willen, runter von den Schienen!«

»In einer Mondnacht«, sagte der Mann, »habe ich hier gesessen, als ich eine Stimme rufen hörte: ›Halloho! Da unten!‹

up, looked from that door, and saw this someone else standing by the red light near the tunnel, waving as I just now showed you. The voice seemed hoarse with shouting, and it cried: "Look out! Look out!" And then again: "Halloa! Below there! Look out!" I caught up my lamp, turned it on red, and ran towards the figure, calling, "What's wrong? What has happened? Where?" It stood just outside the blackness of the tunnel. I advanced so close upon it that I wondered at its keeping the sleeve across its eyes. I ran right up at it, and had my hand stretched out to pull the sleeve away, when it was gone.'

'Into the tunnel?' said I.

'No. I ran on into the tunnel, five hundred yards. I stopped, and held my lamp above my head, and saw the figures of the measured distance, and saw the wet stains stealing down the walls and trickling through the arch. I ran out again faster than I had run in (for I had a mortal abhorrence of the place upon me), and I looked all round the red light with my own red light, and I went up the iron ladder to the gallery atop of it, and I came down again, and ran back here. I telegraphed both ways. "An alarm has been given. Is anything wrong?" The answer came back, both ways, "All well."'

Resisting the slow touch of a frozen finger tracing out my spine, I showed him how that this figure must be a deception of his sense of sight; and how that figures, originating in disease of the delicate nerves that minister to the functions of the eye, were known to have often troubled patients, some of whom had become conscious of the nature of their affliction, and had even proved it by experiments upon themselves. 'As to an imaginary cry,' said I, 'do but listen for a moment to the wind in this

Ich sprang auf, schaute von jener Tür aus und sah diesen Jemand beim roten Licht vor dem Tunnel stehen, wo er so winkte, wie ich es Ihnen gerade gezeigt habe. Die Stimme klang heiser vom Schreien und sie rief: ›Vorsicht! Vorsicht!‹ Und dann wieder: ›Halloho! Da unten! Vorsicht!‹ Ich schnappte mir meine Laterne, drehte sie auf Rot und lief auf die Gestalt zu, wobei ich rief: ›Was ist los? Was ist passiert? Wo?‹ Die Gestalt stand kurz vor dem Schwarz des Tunnels. Ich kam ihr so nahe, dass ich mich fragte, warum sie weiter den Arm über die Augen hielt. Ich bin direkt auf sie zugelaufen und streckte die Hand aus, um den Arm fortzureißen, da war sie verschwunden.«

»Im Tunnel?«, fragte ich.

»Nein. Ich bin in den Tunnel gerannt, fünfhundert Yards. Dann blieb ich stehen, hielt meine Laterne über den Kopf und sah die Ziffern der abgemessenen Distanz auf dem Schild, und ich sah, wie sich die nassen Flecken über die Wände hinab ausbreiteten und Wasser oben durchs Gewölbe tröpfelte. Schneller als ich hineingerannt war, rannte ich wieder hinaus (denn es hatte mich ein tödliches Entsetzen vor diesem Ort gepackt), und mit meinem eigenen roten Licht leuchtete ich alles rund um das rote Licht aus, dann stieg ich die Eisenleiter hinauf zum Laufgang darüber, ging wieder hinunter und bin hierher zurück gelaufen. Ich telegrafierte in beide Richtungen. ›Alarm wurde ausgelöst. Ist etwas passiert?‹ Die Rückantwort aus beiden Richtungen lautete: ›Alles in Ordnung.‹«

Ich widersetzte mich dem Gefühl, dass mir ein eisiger Finger langsam tastend übers Rückgrat fuhr, und machte dem Mann klar, dass diese Gestalt eine Täuschung seines Sehsinnes gewesen sein musste und dass solche Gestalten, die einer Krankheit jener empfindlichen Nerven entspringen, welche der Funktion des Auges dienen, bekanntermaßen schon oft Patienten geplagt haben, von denen einige sich der Natur ihres Leidens bewusst geworden waren und ebendieses sogar durch Experimente an sich selbst bewiesen haben. »Was nun einen eingebildeten

unnatural valley while we speak so low, and to the wild harp it makes of the telegraph wires.'

That was all very well, he returned, after we had sat listening for a while, and he ought to know something of the wind and the wires–he who so often passed long winter nights there, alone and watching. But he would beg to remark that he had not finished.

I asked his pardon, and he slowly added these words, touching my arm:

'Within six hours after the Appearance, the memorable accident on this Line happened, and within ten hours the dead and wounded were brought along through the tunnel over the spot where the figure had stood.'

A disagreeable shudder crept over me, but I did my best against it. It was not to be denied, I rejoined, that this was a remarkable coincidence, calculated deeply to impress his mind. But it was unquestionable that remarkable coincidences did continually occur, and they must be taken into account in dealing with such a subject. Though to be sure I must admit, I added (for I thought I saw that he was going to bring the objection to bear upon me), men of common sense did not allow much for coincidences in making the ordinary calculations of life.

He again begged to remark that he had not finished.

I again begged his pardon for being betrayed into interruptions.

'This,' he said, again laying his hand upon my arm, and glancing over his shoulder with hollow eyes, 'was just a year ago. Six or seven months passed, and I had recovered from the surprise and shock, when one morning, as

Schrei angeht«, sagte ich, »so lauschen Sie nur einen Augenblick dem Wind in diesem unnatürlichen Tal, während wir uns so leise unterhalten, und hören Sie die wilden Harfenklänge, die er mit den Telegrafendrähten erzeugt.«

Das sei ja alles schön und gut, erwiderte er, nachdem wir eine Weile gelauscht hatten, und er müsse ja wohl so einiges über den Wind und die Drähte wissen – er, der so oft lange Winternächte dort verbracht hatte, einsam und wachsam. Aber er wolle bitte doch bemerken, dass er noch nicht am Ende sei.

Ich bat ihn um Verzeihung, und langsam, meinen Arm berührend, fuhr er fort:

»Sechs Stunden nach der Erscheinung ist der denkwürdige Unfall auf dieser Strecke passiert, und zehn Stunden später wurden die Toten und Verletzten aus dem Tunnel gebracht, über jene Stelle getragen, wo die Gestalt gestanden hatte.«

Mich überlief ein unangenehmer Schauder, aber ich wehrte mich dagegen mit allen Kräften. Es lasse sich nicht leugnen, gab ich zu bedenken, dass dies ein merkwürdiges zufälliges Zusammentreffen gewesen sei, durchaus geeignet, seine Sinne zu beeinflussen. Aber zweifellos passierten fortwährend merkwürdige Zufälle, und deshalb müsse man bei einem solchen Thema immer mit ihnen rechnen. Ich gestehe, dass ich, um sicher zu gehen, noch hinzufügte (denn ich meinte zu sehen, dass er diesen Einwand gegen mich vorbringen wollte), dass Menschen mit gesundem Menschenverstand bei ihren gewöhnlichen Lebensplanungen keinen großen Raum für Zufälle ließen.

Wiederum bat er, bemerken zu dürfen, dass er noch nicht am Ende sei.

Ich bat ihn wiederum um Verzeihung, dass ich mich zu Unterbrechungen hatte hinreißen lassen.

»Das«, sagte er, legte wieder seine Hand auf meinen Arm und schaute mit leerem Blick über die Schulter, »war vor gerade mal einem Jahr. Nachdem sechs oder sieben Monate vergangen waren und ich mich von der Überraschung und der Erschütte-

the day was breaking, I, standing at the door, looked towards the red light, and saw the spectre again.' He stopped, with a fixed look at me.

'Did it cry out?'

'No. It was silent.'

'Did it wave its arm?'

'No. It leaned against the shaft of the light, with both hands before the face. Like this.'

Once more I followed his action with my eyes. It was an action of mourning. I have seen such an attitude in stone figures on tombs.

'Did you go up to it?'

'I came in and sat down, partly to collect my thoughts, partly because it had turned me faint. When I went to the door again, daylight was above me, and the ghost was gone.'

'But nothing followed? Nothing came of this?'

He touched me on the arm with his forefinger twice or thrice, giving a ghastly nod each time:

'That very day, as a train came out of the tunnel, I noticed, at a carriage window on my side, what looked like a confusion of hands and heads, and something waved. I saw it just in time to signal the driver, Stop! He shut off, and put his brake on, but the train drifted past here a hundred and fifty yards or more. I ran after it, and, as I went along, heard terrible screams and cries. A beautiful young lady had died instantaneously in one of the compartments, and was brought in here, and laid down on this floor between us.'

Involuntarily I pushed my chair back, as I looked from the boards at which he pointed to himself.

rung erholt hatte, stand ich eines Morgens bei Tagesanbruch vor der Tür und schaute hinüber zum roten Licht, als ich das Gespenst wieder erblickte.« Er hielt inne und sah mich unverwandt an.

»Hat es etwas gerufen?«

»Nein. Es blieb stumm.«

»Hat es den Arm geschwenkt?«

»Nein. Es lehnte am Lichtstrahl, mit beiden Händen vor dem Gesicht. Etwa so.«

Wieder verfolgte ich seine Gebärde mit meinem Blick. Es war eine Gebärde der Trauer. Ich kannte diese Haltung von Steinfiguren auf Gräbern.

»Sind Sie hingegangen?«

»Ich ging wieder rein und habe mich hingesetzt, zum einen, um meine Gedanken zu sammeln, zum andern, weil es mich ohnmächtig gemacht hatte. Als ich wieder zur Tür ging, stand über mir das Tageslicht und das Gespenst war weg.«

»Aber darauf folgte nichts? Daraus hat sich nichts ergeben?«

Er berührte mit seinem Zeigefinger zwei- oder dreimal meinen Arm, jedes Mal begleitet von einem grauenvollen Kopfnicken:

»Genau an jenem Tage, als ein Zug aus dem Tunnel kam, bemerkte ich an einem Wagenfenster auf meiner Seite etwas, das aussah wie ein Gemenge von Händen und Köpfen, und etwas winkte. Das habe ich gerade noch rechtzeitig gesehen, um dem Lokomotivführer ein Zeichen zu geben. Halt! Er drosselte sofort und bremste, aber der Zug ist hier noch hundertfünfzig Yards weitergerollt. Ich bin hinterhergelaufen, und dabei habe ich schreckliche Rufe und Schreie vernommen. In einem der Abteile war eine schöne junge Dame auf der Stelle gestorben, sie wurde zu mir hereingetragen und auf diesen Boden zwischen uns gelegt.«

Unwillkürlich schob ich meinen Stuhl zurück, als ich von den Dielen, auf die er zeigte, aufblickte und ihn ansah.

'True, sir. True. Precisely as it happened, so I tell it you.'

I could think of nothing to say, to any purpose, and my mouth was very dry. The wind and the wires took up the story with a long lamenting wail.

He resumed. 'Now, sir, mark this, and judge how my mind is troubled. The spectre came back a week ago. Ever since, it has been there, now and again, by fits and starts.'

'At the light?'

'At the Danger-light.'

'What does it seem to do?'

He repeated, if possible with increased passion and vehemence, that former gesticulation of 'For God's sake, clear the way!'

Then he went on. 'I have no peace or rest for it. It calls to me, for many minutes together, in an agonized manner, "Below there! Look out! Look out!" It stands waving to me. It rings my little bell–'

I caught at that. 'Did it ring your bell yesterday evening when I was here, and you went to the door?'

'Twice.'

'Why, see,' said I, 'how your imagination misleads you. My eyes were on the bell, and my ears were open to the bell, and if I am a living man, it did NOT ring at those times. No, nor at any other time, except when it was rung in the natural course of physical things by the station communicating with you.'

He shook his head. 'I have never made a mistake as to that yet, sir. I have never confused the spectre's ring with the man's. The ghost's ring is a strange vibration in the bell that it derives from nothing else, and I have not

»Wahr, Sir. Wahr. Es ist genauso passiert, wie ich es Ihnen erzähle.«

Aus irgendeinem Grund fiel mir nichts ein, was ich hätte sagen können, und ich hatte einen schrecklich trockenen Mund. Der Wind und die Drähte nahmen die Geschichte auf, in einem langen klagenden Ton.

Er fuhr fort. »Drum, Sir, merken Sie auf, hören Sie mich jetzt an und beurteilen Sie dann, was meinen Sinn so plagt. Vor einer Woche ist das Gespenst zurückgekehrt. Seitdem ist es immer wieder aufgetaucht, dann und wann und urplötzlich.«

»Am Licht?«

»Am Gefahrenwarnlicht.«

»Was macht es denn da?«

Er wiederholte, wenn überhaupt möglich mit gesteigerter Leidenschaft und Heftigkeit, die frühere Gebärde, welche bedeutete: »Um Himmels willen, runter von den Schienen!«

Dann fuhr er fort. »Es lässt mir weder Ruhe noch Frieden. Es ruft mir zu, minutenlang am Stück, wie in Todesqualen. ›Da unten! Vorsicht! Vorsicht!‹ Da steht es und winkt mir zu. Es lässt meine kleine Klingel läuten ...«

Da habe ich eingehakt. »Hat Ihre Klingel gestern Abend geläutet, als ich hier war und Sie zur Tür gegangen sind?«

»Zweimal.«

»Ja, da sehen Sie mal, wie Ihre Einbildung Ihnen einen Streich spielt. Ich hatte die Klingel im Auge und meine Ohren waren gespitzt, und so wahr ich ein lebender Mensch bin, so hat sie die beiden Male NICHT geläutet. Nein, auch nicht irgendein anderes Mal, außer dann, wenn sie ganz natürlich aus technischen Gründen bei der Übermittlung einer Nachricht durch die Station ausgelöst wurde.«

Er schüttelte den Kopf. »Ich habe mich in der Hinsicht noch nie geirrt, Sir. Ich habe das Läuten des Gespenstes noch nie mit dem eines Menschen verwechselt. Das Geisterläuten erzeugt eine seltsame Schwingung in der Klingel, die von nichts ande-

asserted that the bell stirs to the eye. I don't wonder that you failed to hear it. But *I* heard it.'

'And did the spectre seem to be there, when you looked out?'

'It WAS there.'

'Both times?'

He repeated firmly: 'Both times.'

'Will you come to the door with me, and look for it now?'

He bit his under lip as though he were somewhat unwilling, but arose. I opened the door, and stood on the step, while he stood in the doorway. There was the Danger-light. There was the dismal mouth of the tunnel. There were the high, wet stone walls of the cutting. There were the stars above them.

'Do you see it?' I asked him, taking particular note of his face. His eyes were prominent and strained, but not very much more so, perhaps, than my own had been when I had directed them earnestly towards the same spot.

'No,' he answered. 'It is not there.'

'Agreed,' said I.

We went in again, shut the door, and resumed our seats. I was thinking how best to improve this advantage, if it might be called one, when he took up the conversation in such a matter-of-course way, so assuming that there could be no serious question of fact between us, that I felt myself placed in the weakest of positions.

'By this time you will fully understand, sir,' he said, 'that what troubles me so dreadfully is the question: What does the spectre mean?'

I was not sure, I told him, that I did fully understand.

rem herrührt, und ich habe nicht behauptet, dass die Klingel sich fürs Auge sichtbar bewegt. Es wundert mich nicht, dass Sie sie nicht hören konnten. Aber *ich* habe sie gehört.«

»Und schien das Gespenst da zu sein, als Sie hinausgeguckt haben?«

»Es WAR da.«

»Beide Male?«

Er wiederholte standhaft: »Beide Male.«

»Kommen Sie mit mir zur Tür, um jetzt nach ihm Ausschau zu halten?«

Er biss sich auf die Unterlippe, als wäre er eher unwillig, stand aber auf. Ich öffnete die Tür und blieb auf der Schwelle stehen, während er im Eingang stehenblieb. Da war das Warnsignal. Da war die finstere Mündung des Tunnels. Da waren die hohen, nassen Felswände der Trassenschneise. Da waren die Sterne über ihnen.

»Sehen Sie es?«, fragte ich ihn, wobei ich besonders auf seine Miene achtete. Seine angestrengten Augen traten hervor, aber wohl nicht stärker, als meine es getan hätten, wenn ich ebenso konzentriert zur selben Stelle geschaut hätte.

»Nein«, antwortete er. »Es ist nicht da.«

»Einverstanden«, sagte ich.

Wir gingen wieder hinein, machten die Tür zu und setzten uns wieder. Ich überlegte noch, wie dieser Vorteil, wenn er denn einer genannt werden konnte, am besten für mich auszunutzen war, als er den Gesprächsfaden wieder mit einer solchen Selbstverständlichkeit aufnahm und einfach davon ausging, dass es zwischen uns keinen ernsthaften Disput über die Faktenlage geben konnte, wodurch ich mich in die allerschwächste Position versetzt sah.

»Jetzt werden Sie wohl vollends verstehen, Sir«, sagte er, »was mich so schrecklich plagt, nämlich die Frage: Was meint das Gespenst?«

Ich sagte ihm, ich wisse nicht genau, ob ich ihn vollends verstanden habe.

'What is its warning against?' he said, ruminating, with his eyes on the fire, and only by times turning them on me. 'What is the danger? Where is the danger? There is danger overhanging somewhere on the Line. Some dreadful calamity will happen. It is not to be doubted this third time, after what has gone before. But surely this is a cruel haunting of *me*. What can *I* do?'

He pulled out his handkerchief and wiped the drops from his heated forehead.

'If I telegraph Danger, on either side of me, or on both, I can give no reason for it,' he went on, wiping the palms of his hands. 'I should get into trouble, and do no good. They would think I was mad. This is the way it would work: Message: "Danger! Take care!" Answer: "What Danger? Where?" Message: "Don't know. But, for God's sake, take care!" They would displace me. What else could they do?'

His pain of mind was most pitiable to see. It was the mental torture of a conscientious man, oppressed beyond endurance by an unintelligible responsibility involving life.

'When it first stood under the Danger-light,' he went on, putting his dark hair back from his head, and drawing his hands outward across and across his temples in an extremity of feverish distress, 'why not tell me where that accident was to happen—if it must happen? Why not tell me how it could be averted—if it could have been averted? When on its second coming it hid its face, why not tell me, instead, "She is going to die. Let them keep her at home"? If it came, on those two occasions, only to show me that its warnings were true, and so to prepare me for the third, why not warn me plainly now? And I, Lord help me! A mere poor signalman on this solitary sta-

»Wovor warnt es?«, fragte er nachdenklich, die Augen aufs Feuer gerichtet und sie nur manchmal mir zuwendend. »Was ist die Gefahr? Wo ist die Gefahr? Irgendwo auf der Strecke dräut eine Gefahr. Ein schreckliches Unheil wird sich ereignen. Bei diesem dritten Mal gibt es keinerlei Zweifel mehr, nach allem, was bis jetzt vorgefallen ist. Aber gewiss trifft diese grausame Heimsuchung *mich*. Was kann *ich* tun?«

Er holte sein Taschentuch hervor und wischte sich die Schweißtropfen von der erhitzten Stirn.

»Wenn ich in die eine oder andere Richtung oder gar in beide Richtungen eine Gefahrenwarnung telegrafiere, kann ich dafür keinen Grund angeben«, fuhr er fort, während er sich die Hände abwischte. »Es würde mich in Schwierigkeiten bringen und nichts nützen. Sie würden mich für wahnsinnig halten. So würde es ja nämlich laufen: Nachricht: ›Gefahr! Vorsicht!‹ Antwort: ›Was für eine Gefahr? Wo?‹ Nachricht: ›Weiß nicht. Aber um Gottes willen Vorsicht!‹ Sie würden mich sofort ablösen. Was bliebe ihnen denn sonst übrig?«

Wie der Gedanke ihn quälte, war höchst bemitleidenswert anzusehen. Es war die geistige Folter eines gewissenhaften Mannes, den eine unbegreifliche Verantwortung über Leben und Tod über alles Erträgliche hinaus niederdrückte.

»Als es das erste Mal unter dem Gefahrenlicht stand«, fuhr er fort, wobei er sein dunkles Haar aus der Stirn zurückschob und sich mit ausgestreckten Händen immer wieder in höchster, fieberhafter Sorge über die Schläfen fuhr, »warum hat es mir da nicht gesagt, dass ein Unglück geschehen werde – wenn es schon geschehen müsse? Warum hat es nicht gesagt, wie es abgewendet werden könne – wenn es hätte abgewendet werden können? Als es bei seinem zweiten Auftauchen das Gesicht verhüllt hat, warum hat es mir statt dessen nicht lieber gesagt: ›Sie wird sterben. Sie soll lieber zu Hause bleiben‹? Wenn es bei diesen beiden Gelegenheiten nur gekommen ist, um mir zu zeigen, dass seine Warnungen der Wahrheit entsprechen und mich da-

tion! Why not go to somebody with credit to be believed and power to act?'

When I saw him in this state, I saw that for the poor man's sake, as well as for the public safety, what I had to do for the time was to compose his mind. Therefore, setting aside all question of reality or unreality between us, I represented to him that whoever thoroughly discharged his duty must do well, and that at least it was his comfort that he understood his duty, though he did not understand these confounding Appearances. In this effort I succeeded far better than in the attempt to reason him out of his conviction. He became calm; the occupations incidental to his post as the night advanced began to make larger demands on his attention: and I left him at two in the morning. I had offered to stay through the night, but he would not hear of it.

That I more than once looked back at the red light as I ascended the pathway, that I did not like the red light, and that I should have slept but poorly if my bed had been under it, I see no reason to conceal. Nor did I like the two sequences of the accident and the dead girl. I see no reason to conceal that either.

But what tan most in my thoughts was the consideration how ought I to act, having become the recipient of this disclosure? I had proved the man to be intelligent, vigilant, painstaking, and exact; but how long might he remain so, in his state of mind? Though in a subordinate position, still he held a most important trust, and would I (for instance) like to stake my own life

mit auf die dritte vorzubereiten, warum hat es mich jetzt nicht klar und deutlich gewarnt? Und ICH, der Herr steh mir bei! Nichts weiter als ein armer Bahnwärter auf seinem einsamen Posten! Warum ist es nicht zu einem gegangen, der über Glaubwürdigkeit verfügt und Macht hat zu handeln?«

Als ich ihn in diesem Zustand sah, sah ich deutlich, was ich im Augenblick zu tun hatte, sowohl für diesen armen Mann als auch für die öffentliche Sicherheit; ich musste seinen Verstand beruhigen. Deshalb ließ ich alle Fragen zwischen uns nach Wirklichkeit und Unwirklichkeit außer acht und machte ihm klar, dass jeder, dem eine Pflicht obliege, diese so gut wie möglich erfüllen müsse, und dass er zumindest darin Trost finden könne, seine Pflicht zu kennen, auch wenn er diese verflixten Erscheinungen nicht verstehe. In diesem Bemühen war mir größerer Erfolg beschieden als bei dem Versuch, ihn mit vernünftigen Gründen von seiner Überzeugung abzubringen. Er beruhigte sich; die mit seinem Posten verbundenen Tätigkeiten nahmen ihn mit fortschreitender Nacht immer mehr in Anspruch und ich verließ ihn gegen zwei Uhr morgens. Ich hatte ihm angeboten, über Nacht zu bleiben, aber davon wollte er nichts wissen.

Dass ich mich mehr als einmal nach dem roten Licht umblickte, als ich den Pfad erklomm, dass mir das rote Licht nicht gefiel und dass ich bestimmt schlecht geschlafen hätte, wenn mein Bett unter ihm gestanden hätte – ich sehe keinen Grund, das alles zu verhehlen. Auch die beiden Berichte vom Unglück und dem toten Mädchen gefielen mir gar nicht. Ich sehe auch keinen Grund, das zu verhehlen.

Am meisten beschäftigte meine Gedanken aber die Erwägung dessen, wie ich handeln sollte, nachdem ich zum Empfänger dieser Enthüllung geworden war. Der Mann hatte sich als intelligent, wachsam, gewissenhaft und genau erwiesen; aber wie lange würde er das in seinem Geisteszustand noch bleiben? Auch wenn er in einer untergeordneten Stellung tätig war, so oblag ihm doch eine höchst wichtige Pflicht, und würde ich

on the chances of his continuing to execute it with precision?

Unable to overcome a feeling that there would be something treacherous in my communicating what he had told me to his superiors in the Company, without first being plain with himself and proposing a middle course to him, I ultimately resolved to offer to accompany him (otherwise keeping his secret for the present) to the wisest medical practitioner we could hear of in those parts, and to take his opinion. A change in his time of duty would come round next night, he had apprised me, and he would be off an hour or two after sunrise, and on again soon after sunset. I had appointed to return accordingly.

Next evening was a lovely evening, and I walked out early to enjoy it. The sun was not yet quite down when I traversed the field-path near the top of the deep cutting. I would extend my walk for an hour, I said to myself, half an hour on and half an hour back, and it would then be time to go to my signalman's box.

Before pursuing my stroll, I stepped to the brink, and mechanically looked down, from the point from which I had first seen him. I cannot describe the thrill that seized upon me, when, close at the mouth of the tunnel, I saw the appearance of a man, with his left sleeve across his eyes, passionately waving his right arm.

The nameless horror that oppressed me passed in a moment, for in a moment I saw that this appearance of a man was a man indeed, and that there was a little group of other men, standing at a short distance, to whom he seemed to be rehearsing the gesture he made. The Danger-light was not yet lighted. Against its shaft, a little low

(zum Beispiel) mein eigenes Leben darauf setzen wollen, dass er diese auch weiterhin genauestens erfüllte?

Da es mir unmöglich war, das Gefühl zu verdrängen, dass es etwas von Verrat hätte, wenn ich das, was er mir erzählt hatte, seinen Vorgesetzten in der Bahngesellschaft mitteilen würde, ohne vorher offen zu ihm zu sprechen und ihm einen Mittelweg vorzuschlagen, beschloss ich letzten Endes, ihm anzubieten, ihn zum laut Hörensagen erfahrensten Mediziner dieser Gegend zu begleiten, um dessen Rat einzuholen. Seine planmäßige Arbeitszeit wechsele am nächsten Abend sowieso, hatte er mir anvertraut, sodass er morgen, ein, zwei Stunden nach Sonnenaufgang, frei habe und erst wieder nach Sonnenuntergang arbeiten müsse. Dementsprechend hatte ich meinen erneuten Besuch bei ihm festgesetzt.

Der nächste Abend war ein schöner Abend, und ich ging früh los, um ihn zu genießen. Die Sonne war noch nicht ganz untergegangen, als ich den Feldweg oben am Rand der tiefen Trassenschneise erreicht hatte. Ich würde meinen Spaziergang auf eine Stunde ausdehnen, sagte ich mir, eine halbe Stunde hin und eine halbe Stunde zurück, und dann wäre es an der Zeit, zum Häuschen meines Bahnwärters zu gehen.

Bevor ich weiterspazierte, trat ich an den Böschungsrand und schaute automatisch hinunter, und zwar von der Stelle aus, von der ich ihn zum ersten Mal erblickt hatte. Ich kann den Schauder nicht beschreiben, der mich packte, als ich vor der Mündung des Tunnels die Erscheinung eines Mannes sah, der den linken Unterarm über die Augen gelegt hatte und aufs heftigste den rechten Arm schwenkte.

Das namenlose Grauen, das mich erdrückte, schwand schon nach einem kurzen Moment, denn einen Augenblick später sah ich, dass diese Erscheinung eines Mannes tatsächlich ein richtiger Mann war, in dessen Nähe eine kleine Gruppe weiterer Männer stand, denen er anscheinend die Gebärde vorspielte, die ich gesehen hatte. Das Warnlicht für Gefahr war noch nicht ein-

hut, entirely new to me, had been made of some wooden supports and tarpaulin. It looked no bigger than a bed.

With an irresistible sense that something was wrong—with a flashing self-reproachful fear that fatal mischief had come of my leaving the man there, and causing no one to be sent to overlook or correct what he did—I descended the notched path with all the speed I could make.

'What is the matter?' I asked the men.

'Signalman killed this morning, sir.'

'Not the man belonging to that box?'

'Yes, sir.'

'Not the man I know?'

'You will recognize him, sir, if you knew him,' said the man who spoke for the others, solemnly uncovering his own head, and raising an end of the tarpaulin, 'for his face is quite composed.'

'Oh, how did this happen, how did this happen?' I asked, turning from one to another as the hut closed in again.

'He was cut down by an engine, sir. No man in England knew his work better. But somehow he was not clear of the outer rail. It was just at broad day. He had struck the light, and had the lamp in his hand. As the engine came out of the tunnel. his back was towards her, and she cut him down. That man drove her, and was showing how it happened. Show the gentleman, Tom.'

The man, who wore a rough dark dress, stepped back to his former place at the mouth of the tunnel.

'Coming round the curve in the tunnel, sir,' he said, I saw him at the end, like as if I saw him down a perspec-

geschaltet. An seinem Gestell war eine kleine, flache Hütte errichtet worden, für mich völlig neu, und zwar aus einigen Holzstreben und einer Plane. Sie sah nicht größer aus als ein Bett.

Mit dem unaufhaltsamen Gefühl, dass etwas nicht stimmte – mit jäher, aus Selbstvorwürfen gespeister Furcht, dass es zu einem tödlichen Unheil gekommen war, weil ich den Mann dort sich selbst überlassen und ihm niemanden geschickt hatte, der beaufsichtigte oder korrigierte, was er tat – so nun stieg ich, so schnell es mir gegeben war, den in den Stein geschlagenen Pfad hinunter.

»Was ist passiert?«, fragte ich die Männer.

»Bahnwärter ist heute Morgen ums Leben gekommen, Sir.«

»Nicht der Mann aus dem Häuschen dort?«

»Doch, Sir.«

»Doch nicht der Mann, den ich kenne?«

»Sie werden ihn wiedererkennen, Sir, wenn Sie ihn gekannt haben«, sagte der Mann, der für die anderen sprach, während er feierlich sein Haupt entblößte und einen Zipfel der Plane anhob, »denn sein Gesicht ist ziemlich gefasst.«

»Aber wie ist es passiert, ach, wie ist es denn passiert?«, fragte ich einen nach dem anderen, während die Hütte wieder verschlossen wurde.

»Er wurde von einer Lokomotive erfasst und umgemäht, Sir. Kein Mann in England kannte sich besser aus in seiner Arbeit. Aber irgendwie war er nicht vom Außengleis weggekommen. Es war schon helllichter Tag. Er hatte das Licht entzündet und hatte die Laterne in der Hand. Als die Lokomotive aus dem Tunnel kam, hatte er ihr den Rücken zugewandt, und sie hat ihn umgemäht. Der Mann dort hat sie gefahren und kann Ihnen zeigen, wie es passiert ist. Zeig es dem Gentleman, Tom.«

Der Mann, der eine grobe, dunkle Montur trug, trat zurück auf seine frühere Position an der Mündung des Tunnels.

»Als ich im Tunnel in die Kurve ging, Sir«, sagte er, »sah ich ihn am Ende, als hätte ich ihn durch ein Teleskop erblickt. Es

tive glass. There was no time to check speed, and I knew him to be very careful. As he didn't seem to take heed of the whistle, I shut it off when we were running down upon him, and called to him as loud as I could call.'

'What did you say?'

'I said, "Below there! Look out! Look out! For God's sake, clear the way!"'

I started.

'Ah! it was a dreadful time, sir. I never left off calling to him. I put this arm before my eyes not to see, and I waved this arm to the last; but it was no use.'

Without prolonging the narrative to dwell on any one of its curious circumstances more than on any other, I may, in closing it, point out the coincidence that the warning of the engine-driver included, not only the words which the unfortunate signalman had repeated to me as haunting him, but also the words which I myself–not he–had attached, and that only in my own mind, to the gesticulation he had imitated.

blieb mir keine Zeit, die Geschwindigkeit zu drosseln, doch ich kannte ihn ja als einen sehr vorsichtigen Mann. Da er sich nicht um die Dampfpfeife zu kümmern schien, schaltete ich sie aus, als wir auf ihn losfuhren, und ich rief ihm etwas zu, so laut ich konnte.«

»Was haben Sie gerufen?«

»Ich rief: ›Da unten! Vorsicht! Vorsicht! Um Gottes willen, aus dem Weg!‹«

Ich schreckte zusammen.

»Ach, es war ein fürchterlicher Augenblick, Sir. Ich habe nicht aufgehört zu rufen. Ich legte diesen Arm über die Augen, um nicht zusehen zu müssen, und ich habe bis zuletzt diesen Arm geschwenkt; aber es hatte keinen Zweck.«

Ohne die Erzählung in die Länge ziehen zu wollen und bei manchen ihrer seltsamen Umstände länger zu verweilen als bei anderen, darf ich doch, während ich zu ihrem Ende komme, auf den Zufall verweisen, dass die Warnung des Lokomotivführers nicht nur die Worte enthielt, welche der unglückselige Bahnwärter mir als jene wiederholt hatte, die ihn heimsuchten, sondern auch die Worte, welche ich selbst – nicht er – und auch das nur in meinen Gedanken, mit jenen Gebärden verknüpfte, die er nachgeahmt hatte.

Thomas Hardy

The Fiddler of the Reels

'Talking of Exhibitions, World's Fairs, and what not,' said the old gentleman, 'I would not go round the corner to see a dozen of them nowadays. The only exhibition that ever made, or ever will make, any impression upon my imagination was the first of the series, the parent of them all, and now a thing of old times—the Great Exhibition of 1851, in Hyde Park, London. None of the younger generation can realize the sense of novelty it produced in us who were then in our prime. A noun substantive went so far as to become an adjective in honor of the occasion. It was "exhibition" hat, "exhibition" razor-strop, "exhibition" watch; nay, even "exhibition" weather, "exhibition" spirits, sweethearts, babies, wives—for the time.

'For South Wessex, the year formed in many ways an extraordinary chronological frontier or transit-line, at which there occurred what one might call a precipice in Time. As in a geological "fault," we had presented to us a sudden bringing of ancient and modern into absolute contact, such as probably in no other single year since the Conquest was ever witnessed in this part of the country.'

These observations led us onward to talk of the different personages, gentle and simple, who lived and moved within our narrow and peaceful horizon at that time; and of three people in particular, whose queer little history was oddly touched at points by the Exhibition, more con-

Thomas Hardy

Der Geiger, der zum Tanz spielte

»Wo wir gerade von Ausstellungen, gar Weltausstellungen und was weiß ich nicht alles reden«, sagte der ältere Gentleman, »so würde ich heutzutage keinen Fuß mehr vor die Tür setzen, um mir ein Dutzend davon anzusehen. Die einzige Ausstellung, die mich beeindruckt, meine Fantasie für alle Zukunft beflügelt hat, war die erste überhaupt, die Mutter aller Ausstellungen, jetzt längst eine Geschichte aus alten Zeiten – die Große Ausstellung von 1851 im Hyde Park, London. Keiner aus der jüngeren Generation kann sich heute das Gefühl des Neuen vorstellen, das sie in uns erzeugte, die wir damals in der Blüte unserer Jahre standen. Zu Ehren der Veranstaltung wurden ganz neue Wörter geprägt für gar nicht so neue Gegenstände, zusammengesetzte Wortungetüme. So gab es nun den ›Ausstellungshut‹, den ›Ausstellungsstreichriemen‹, die ›Ausstellungsarmbanduhr‹; nein, gar das ›Ausstellungswetter‹, die ›Ausstellungsgeister‹, ›-schätzchen‹, ›-babys‹, ›-ehefrauen‹ – der Dauer der Zeit gemäß.

Für South Wessex bildete das Jahr in vielerlei Hinsicht eine außergewöhnliche chronologische Grenze oder Übergangslinie, an welcher sich das ereignete, was man einen kritischen Zeitsprung nennen könnte. Wie bei einer geologischen ›Verwerfung‹ wurde uns ein jäher Zusammenprall des Alten und des Neuen präsentiert, ein direkter Kontakt, wie er wohl in keinem anderen Jahr seit der Normannischen Eroberung in diesem Teil des Landes erlebt worden war.«

Diese Bemerkungen führten unser Gespräch weiter zu den verschiedenen Personen, die, freundlich und einfach, damals im Rahmen unseres engen und friedlichen Horizonts gelebt und sich umgetrieben haben; besonders ging es uns aber um drei Menschen, deren kuriose kleine Geschichte sich an gewissen

cerned with it than that of anybody else who dwelt in those outlying shades of the world, Stickleford, Mellstock, and Egdon. First prominence among these three came Wat Ollamoor—if that were his real name—whom the seniors in our party had known well.

He was a woman's man, they said,—supremely so—externally little else. To men he was not attractive; perhaps a little repulsive at times. Musician, dandy, and company-man in practice; veterinary surgeon in theory, he lodged awhile in Mellstock village, coming from nobody knew where; though some said his first appearance in this neighbourhood had been as fiddle-player in a show at Greenhill Fair.

Many a worthy villager envied him his power over unsophisticated maidenhood—a power which seemed sometimes to have a touch of the weird and wizardry in it. Personally he was not ill-favoured, though rather un-English, his complexion being a rich olive, his rank hair dark and rather clammy—made still clammier by secret ointments, which, when he came fresh to a party, caused him to smell like "boys'-love" (southern-wood) steeped in lamp-oil. On occasion he wore curls—a double row—running almost horizontally around his head. But as these were sometimes noticeably absent, it was concluded that they were not altogether of Nature's making. By girls whose love for him had turned to hatred he had been nicknamed "Mop," from this abundance of hair, which was long enough to rest upon his shoulders; as time passed the name more and more prevailed.

Punkten auf seltsame Weise mit der Ausstellung berührte, mit welcher sie mehr zu tun hatten als alle andern, die in diesen abseits liegenden Winkeln der Welt wohnten, nämlich in Stickleford, Mellstock und Egdon. Als erster von diesen Dreien kam Wat Ollamoor – wenn das sein richtiger Name war – zur Sprache, den hatten die älteren Herrschaften in unserer Runde noch gut gekannt.

Der Mann war ein Frauenschwarm, sagten sie – über alle Maßen – äußerlich hatte er ansonsten kaum mehr zu bieten. Für Männer war er nicht attraktiv; vielleicht bisweilen eher ein bisschen widerlich. Musiker, Dandy und Gesellschaftslöwe im täglichen Umgang, Tierarzt auf dem Papier, wohnte er einige Zeit im Dorf Mellstock, und kein Mensch wusste, woher er gekommen war; doch manche meinten, er sei in der Gegend zum ersten Mal als Geigenspieler in einer Show beim Greenhill Fair aufgetaucht.

Manch ein würdiger Dörfler neidete ihm die Macht über die unerfahrene junge Mädchenwelt – eine Macht, die bisweilen einen Hauch des Unheimlichen und Überirdischen an sich zu haben schien. Körperlich war er nicht ungestalt, wenn er auch ziemlich unenglisch aussah, denn sein Teint spielte stark ins Bräunlich-Beige und sein üppiges Haar war dunkel und ziemlich klebrig – noch klebriger gemacht durch geheime Salben, die ihm, wenn er frisch zu einer Gesellschaft kam, den Geruch von »Eberraute« (Stabwurz) getränkt in Laternenöl verliehen. Gelegentlich trug er Locken, die – in doppelter Reihe – fast waagerecht rund um seinen Kopf verliefen. Da diese aber manchmal durch Abwesenheit glänzten, wurde daraus gefolgert, dass sie wohl doch nicht so ganz ein Werk der Natur waren. Von Mädchen, deren Liebe zu ihm sich in Hass verwandelt hatte, bekam er den Spitznamen »Mop« verpasst, weil ihm sein üppiger Haarschopf als lange Mähne bis auf die Schultern fiel; mit der Zeit setzte sich dieser Name immer mehr durch.

His fiddling possibly had the most to do with the fascination he exercised, for, to speak fairly, it could claim for itself a most peculiar and personal quality, like that in a moving preacher. There were tones in it which bred the immediate conviction that indolence and averseness to systematic application were all that lay between "Mop" and the career of a second Paganini.

While playing he invariably closed his eyes; using no notes, and, as it were, allowing the violin to wander on at will into the most plaintive passages ever heard by rustic man. There was a certain lingual character in the supplicatory expressions he produced, which would well-nigh have drawn an ache from the heart of a gate-post. He could make any child in the parish, who was at all sensitive to music, burst into tears in a few minutes by simply fiddling one of the old dance-tunes he almost entirely affected—country jigs, reels, and "Favorite Quick Steps" of the last century—some mutilated remains of which even now reappear as nameless phantoms in new quadrilles and gallops, where they are recognized only by the curious, or by such old-fashioned and far-between people as have been thrown with men like Wat Ollamoor in their early life.

His date was a little later than that of the old Mellstock quire-band which comprised the Dewys, Mail, and the rest—in fact, he did not rise above the horizon thereabout till those well-known musicians were disbanded as ecclesiastical functionaries. In their honest love of thoroughness they despised the new man's style. Theophilus Dewy (Reuben the tranter's younger brother) used to say there was no "plumness" in it—no bowing, no solidity—it was all fantastical. And probably this was true. Anyhow, Mop had, very obviously, never bowed a note of church-

Sein Geigenspiel trug möglicherweise am meisten zu der Faszination, die er ausübte, bei, denn offen gesagt konnte es für sich eine ganz besondere und höchst persönliche Eigenschaft geltend machen, gleichsam der eines Wanderpredigers. Dabei kam es zu Tönen, die einen sofort zu der Überzeugung führten, dass allein Faulheit und der Widerwille gegen systematisches Üben den Graben bildeten, der »Mop« von der Karriere eines zweiten Paganini trennte.

Beim Spielen schloss er unweigerlich die Augen; er spielte ohne Noten und ließ die Violine sozusagen nach Belieben in die wehmütigsten Passagen wandern, die je ein Landmann vernommen hatte. Den flehenden Gefühlen, die er zum Ausdruck brachte, wohnte etwas Sprechendes inne, das wohl auch dem steinernen Herzen eines Türpfostens Schmerzen entlockt hätte. Er konnte jedes Kind in der Gemeinde, das überhaupt für Musik empfänglich war, binnen Minuten zu Tränen rühren und brauchte dazu nur eine jener alten Tanzweisen zu fiedeln, die er hauptsächlich bevorzugte – ländliche Gigues, Reels und »Beliebte Quick Steps« des letzten Jahrhunderts –, aus denen manche verstümmelten Reste sogar jetzt als ungenannte Motive durch neue Quadrillen und Galoppe geistern, erkannt nur von den Neugierigen oder solch altmodischen und vereinzelten Menschen, die in ihren frühen Jahren mit Männern wie Wat Ollamoor zu tun gehabt hatten.

Seine Zeit kam ein bisschen später als die jener alten Kirchenkapelle von Mellstock, die aus den Dewys, Mail und dem Rest bestand – tatsächlich ist er dort erst aus der Versenkung aufgetaucht, nachdem diese bekannten Musiker von ihren kirchlichen Ämtern und Pflichten entbunden worden waren. Weil sie die Gründlichkeit so ehrlich liebten, verachteten sie den Stil des neuen Mannes. Theophilus Dewy (des Krämers Reuben jüngerer Bruder) pflegte zu sagen, sein Spiel habe keine »Klasse« – keinen festen Bogenstrich, keine Tiefe – es sei völlig überspannt. Und das stimmte wahrscheinlich auch. Jedenfalls hatte Mop

music from his birth; he never once sat in the gallery of Mellstock church where the others had tuned their venerable psalmody so many hundreds of times; he never, in all likelihood, entered a church at all. All were devil's tunes in his repertory. 'He could no more play the Wold Hundredth to his true time than he could play the brazen serpent,' the tranter would say. (The brazen serpent was supposed in Mellstock to be a musical instrument particularly hard to blow.)

Occasionally Mop could produce the aforesaid moving effect upon the souls of grown-up persons, especially young women of fragile and responsive organization. Such an one was Car'line Aspent. Though she was already engaged to be married before she met him, Car'line, of them all, was the most influenced by Mop Ollamoor's heart-stealing melodies, to her discomfort, nay, positive pain and ultimate injury. She was a pretty, invocating, weak-mouthed girl, whose chief defect as a companion with her sex was a tendency to peevishness now and then. At this time she was not a resident in Mellstock parish where Mop lodged, but lived some miles off at Stickleford, further down the river.

How and where she first made acquaintance with him and his fiddling is not truly known, but the story was that it either began or was developed on one spring evening, when, in passing through Lower Mellstock, she chanced to pause on the bridge near his house to rest herself, and languidly leaned over the parapet. Mop was standing on his door-step, as was his custom, spinning the insidious thread of semi- and demi-semiquavers from the E string of his fiddle for the benefit of passers-by, and laughing

sein Leben lang ganz offensichtlich noch nie eine Note Kirchenmusik gespielt; er hatte nie auf der Empore der Kirche von Mellstock gesessen, wo die andern so viele hundert Male ihre ehrwürdigen Psalmodien angestimmt hatten; aller Wahrscheinlichkeit nach hatte er überhaupt noch nie eine Kirche betreten. Es waren nichts als Teufelsweisen in seinem Repertoire. »Er könnte den Hundertsten Psalm ebenso wenig im richtigen Takt spielen wie die eherne schlaue Schlange«, sagte der Krämer. (Die eherne schlaue Schlange war in Mellstock der Name des Blasinstruments Serpent, auch Schlangenhorn genannt, das besonders schwer zu spielen ist.)

Bisweilen konnte Mop die bereits erwähnte rührende Wirkung auch in den Seelen von Erwachsenen auslösen, besonders aber bei jungen Frauen von zart-zerbrechlicher und empfänglicher Natur. So eine war Car'line Aspent. Auch wenn sie bereits versprochen war, bevor sie ihm begegnete, wurde doch ausgerechnet Car'line von allen am stärksten von Mop Ollamoors herzergreifenden Melodien beeinflusst, sehr zu ihrem eigenen Unbehagen, ja, zu ihrem Leid und letztlich zu ihrem Verderben. Sie war ein hübsches, ansprechendes, mundfaules Mädchen, das als Begleiterscheinung ihres Geschlechts einen Hauptmakel hatte, sie neigte hin und wieder zu Launenhaftigkeit. Zu dieser Zeit war sie nicht in der Gemeinde Mellstock ansässig, wo Mop logierte, sondern lebte einige Meilen weiter flussabwärts in Stickleford.

Wie und wo sie mit ihm und seiner Geigerei zum ersten Mal in Berührung kam, ist im Grunde unbekannt, aber es heißt, dass es an einem Frühlingsabend entweder begonnen oder sich entwickelt hat, als sie beim Gang durch Lower Mellstock zufälligerweise eine Ruhepause auf der Brücke in der Nähe seines Hauses einlegte und sich erschöpft übers Geländer lehnte. Mop stand, ganz seiner Gewohnheit entsprechend, auf seiner Türschwelle, entlockte zum Wohlgefallen der Passanten der E-Saite seiner Geige die listige Girlande von Ganz- und Halbtontrillern

as the tears rolled down the cheeks of the little children hanging around him. Car'line pretended to be engrossed with the rippling of the stream under the arches, but in reality she was listening, as he knew. Presently the aching of the heart seized her simultaneously with a wild desire to glide airily in the mazes of an infinite dance. To shake off the fascination she resolved to go on, although it would be necessary to pass him as he played. On stealthily glancing ahead at the performer, she found to her relief that his eyes were closed in abandonment to instrumentation, and she strode on boldly. But when closer her step grew timid, her tread convulsed itself more and more accordantly with the time of the melody, till she very nearly danced along. Gaining another glance at him when immediately opposite, she saw that *one* of his eyes was open, quizzing her as he smiled at her emotional state. Her gait could not divest itself of its compelled capers till she had gone a long way past the house; and Car'line was unable to shake off the strange infatuation for hours.

After that day, whenever there was to be in the neighbourhood a dance to which she could get an invitation, and where Mop Ollamoor was to be the musician, Car'line contrived to be present, though it sometimes involved a walk of several miles; for he did not play so often in Stickleford as elsewhere.

The next evidences of his influence over her were singular enough, and it would require a neurologist to fully explain them. She would be sitting quietly, any evening after dark, in the house of her father, the parish clerk, which stood in the middle of Stickleford village street, this being the highroad between Lower Mellstock and Moreford, five miles eastward. Here, without a moment's warn-

und lachte, als den kleinen Kindern, die um ihn herum standen, die Tränen über die Wangen kullerten. Car'line tat ganz vertieft ins plätschernde Wellenspiel unter den Brückenbögen, aber in Wirklichkeit lauschte sie, wie er wohl wusste. Augenblicklich erfasste sie der Herzensschmerz gleichzeitig mit dem unbändigen Verlangen, leichten Sinnes in die Irrgärten eines unendlichen Tanzes zu entschweben. Um die Faszination abzuschütteln, beschloss sie, ihren Weg fortzusetzen, obwohl sie an ihm vorbeigehen musste, während er spielte. Als sie nun einen verstohlenen Blick auf den Musikanten warf, sah sie zu ihrer Erleichterung, dass er vor lauter Hingabe an sein Spiel die Augen geschlossen hatte, und so ging sie forschen Schrittes weiter. Aber als sie näher kam, wurde ihr Schritt ängstlich, ihr Gang zuckte immer mehr im Einklang mit dem Takt der Melodie, bis sie fast dahin tanzte. Als sie ihm direkt gegenüber war, gelang ihr noch ein Blick auf ihn, und sie sah, dass er *ein* Auge geöffnet hatte, mit dem er sie spöttisch musterte, während er ihren Gefühlszustand belächelte. Ihre Gehweise konnte sich der erzwungenen Kapriolen erst entledigen, als sie das Haus längst hinter sich gelassen hatte; und Car'line war noch stundenlang außerstande, die seltsame Betörung abzuschütteln.

Nach jenem Tag brachte Car'line es fertig, bei jedem Tanz in der Nachbarschaft, zu dem sie eine Einladung ergattern konnte und bei dem Mop Ollamoor aufspielen sollte, anwesend zu sein, auch wenn das bisweilen mit einem Fußweg von mehreren Meilen verbunden war; denn er spielte in Stickleford nicht so oft wie anderswo.

Die nächsten Zeichen seines Einflusses auf sie waren so einzigartig, dass nur ein Neurologe sie umfassend erklären könnte. So saß sie an einem beliebigen Abend nach Einbruch der Dunkelheit ganz ruhig im Hause ihres Vaters, des Gemeindebeamten, welches auf der Dorfstraße von Stickleford stand, die übrigens die Hauptstraße zwischen Lower Mellstock und dem fünf Meilen östlich gelegenen Moreford war. Hier nun, mitten in

ing, and in the midst of a general conversation between her father, sister, and the young man before alluded to, who devotedly wooed her in ignorance of her infatuation, she would start from her seat in the chimney-corner as if she had received a galvanic shock, and spring convulsively towards the ceiling; then she would burst into tears, and it was not till some half-hour had passed that she grew calm as usual. Her father, knowing her hysterical tendencies, was always excessively anxious about this trait in his youngest girl, and feared the attack to be a species of epileptic fit. Not so her sister Julia. Julia had found out what was the cause. At the moment before the jumping, only an exceptionally sensitive ear situated in the chimney-nook could have caught down the flue the beat of a man's footstep along the highway without. But it was in that footfall, for which she had been waiting, that the origin of Car'line's involuntary springing lay. The pedestrian was Mop Ollamoor, as the girl well knew; but his business that way was not to visit her; he sought another woman whom he spoke of as his Intended, and who lived at Moreford, two miles further on. On one, and only one, occasion did it happen that Car'line could not control her utterance; it was when her sister alone chanced to be present. 'O–O–O–!' she cried. 'He's going to *her*, and not coming to *me*!'

To do the fiddler justice he had not at first thought greatly of, or spoken much to, this girl of impressionable mould. But he had soon found out her secret, and could not resist a little by-play with her too easily hurt heart, as an interlude between his more serious lovemakings at Moreford. The two became well acquainted, though only by stealth, hardly a soul in Stickleford except her sister, and her lover Ned Hipcroft, being aware of the attachment. Her father disapproved of her coldness to Ned; her

einer allgemeinen Unterhaltung zwischen ihrem Vater, ihrer Schwester und dem bereits erwähnten jungen Mann, der weiter hingebungsvoll um sie warb, weil er nichts von ihrer Verliebtheit wusste, erhob sie sich schlagartig von ihrem Stuhl in der Kaminecke, als hätte sie einen galvanischen Stoß erhalten, und sprang zuckend hoch zur Zimmerdecke; dann brach sie in Tränen aus und es dauerte eine halbe Stunde, bis sie wieder so ruhig wie gewöhnlich war. Da ihr Vater ihren Hang zur Hysterie kannte, hatte er immer größte Angst vor diesem Zug seiner jüngsten Tochter, und er fürchtete, es könne sich dabei um epileptische Anfälle handeln. Ganz anders ihre Schwester Julia. Julia hatte nämlich den wahren Grund herausgefunden. Kurz vor dem Sprung hätte nur ein außergewöhnlich empfindliches Ohr, das sich dicht an der Kaminesse befand, aus dem Luftzug den Takt der Schritte eines Mannes draußen erkennen können. Aber genau in diesen Schritten, auf die sie gewartet hatte, lag der Ursprung von Car'lines unfreiwilligen Sprüngen. Der Fußgänger war Mop Ollamoor, wie das Mädchen sehr wohl wusste; doch sein Anliegen dieserorten war es nicht, sie zu besuchen; er ging zu einer anderen Frau, die er als seine Zukünftige bezeichnete und die zwei Meilen weiter in Moreford wohnte. Einmal und nur ein einziges Mal konnte Car'line ihren Mund nicht beherrschen; allein ihre Schwester war zufällig anwesend. »O – O – O –!«, rief Car'line aus. »Er geht zu *ihr* und kommt nicht zu *mir*!«

Um dem Geiger Gerechtigkeit widerfahren zu lassen, so hatte er zunächst weder groß an dieses leicht zu beeindruckende Mädchen gedacht noch viel mit ihr gesprochen. Aber er war bald hinter ihr Geheimnis gekommen und konnte es sich nicht verkneifen, mit ihrem nur allzu leicht zu verletzenden Herzen ein kleines Techtelmechtel zu beginnen, als Zwischenspiel seiner ernsthafteren Liebesaffären in Moreford. Die beiden wurden gut miteinander bekannt, wenn auch nur heimlich; kaum eine Seele in Stickleford wusste von der Verbindung, nur ihre

sister, too, hoped she might get over this nervous passion for a man of whom so little was known. The ultimate result was that Car'line's manly and simple wooer Edward found his suit becoming practically hopeless. He was a respectable mechanic, in a far sounder position than Mop the nominal horse-doctor; but when, before leaving her, Ned put his flat and final question, would she marry him, then and there, now or never, it was with little expectation of obtaining more than the negative she gave him. Though her father supported him and her sister supported him, he could not play the fiddle so as to draw your soul out of your body like a spider's thread, as Mop did, till you felt as limp as withywind and yearned for something to cling to. Indeed, Hipcroft had not the slightest ear for music; could not sing two notes in tune, much less play them.

The No he had expected and got from her, in spite of a preliminary encouragement, gave Ned a new start in life. It had been uttered in such a tone of sad entreaty that he resolved to persecute her no more; she should not even be distressed by a sight of his form in the distant perspective of the street and lane. He left the place, and his natural course was to London.

The railway to South Wessex was in process of construction, but it was not as yet opened for traffic; and Hipcroft reached the capital by a six days' trudge on foot, as many a better man had done before him. He was one of the last of the artisan class who used that now extinct method of travel to the great centres of labor, so customary then from time immemorial.

Schwester und ihr Geliebter Ned Hipcroft. Ihr Vater missbilligte ihre Kälte gegenüber Ned; auch ihre Schwester hoffte, sie würde diese nervöse Leidenschaft für einen Mann überwinden, über den so wenig bekannt war. Das Endergebnis bestand darin, dass Car'lines mannhafter und einfacher Verehrer seine Brautwerbung praktisch hoffnungslos werden sah. Er war ein ehrbarer Handwerker, in einer weitaus solideren Position als Mop, der angebliche Pferdedoktor; aber als Ned, bevor er sie verließ, ihr seine unverblümte und endgültige Frage stellte, ob sie ihn hier auf der Stelle, jetzt oder nie heiraten würde, geschah das mit wenig Hoffnung auf mehr als die negative Antwort, die sie ihm gab. Obgleich ihr Vater ihn unterstützte und ihre Schwester ihn unterstützte, konnte er doch nicht wie Mop derart Geige spielen, dass einem die Seele aus dem Leibe gezogen wurde wie ein Spinnfaden, bis man sich so schlaff fühlte wie eine welke Weide und sich nur etwas ersehnte, woran man sich festhalten konnte. Hipcroft hatte vielmehr überhaupt kein Ohr für Musik, konnte keine zwei Töne einer Melodie singen, geschweige denn spielen.

Das Nein, das er, trotz früherer Ermutigung, von ihr erwartet und gehört hatte, bescherte Ned einen neuen Anfang im Leben. Es war in solch einem Ton traurigen Flehens ausgesprochen worden, dass er beschloss, sie nicht länger zu bedrängen; sie sollte nicht einmal mehr von seinem Anblick von Weitem auf Gasse und Straße belästigt werden. Er verließ den Ort, und sein Ziel war natürlich London.

Die Eisenbahn nach South Wessex war bereits im Bau, aber noch nicht für den Verkehr freigegeben, und Hipcroft erreichte die Hauptstadt nach einem sechstägigen mühseligen Fußmarsch, ganz so wie manch besserer Mann vor ihm. Er war einer der letzten der Handwerkerzunft, der sich dieser inzwischen ausgestorbenen Form der Fortbewegung bediente, um in die großen Zentren der Arbeit zu gelangen, damals so üblich wie seit undenklichen Zeiten.

In London he lived and worked regularly at his trade. More fortunate than many, his disinterested willingness recommended him from the first. During the ensuing four years he was never out of employment. He neither advanced nor receded in the modern sense; he improved as a workman, but he did not shift one jot in social position. About his love for Car'line he maintained a rigid silence. No doubt he often thought of her; but being always occupied, and having no relations at Stickleford, he held no communication with that part of the country, and showed no desire to return. In his quiet lodging in Lambeth he moved about after working-hours with the facility of a woman, doing his own cooking, attending to his stocking-heels, and shaping himself by degrees to a lifelong bachelorhood. For this conduct one is bound to advance the canonical reason that time could not efface from his heart the image of little Car'line Aspent—and it may be in part true; but there was also the inference that his was a nature not greatly dependent upon the ministrations of the other sex for its comforts.

The fourth year of his residence as a mechanic in London was the year of the Hyde-Park Exhibition already mentioned, and at the construction of this huge glass-house, then unexampled in the world's history, he worked daily. It was an era of great hope and activity among the nations and industries. Though Hipcroft was, in his small way, a central man in the movement, he plodded on with his usual outward placidity. Yet for him, too, the year was destined to have its surprises, for when the bustle of getting the building ready for the opening day was past, the ceremonies had been witnessed, and people were flocking thither from all parts of the globe, he received a letter from Car'line. Till that day the silence of

Er lebte in London und arbeitete regelmäßig in seinem Fach. Darin hatte er mehr Glück als andere, denn seine uneigennützige Bereitwilligkeit empfahl ihn von Anfang an. Während der folgenden vier Jahre war er niemals arbeitslos. Er stieg weder auf noch ab, im heutigen Sinne; er verbesserte sich als Handwerker, veränderte sich aber kein Jota in seiner sozialen Position. Über seine Liebe zu Car'line bewahrte er strenges Stillschweigen. Zweifellos dachte er oft an sie; da er aber immer beschäftigt war und keine Verwandten in Stickleford hatte, hielt er keinerlei Verbindung zu jenem Teil des Landes und zeigte kein Verlangen zurückzukehren. In seinem stillen Logis in Lambeth machte er sich nach der Arbeit mit der Gewandtheit einer Frau zu schaffen, indem er etwa selber kochte und auch seine Socken selber stopfte und sich so allmählich darauf vorbereitete, sein ganzes Leben als Junggeselle zu verbringen. Für dieses Verhalten könnte man wohl den triftigen Grund vorbringen, dass die Zeit es nicht vermochte, in seinem Herzen das Bild der kleinen Car'line Aspent auszulöschen – und das mag zum Teil auch zutreffen; aber es ließ auch darauf schließen, dass er seiner Natur nach zu seinem Wohlbefinden nicht unbedingt der Dienste des anderen Geschlechts bedurfte.

Sein viertes Jahr als Handwerker in London war das Jahr der bereits erwähnten Hyde-Park-Ausstellung, und an der Errichtung dieses riesigen Glashauses, damals beispiellos in der Weltgeschichte, arbeitete er täglich. Es war dies eine Epoche großer Hoffnung und Betriebsamkeit unter den Nationen und Industrien. Auch wenn Hipcroft im Kleinen eine zentrale Rolle in der Bewegung spielte, so schuftete er doch einfach weiter mit seiner üblichen äußeren Gelassenheit. Doch auch für ihn sollte das Jahr so seine Überraschungen bereit halten, denn als der Trubel, das Bauwerk zum Eröffnungstag fertigzustellen, vorbei war, die Feierlichkeiten vor vielen Augenzeugen stattgefunden hatten und Menschen aus allen Teilen des Erdballs in hellen Scharen herbeiströmten, erhielt er einen Brief von Car'line. Bis

four years between himself and Stickleford had never been broken.

She informed her old lover, in an uncertain penmanship, which suggested a trembling hand, of the trouble she had been put to in ascertaining his address, and then broached the subject which had prompted her to write. Four years ago, she said with the greatest delicacy of which she was capable, she had been so foolish as to refuse him. Her wilful wrong-headedness had since been a grief to her many times, and of late particularly. As for Mr. Ollamoor, he had been absent almost as long as Ned–she did not know where. She would gladly marry Ned now if he were to ask her again, and be a tender little wife to him till her life's end.

A tide of warm feeling must have surged through Ned Hipcroft's frame on receipt of this news, if we may judge by the issue. Unquestionably he loved her still, even if not to exclusion of every other happiness. This from his Car'line, she who had been dead to him these many years, alive to him again as of old, was in itself a pleasant, gratifying thing. Ned had grown so resigned to, or satisfied with, his lonely lot, that he probably would not have shown much jubilation at anything. Still, a certain ardour of preoccupation, after his first surprise, revealed how deeply her confession of faith in him had stirred him. Measured and methodical in his ways, he did not answer the letter that day, nor the next, nor the next. He was having "a good think." When he did answer it, there was a great deal of sound reasoning mixed in with the unmistakable tenderness of his reply; but the tenderness itself was sufficient to reveal that he was pleased with her straightforward frankness; that the anchorage she had once obtained in his heart was renewable, if it had not been continuously firm.

zu jenem Tage war das Schweigen zwischen ihm und Stickleford nie gebrochen worden.

Sie berichtete ihrem alten Geliebten in unsicherer Schrift, die von zitternder Hand zeugte, von den Schwierigkeiten, die es ihr bereitet hatte, seine Adresse zu erhalten, und kam dann zu dem Thema, welches sie zum Schreiben veranlasst hatte. Vor vier Jahren, schrieb sie mit dem größten Zartgefühl, dessen sie fähig war, sei sie so töricht gewesen, ihn abzulehnen. Ihre eigensinnige Dickköpfigkeit sei ihr seither oftmals eine Quelle des Kummers gewesen, besonders aber in letzter Zeit. Was Mr. Ollamoor angehe, der nun sei schon fast so lange weg wie Ned – sie wisse nicht wo. Sie würde Ned jetzt mit Freuden heiraten, wenn er sie noch einmal fragen sollte, und ihm bis an ihr Lebensende eine zärtliche kleine Frau sein.

Eine Welle warmen Gefühls muss Ned Hipcrofts Körper bei Erhalt dieser Nachricht durchflutet haben, wenn wir nach dem Thema urteilen dürfen. Fraglos liebte er sie immer noch, auch wenn das keine andere Form des Glücklichseins ausschloss. Das nun von seiner Car'line, die so viele Jahre für ihn tot gewesen war; und dass sie jetzt für ihn wieder lebendig war wie in alten Zeiten, das war an sich schon ein Gegenstand freudiger Genugtuung. Ned hatte sich mit seinem Los der Einsamkeit so sehr abgefunden oder auch zufrieden gegeben, dass er wahrscheinlich über nichts auf der Welt in großen Jubel ausgebrochen wäre. Trotzdem offenbarte nach seiner ersten Überraschung ein gewisses überschwängliches Maß an Beschäftigung mit dem Brief, wie tief ihn das Bekenntnis ihres Vertrauens in ihn aufgewühlt hatte. Maßvoll und methodisch, wie es seine Art war, beantwortete er den Brief weder am selben, noch am nächsten oder übernächsten Tag. Erst dachte er einmal gut nach. Als er ihn aber beantwortete, mischten sich jede Menge vernünftige Argumente in die unmissverständliche Zärtlichkeit seiner Erwiderung; aber die Zärtlichkeit an sich reichte schon aus, um zu zeigen, wie sehr er sich über ihre freimütige Offenheit freute und dass der Ankerplatz, den sie sich in seinem

He told her—and as he wrote his lips twitched humorously over the few gentle words of raillery he indited among the rest of his sentences—that it was all very well for her to come round at this time of day. Why wouldn't she have him when he wanted her? She had no doubt learned that he was not married, but suppose his affections had since been fixed on another? She ought to beg his pardon. Still, he was not the man to forget her. But considering how he had been used, and what he had suffered, she could not quite expect him to go down to Stickleford and fetch her. But if she would come to him, and say she was sorry, as was only fair; why, yes, he would marry her, knowing what a good little woman she was at the core. He added that the request for her to come to him was a less one to make than it would have been when he first left Stickleford, or even a few months ago; for the new railway into South Wessex was now open, and there had just begun to be run wonderfully contrived special trains, called excursion-trains, on account of the Great Exhibition; so that she could come up easily alone.

She said in her reply how good it was of him to treat her so generously, after her hot and cold treatment of him; that though she felt frightened at the magnitude of the journey, and was never as yet in a railway-train, having only seen one pass at a distance, she embraced his offer with all her heart; and would, indeed, own to him how sorry she was, and beg his pardon, and try to be a good wife always, and make up for lost time.

The remaining details of when and where were soon settled, Car'line informing him, for her ready identification

Herzen erworben hatte, wiederbelebt werden könne, wenn er nicht schon fortwährend weiter fest bestanden habe.

Er sagte ihr – und beim Schreiben zuckten seine Lippen belustigt über die wenigen freundlich-spöttischen Bemerkungen, die er unter seine übrigen Sätze streute –, dass es für sie ja gut und schön sei, sich so spät noch eines Besseren zu besinnen. Warum hatte sie ihn nicht gewollt, als er sie haben wollte? Sie habe zweifellos erfahren, dass er nicht verheiratet sei, aber wenn seine Liebe nun inzwischen einer anderen gegolten hätte? Sie solle ihn um Verzeihung bitten. Er habe sie nach wie vor noch nicht vergessen. Aber in Anbetracht dessen, wie er behandelt worden sei und was er gelitten habe, könne sie kaum von ihm erwarten, nach Stickleford zu fahren und sie zu abzuholen. Aber wenn sie zu ihm kommen und ihm sagen würde, dass es ihr leid tue, was ja nur fair sei, ja dann würde er sie heiraten, weil er ja wisse, was für eine gute kleine Frau sie im Kern sei. Er fügte noch hinzu, dass die Bitte, sie möge zu ihm kommen, jetzt keine so große Angelegenheit mehr sei wie damals, als er Stickleford verlassen habe oder auch noch vor ein paar Monaten; denn inzwischen sei die neue Eisenbahnstrecke nach South Wessex in Betrieb, und es führen jetzt seit kurzem wunderbar gebaute Sonderzüge, Ausflugszüge genannt, und zwar wegen der Großen Ausstellung; deshalb könne sie problemlos alleine kommen.

Sie schrieb in ihrer Antwort, wie gut es von ihm sei, sie so großmütig zu behandeln, nachdem sie ihn so wechselhaft behandelt habe; zwar habe sie Angst vor der langen Reise, weil sie noch nie in einem Eisenbahnwagen gesessen habe, nur einmal einen in der Ferne habe vorbeifahren sehen, doch nehme sie sein Angebot aus vollem Herzen an und wolle ihm eingestehen, wie leid es ihr tue und ihn um Verzeihung bitten und versuchen, ihm immer eine gute Gattin zu sein und die verlorene Zeit wieder gutzumachen.

Die restlichen Einzelheiten des Wann und Wo waren bald geklärt, nachdem Car'line ihm mitgeteilt hatte, sie werde, damit

in the crowd, that she would be wearing "my new sprigged-laylock cotton gown," and Ned gaily responding that, having married her the morning after her arrival, he would make a day of it by taking her to the Exhibition. One early summer afternoon, accordingly, he came from his place of work, and hastened toward Waterloo Station to meet her. It was as wet and chilly as an English June day can occasionally be, but as he waited on the platform in the drizzle he glowed inwardly, and seemed to have something to live for again.

The "excursion-train"—an absolutely new departure in the history of travel—was still a novelty on the Wessex line, and probably everywhere. Crowds of people had flocked to all the stations on the way up to witness the unwonted sight of so long a train's passage, even where they did not take advantage of the opportunity it offered. The seats for the humbler class of travellers in these early experiments in steam-locomotion, were open trucks, without any protection whatever from the wind and rain; and damp weather having set in with the afternoon, the unfortunate occupants of these vehicles were, on the train drawing up at the London terminus, found to be in a pitiable condition from their long journey; blue-faced, stiff-necked, sneezing, rain-beaten, chilled to the marrow, many of the men being hatless; in fact, they resembled people who had been out all night in an open boat on a rough sea, rather than inland excursionists for pleasure. The women had in some degree protected themselves by turning up the skirts of their gowns over their heads, but as by this arrangement they were additionally exposed about the hips, they were all more or less in a sorry plight.

er sie schnell in der Menge erkenne, ihr »neues fliedergeblümtes Baumwollkleid« tragen, und Ned frohgemut erwidert hatte, er werde, nachdem er sie am Morgen nach ihrer Ankunft geheiratet habe, einen Tag blau machen und sie auf die Ausstellung führen. Also verließ er seinen Arbeitsplatz an einem frühen Sommernachmittag und eilte zur Waterloo Station, um sie abzuholen. Es war ein so nasser und kühler Tag, wie es ihn in England im Juni gelegentlich gibt, aber als er im Nieselregen auf dem Bahnsteig wartete, brannte etwas in ihm, und er schien wieder etwas zu haben, wofür es sich zu leben lohnte.

Der Ausflugszug – ein völlig neuer Aufbruch in der Geschichte des Reisens – war auf der Wessex-Strecke immer noch etwas Neues, und wahrscheinlich nicht nur dort. Menschen waren scharenweise zu allen Stationen an der Strecke geströmt, um den ungewohnten Anblick der Durchfahrt eines so langen Zuges mitzuerleben, auch wenn sie nicht überall die gebotene Gelegenheit zur Mitfahrt nutzten. Die Plätze für die Reisenden der niedereren Klasse befanden sich, in dieser frühen Versuchsphase des dampfbetriebenen Verkehrs, auf offenen Wagen und boten keinerlei Schutz vor Wind und Wetter; und da am Nachmittag Regen eingesetzt hatte, so befanden sich die unglücklichen Insassen dieser Waggons nach ihrer langen Reise, als der Zug die Endstation London erreichte, in einer bemitleidenswerten Verfassung; blau im Gesicht, mit steifem Hals, niesend, regendurchnässt, bis auf die Knochen durchgefroren, und viele Männer waren ihres Hutes verlustig gegangen; tatsächlich glichen sie eher Menschen, die die ganze Nacht in einem offenen Boot auf rauer See verbracht hatten, als Binnenlandsausflüglern auf einer Vergnügungsfahrt. Die Frauen hatten sich in gewissem Maße dadurch geschützt, dass sie die Röcke ihrer Kleider über den Kopf gezogen hatten, aber aufgrund dieser Maßnahme waren sie zusätzlich ungeschützt um die Hüften herum; sie waren alle mehr oder minder in einem jämmerlichen Zustand.

In the bustle and crush of alighting forms of both sexes which followed the entry of the huge concatenation into the station, Ned Hipcroft soon discerned the slim little figure his eye was in search of, in the sprigged lilac, as described. She came up to him with a frightened smile—still pretty, though so damp, weather-beaten, and shivering from long exposure to the wind.

'O, Ned!' she sputtered, 'I—I—' He clasped her in his arms and kissed her, whereupon she burst into a flood of tears.

'You are wet, my poor dear! I hope you'll not get cold,' he said. And surveying her and her multifarious surrounding packages, he noticed that by the hand she led a toddling child—a little girl of three or so—whose hood was as clammy and tender face as blue as those of the other travellers.

'Who is this—somebody you know?' asked Ned curiously.

'Yes, Ned. She's mine.'

'Yours?'

'Yes—my own.'

'Your own child?'

'Yes!'

'But who's the father?'

'The young man I had after you courted me.'

'Well—as God's in——'

'Ned, I didn't name it in my letter, because, you see, it would have been so hard to explain! I thought that when we met I could tell you how she happened to be born, so much better than in writing! I hope you'll excuse it this once, dear Ned, and not scold me, now I've come so many, many miles!'

Im Gewühl und Gedränge aussteigender Gestalten beiderlei Geschlechts, das der Einfahrt der langen Wagenkette in den Bahnhof folgte, erspähte Ned Hipcroft schon bald die schlanke, kleine Figur, die sein Auge suchte, und zwar, wie beschrieben, im Fliedergeblümten. Sie kam mit ängstlichem Lächeln auf ihn zu – immer noch hübsch, wenn auch sehr klamm, vom Wetter mitgenommen und fröstelnd, weil sie so lange dem Wind ausgesetzt war.

»Ach, Ned!«, sprudelte es aus ihr heraus, »ich ... ich ...!« Er schloss sie in die Arme und küsste sie, woraufhin sie in Tränen ausbrach.

»Du bist ja ganz nass, meine arme Liebe! Ich hoffe nur, dass du dich nicht erkältest«, sagte er. Und als er sie und ihre mannigfaltigen Gepäckstücke musterte, bemerkte er, dass sie ein kleines Kind an der Hand hatte – ein vielleicht dreijähriges Mädchen – dessen Haube ebenso nass und dessen zartes Gesicht ebenso blau war wie die der anderen Reisenden.

»Wer ist das – jemand, den du kennst?«, fragte Ned neugierig.

»Ja, Ned. Sie gehört zu mir.«

»Zu dir?«

»Ja – sie ist mein Kind.«

»Dein leibliches Kind?«

»Ja!«

»Und wer ist der Vater?«

»Der junge Mann, den ich hatte, nachdem du um mich geworben hattest.«

»Na – da wird doch der Hund in der ...«

»Ned, ich habe es in meinem Brief nicht erwähnt, weil es, weißt du, so schwer zu erklären gewesen wäre! Ich dachte, wenn wir uns sehen, könnte ich dir viel besser in meinen Worten erzählen, wie es dazu gekommen ist, dass sie geboren wurde, als es dir zu schreiben! Ich hoffe, du verzeihst es mir dieses eine Mal und schimpfst mich nicht aus, jetzt, da ich so viele, viele Meilen hergekommen bin!«

'This means Mr. Mop Ollamoor, I reckon!' said Hipcroft, gazing palely at them from the distance of the yard or two to which he had withdrawn with a start.

Car'line gasped. 'But he's been gone away for years!' she supplicated. 'And I never had a young man before! And I was so onlucky to be catched the first time he took advantage o' me, though some of the girls down there go on like anything!'

Ned remained in silence, pondering.

'You'll forgive me, dear Ned?' she added, beginning to sob outright. 'I haven't taken 'ee in after all, because—because you can pack us back again, if you want to; though 'tis hundreds o' miles, and so wet, and night a-coming on, and I with no money!'

'What the devil can I do!' Hipcroft groaned.

A more pitiable picture than the pair of helpless creatures presented was never seen on a rainy day, as they stood on the great, gaunt, puddled platform, a whiff of drizzle blowing under the roof upon them now and then; the pretty attire in which they had started from Stickleford in the early morning bemuddled and sodden, weariness on their faces, and fear of him in their eyes; for the child began to look as if she thought she too had done some wrong, remaining in an appalled silence till the tears rolled down her chubby cheeks.

'What's the matter, my little maid?' said Ned mechanically.

'I do want to go home!' she let out, in tones that told of a bursting heart. 'And my totties be cold, an' I shan't have no bread an' butter no-more!

»Das heißt dann wohl Mr. Mop Ollamoor, schätze ich!«, sagte Hipcroft und starrte die beiden erbleichend an, aus einer Entfernung von zwei, drei Schritten, die er schlagartig zurückgewichen war.

Car'line rang nach Atem. »Aber er ist schon seit Jahren nicht mehr da!«, äußerte sie flehentlich. »Und ich habe davor nie einen jungen Mann gehabt! Und ich hatte das Pech, dass es mich gleich beim ersten Mal, als er mich verführte, erwischt hat, wenn auch manche Mädchen dort auf dem Lande so weitermachen, als wenn nie was passiert wäre!«

Ned verharrte grübelnd im Schweigen.

»Du verzeihst mir doch, mein lieber Ned?«, fügte sie hinzu und fing auf der Stelle an zu schluchzen. »Ich habe dich schließlich nicht eingeweiht, weil – weil du uns jetzt sofort wieder zurückschicken kannst, wenn du willst; auch wenn es Hunderte von Meilen sind, die Nacht anbricht und ich kein Geld habe!«

»Was zum Teufel kann ich tun!«, stöhnte Hipcroft.

Ein bemitleidenswerteres Bild als das, welches diese beiden hilflosen Geschöpfe boten, hatte man noch nie an einem Regentag gesehen, als sie da nun standen, auf dem großen, verlassenen Bahnsteig voller Pfützen, und sie hin und wieder unter dem Dach von einem einwehenden Nieselschauer getroffen wurden; die hübsche Kleidung, in der sie am Morgen aus Stickleford aufgebrochen, war inzwischen zerzaust, beschmutzt und durchnässt, ihre Gesichter waren von Erschöpfung gezeichnet, und in ihren Augen spiegelte sich Angst vor ihm; selbst das Kind sah allmählich so aus, als meinte es, auch ein Unrecht begangen zu haben, es schwieg weiterhin vor Entsetzen still, bis ihm die Tränen über die Apfelbäckchen rollten.

»Was ist denn los, mein Mädelchen?«, fragte Ned mechanisch.

»Ich will nach Hause!«, brachte sie in Tönen heraus, die ein berstendes Herz verrieten. »Und ich friere am ganzen Leibe, und Butterbrote wird's für mich nie mehr wieder geben!«

'I don't know what to say to it all!' declared Ned, his own eye moist as he turned and walked a few steps with his head down; then regarded them again point-blank. From the child escaped troubled breaths and silently welling tears.

'Want some bread and butter, do 'ee?' he said, with factitious hardness.

'Ye—e—s!'

'Well, I dare say I can get 'ee a bit! Naturally, you must want some. And you, too, for that matter, Car'line.'

'I do feel a little hungered. But I can keep it off,' she murmured.

'Folk shouldn't do that,' he said gruffly. ... 'There, come along!' He caught up the child, as he added, 'You must bide here to-night, anyhow, I s'pose! What can you do otherwise? I'll get 'ee some tea and victuals; and as for this job, I'm sure I don't know what to say! This is the way out.'

They pursued their way, without speaking, to Ned's lodgings, which were not far off. There he dried them and made them comfortable, and prepared tea; they thankfully sat down. The ready-made household of which he suddenly found himself the head imparted a cosy aspect to his room, and a paternal one to himself. Presently he turned to the child and kissed her now blooming cheeks; and, looking wistfully at Car'line, kissed her also.

'I don't see how I can send you back all them miles,' he growled, 'now you've come all the way o' purpose to join me. But you must trust me, Car'line, and show you've real faith in me. Well, do you feel better now, my little woman?'

The child nodded beamingly, her mouth being otherwise occupied.

»Ich weiß nicht, was ich zu alledem sagen soll!«, erklärte Ned feuchten Auges, drehte sich um und ging gesenkten Hauptes ein paar Schritte davon; dann sah er ihnen unverhohlen ins Gesicht. Dem kleinen Mädchen entfuhren schwere Atemzüge, und stumm traten ihm Tränen ins Gesicht.

»Butterbrote willst du also, wie?«, sagte er mit gekünstelter Strenge.

»Jaa!«

»Nun, ich darf wohl sagen, die kann ich dir bieten. Ganz natürlich, dass du was essen willst. Und du wohl auch, Car'line.«

»Ich fühl mich tatsächlich ein bisschen hungrig. Aber ich kann es verdrängen«, murmelte sie.

»Das sollte man nie tun«, sagte er schroff … »Also, mitgekommen!« Und während er sich das Kind schnappte, fügte er noch hinzu: »Ihr müsst sowieso heute Nacht hierbleiben, denke ich mal! Was sollt ihr denn sonst machen? Ich sorge für Tee und Verpflegung; und was die Geschichte angeht, weiß ich nicht genau, was ich dazu sagen soll! Hier geht es raus.«

Sie machten sich schweigend auf den Weg zu Neds Logis, das nicht weit weg war. Dort trocknete er sie ab, machte es ihnen gemütlich und bereitete die Teemahlzeit zu; dankbar setzten sie sich zu Tisch. Die komplettierte Kleinfamilie, zu deren Vorstand er so plötzlich geworden war, verlieh dem Zimmer etwas Behagliches und ihm selbst etwas Väterliches. Sogleich wandte er sich der Kleinen zu und küsste ihr die nun strahlenden Bäckchen; dann sah er sehnsüchtig Car'line an und küsste auch sie.

»Ich kann euch wohl kaum die vielen Meilen zurückschicken«, brummte er, »da ihr nun den ganzen Weg mit der Absicht gekommen seid, euch mit mir zusammenzutun. Aber du musst mir vertrauen, Car'line, und mir zeigen, dass du wirklich an mich glaubst. Na, fühlst du dich jetzt besser, mein kleines Fräulein?«

Das Kind nickte strahlend; sein Mund war anderweitig beschäftigt.

'I did trust you, Ned, in coming; and I shall always!'

Thus, without any definite agreement to forgive her, he tacitly acquiesced in the fate that Heaven had sent him; and on the day of their marriage (which was not quite so soon as he had expected it could be, on account of the time necessary for banns) he took her to the Exhibition when they came back from church, as he had promised. While standing near a large mirror in one of the courts devoted to furniture, Car'line started, for in the glass appeared the reflection of a form exactly resembling Mop Ollamoor's—so exactly, that it seemed impossible to believe anybody but that artist in person to be the original. On passing round the objects which hemmed in Ned, her, and the child from a direct view, no Mop was to be seen. Whether he were really in London or not at that time was never known; and Car'line always stoutly denied that her readiness to go and meet Ned in town arose from any rumor that Mop had also gone thither; which denial there was no reasonable ground for doubting.

And then the year glided away, and the Exhibition folded itself up and became a thing of the past. The park trees that had been enclosed for six months were again exposed to the winds and storms, and the sod grew green anew. Ned found that Car'line resolved herself into a very good wife and companion, though she had made herself what is called cheap to him; but in that she was like another domestic article, a cheap tea-pot, which often brews better tea than a dear one. One autumn Hipcroft found himself with but little work to do, and a prospect of less for the winter. Both being country born and bred, they fancied they would like to live again in their natural atmosphere. It was accordingly decided

»Weil ich dir vertraut habe, Ned, bin ich gekommen; und ich werde dir immer vertrauen!«

Ohne eindeutige Erklärung, ihr zu verzeihen, fügte er sich nun also stillschweigend in das Los, das der Himmel ihm geschickt hatte; und am Tag ihrer Hochzeit (der nicht so schnell kam, wie er erwartet hatte, weil nämlich einige Zeit nötig war für das Heiratsaufgebot) führte er sie nach der Kirche wie versprochen auf die Ausstellung. Als Car'line in einer Möbeln gewidmeten Halle vor einem großen Spiegel stand, zuckte sie zusammen, denn in dem Glas erschien die Widerspiegelung einer Gestalt, die haargenau der Mop Ollamoors glich – so haargenau, dass es unmöglich schien zu glauben, jemand anders als der Künstler persönlich sei der Ursprung der Spiegelung. Als Ned, sie und das Mädchen um die Gegenstände herum gingen, die ihnen den direkten Blick verstellten, war kein Mop zu sehen. Ob er zu der Zeit wirklich in London gewesen war oder nicht, hat nie jemand erfahren; und Car'line hat immer hartnäckig bestritten, dass ihre Bereitschaft, sich mit Ned in der Stadt zu treffen, Folge des Gerüchts gewesen sei, dass auch Mop sich dorthin begeben habe; es gab keinen vernünftigen Grund, an dieser Aussage zu zweifeln.

Und dann schwand das Jahr dahin und die Ausstellung schloss ihre Pforten, brach ihre Zelte ab und gehörte der Vergangenheit an. Die Parkbäume, die sechs Monate eingeschlossen in Räumen verbracht hatten, waren wieder Winden und Stürmen ausgesetzt, und grün wuchs der Rasen aufs Neue. Ned fand, dass Car'line sich in eine sehr gute Gattin und Gefährtin verwandelt hatte, auch wenn sie sich für ihn, wie man so sagt, billig gemacht hatte; aber darin war sie so wie jeder andere Haushaltsartikel, eine billige Teekanne etwa, die oft besseren Tee bereitet als eine teure. Eines Herbstes hatte Hipcroft nur wenig zu tun, und der Winter bot bloß Aussicht auf noch weniger Arbeit. Da sie beide auf dem Lande geboren und aufgewachsen waren, stellten sie sich vor, wie schön es wäre, wieder

between them that they should leave the pent-up London lodging, and that Ned should seek out employment near his native place, his wife and her daughter staying with Car'line's father during the search for occupation and an abode of their own.

Tinglings of pride pervaded Car'line's spasmodic little frame as she journeyed down with Ned to the place she had left two or three years before, in silence and under a cloud. To return to where she had once been despised, a smiling London wife with a distinct London accent, was a triumph which the world did not witness every day.

The train did not stop at the petty roadside station that lay nearest to Stickleford, and the trio went on to Casterbridge. Ned thought it a good opportunity to make a few preliminary inquiries for employment at workshops in the borough where he had been known; and feeling cold from her journey, and it being dry underfoot and only dusk as yet, with a moon on the point of rising, Car'line and her little girl walked on toward Stickleford, leaving Ned to follow at a quicker pace, and pick her up at a certain half-way house, widely known as an inn.

The woman and child pursued the well-remembered way comfortably enough, though they were both becoming wearied. In the course of three miles they had passed Heedless-William's Pond, the familiar landmark by Bloom's End, and were drawing near the Quiet Woman, a lone roadside hostel on the lower verge of the Egdon Heath, since and for many years abolished. In stepping up toward it Car'line heard more voices within than had formerly been customary at such an hour, and she learned that an auction of fat stock had been held near the spot

in ihrer natürlichen Umgebung zu leben. Folglich wurde gemeinsam beschlossen, das allzu enge Londoner Logis zu verlassen; Ned sollte eine Beschäftigung in der Nähe seines Geburtsortes suchen; während seiner Suche nach einer Stelle und einer eigenen Bleibe würde Car'line mit ihrer Tochter solange bei ihrem Vater bleiben.

Aufwallungen von Stolz durchrasten Car'lines kleinen, zitternden Körper, als sie mit Ned an jenen Ort reiste, den sie zwei oder drei Jahre zuvor in aller Stille und in Ungnade gefallen verlassen hatte. Die Rückkehr dorthin, wo sie einst verachtet worden war, jetzt als lächelnde Londoner Ehefrau mit einem unverkennbaren Londoner Akzent, war ein Triumph, den die Welt nicht jeden Tag erlebte.

Da der Zug nicht auf dem kleinen Dorfbahnhof hielt, der in nächster Nähe von Stickleford lag, fuhr das Trio weiter bis Casterbridge. Ned hielt es für eine gute Gelegenheit, ein paar Voraberkundigungen zur Arbeitssuche in den Werkshallen jener Stadt zu machen, in der er kein Unbekannter gewesen war; und da es ihnen von der Reise kalt und der Erdboden trocken war und die Abenddämmerung gerade erst anbrach und der Mond eben aufgehen wollte, gingen Car'line und ihre kleine Tochter zu Fuß weiter nach Stickleford; Ned sollte ihnen schnelleren Fußes folgen und sie von einem bestimmten, auf halbem Wege gelegenen Haus abholen, das weithin als Gasthaus bekannt war.

Die Frau und das Kind gingen den Weg, den sie so gut in Erinnerung hatten, unbeschwert weiter, nur dass sie beide langsam müde wurden. Im Verlauf von drei Meilen waren sie am Heedless-William's Teich wie auch dem Markstein bei Bloom's End vorbeigekommen, und näherten sich nun »Quiet Woman«, einer einsam an der Landstraße, am unteren Saum der Edgon Heath gelegenen Herberge, die schon seit vielen Jahren leer stand. Als Car'line sich dem Haus näherte, hörte sie mehr Stimmen als früher zu solch einer Stunde üblich, und sie erfuhr, dass am Nachmittag ganz in der Nähe eine Schlachtviehauktion

that afternoon. The child would be the better for a rest as well as herself, she thought, and she entered.

The guests and customers overflowed into the passage, and Car'line had no sooner crossed the threshold than a man whom she remembered by sight came forward with a glass and mug in his hands towards a friend leaning against the wall; but, seeing her, very gallantly offered her a drink of the liquor, which was gin-and-beer hot, pouring her out a tumblerful and saying, in a moment or two: 'Surely, 'tis little Car'line Aspent that was—down at Stickleford?'

She assented, and, though she did not exactly want this beverage, she drank it since it was offered, and her entertainer begged her to come in further and sit down. Once within the room she found that all the persons present were seated close against the walls, and there being a chair vacant she did the same. An explanation of their position occurred the next moment. In the opposite corner stood Mop, rosining his bow and looking just the same as ever. The company had cleared the middle of the room for dancing, and they were about to dance again. As she wore a veil to keep off the wind she did not think he had recognized her, or could possibly guess the identity of the child; and to her satisfied surprise she found that she could confront him quite calmly—mistress of herself in the dignity her London life had given her. Before she had quite emptied her glass the dance was called, the dancers formed in two lines, the music sounded, and the figure began.

Then matters changed for Car'line. A tremor quickened itself to life in her, and her hand so shook that she could hardly set down her glass. It was not the dance nor the dancers, but the notes of that old violin which thrilled the London wife, these having still all the witchery that she

stattgefunden hatte. Dem Kind wie auch ihr selbst würde eine Ruhepause gut tun, dachte sie, also ging sie hinein.

Die Gäste und Kunden drängten sich wie wild am Eingang, und kaum hatte Car'line die Schwelle überschritten, kam schon ein Mann, den sie vom Sehen von früher kannte, mit einem Glas und einem Krug in der Hand vorbei und ging auf einen Freund zu, der an der Wand lehnte; als er aber sie sah, bot er ihr äußerst galant einen Schluck des alkoholischen Getränks an, Gin-und-Bier-Punsch, schenkte ihr ein Glas voll ein und sagte kurz darauf: »Das ist doch bestimmt die kleine Car'line Aspent, einst und ehemals – unten aus Stickleford?«

Das bejahte sie, und auch wenn sie sein Getränk eigentlich nicht wollte, trank sie es doch, weil er es ihr angeboten hatte, und ihr spendabler Kavalier bat sie, doch ganz hereinzukommen und Platz zu nehmen. Kaum hatte sie den Raum betreten, bemerkte sie, dass alle Leute an den Wänden saßen, und weil dort ein leerer Stuhl stand, setzte sie sich dort ebenfalls hin. Eine Erklärung für diese Anordnung bot sich im nächsten Augenblick. In der Ecke gegenüber stand Mop, er rieb seinen Bogen mit Kolophonium ein und sah so aus wie immer. Die Gesellschaft hatte die Mitte des Saales zum Tanzen geräumt, und der nächste Tanz sollte gerade beginnen. Da sie zum Schutz vor Wind einen Schleier trug, glaubte sie nicht, dass er sie erkannt hatte oder gar die Identität des Kindes erraten konnte; zu ihrer beruhigenden Überraschung stellte sie fest, dass sie ihm ganz gelassen gegenübertreten konnte – Herrin ihrer selbst in der Würde, die ihr das Leben in London gegeben hatte. Noch ehe sie ihr Glas ganz geleert hatte, wurde der Tanz angesagt, die Tänzer stellten sich in zwei Reihen auf, die Musik erklang und die Figur begann.

Dann veränderten sich die Dinge für Car'line. Ein Beben erschütterte sie im Innersten, und ihre Hand zitterte so sehr, dass sie kaum ihr Glas abstellen konnte. Das lag weder am Tanz noch an den Tänzern, sondern es waren die Töne jener alten Violine, die die Ehefrau aus London verzückten, denn diese besaßen im-

had so well known of yore, and under which she had used to lose her power of independent will. How it all came back! There was the fiddling figure against the wall; the large, oily, moplike head of him, and beneath the mop the face with closed eyes.

After the first moments of paralyzed reverie the familiar tune in the familiar rendering made her laugh and shed tears simultaneously. Then a man at the bottom of the dance, whose partner had dropped away, stretched out his hand and beckoned to her to take the place. She did not want to dance; she entreated by signs to be left where she was, but she was entreating of the tune and its player rather than of the dancing man. The saltatory tendency which the fiddler and his cunning instrument had ever been able to start in her was seizing Car'line just as it had done in earlier years, possibly assisted by the gin-and-beer hot. Tired as she was she grasped her little girl by the hand, and plunging in at the bottom of the figure, whirled about with the rest. She found that her companions were mostly people of the neighbouring hamlets and farms—Bloom's End, Mellstock, Lewgate, and elsewhere; and by degrees she was recognized as she convulsively danced on, wishing that Mop would cease and let her heart rest from the aching he caused, and her feet also.

After long and many minutes the dance ended, when she was urged to fortify herself with more gin-and-beer; which she did, feeling very weak and overpowered with hysteric emotion. She refrained from unveiling, to keep Mop in ignorance of her presence, if possible. Several of the guests having left, Car'line hastily wiped her lips and also turned to go; but, according to the account of

mer noch die ganze Zauberkraft, die sie einstmals so stark am eigenen Leibe erfahren hatte und unter deren Einfluss sie immer wieder die Kraft ihres freien Willens verloren hatte. Wie auf einmal alles wieder da war! Da stand der Geiger an der Wand, mit seinem großen, öligen mopähnlichen Schopf, und unter dem Mop das Gesicht mit geschlossenen Augen.

Nach den ersten Momenten erstarrten Tagträumens brachte die wohlbekannte Melodie in der wohlbekannten Darbietung sie gleichzeitig zum Lachen und zum Weinen. Dann streckte ihr ein Mann am Ende der Reihe, deren Partnerin ausgeschieden war, die Hand entgegen und forderte sie auf, deren Platz einzunehmen. Sie wollte nicht tanzen; sie flehte mit Händen und Füßen, bleiben zu dürfen, wo sie war, aber das lag an der Melodie und dem Musikanten und nicht an dem Tänzer. Der tänzerische Trieb, den der Geiger mit seinem schmeichelnden Instrument damals immer in ihr zu wecken vermochte, packte Car'line genauso wie früher, möglicherweise unterstützt vom Gin-und-Bier-Punsch. So müde sie auch war, sie nahm ihr kleines Mädchen bei der Hand, stürzte sich am Ende der Reihe in die Tanzfigur und drehte sich wirbelnd mit allen anderen. Sie merkte, dass ihre Mittänzer zumeist Leute aus den umliegenden Dörfern und von den nahen Höfen waren – Bloom's End, Mellstock, Lewgate und sonst wo; und allmählich wurde auch sie erkannt, während sie wild zuckend weitertanzte und sich wünschte, Mop möge endlich aufhören und ihr Herz von den Schmerzen, die er verursachte, ausruhen lassen, und ihre Füße ebenfalls.

Als nach vielen langen Minuten der Tanz zu Ende war, drängte es sie, sich mit mehr Gin-und-Bier zu stärken; das tat sie auch, denn sie fühlte sich sehr schwach und überwältigt von hysterischer Erregung. Sie unterließ es, den Schleier zu lüften, um Mop weiterhin, wenn möglich, in Ahnungslosigkeit über ihre Anwesenheit zu wiegen. Nachdem einige Gäste gegangen waren, wischte sich Car'line hastig die Lippen ab und wandte

some who remained, at that very moment a five-handed reel was proposed, in which two or three begged her to join.

She declined on the plea of being tired and having to walk to Stickleford, when Mop began aggressively tweedling "My Fancy-Lad," in D major, as the air to which the reel was to be footed. He must have recognized her, though she did not know it, for it was the strain of all seductive strains which she was least able to resist—the one he had played when she was leaning over the bridge at the date of their first acquaintance. Car'line stepped despairingly into the middle of the room with the other four.

Reels were resorted to hereabouts at this time by the more robust spirits, for the reduction of superfluous energy which the ordinary figure-dances were not powerful enough to exhaust. As everybody knows, or does not know, the five reelers stood in the form of a cross, the reel being performed by each line of three alternately, the persons who successively came to the middle place dancing in both directions. Car'line soon found herself in this place, the axis of the whole performance, and could not get out of it, the tune turning into the first part without giving her opportunity. And now she began to suspect that Mop did know her, and was doing this on purpose, though whenever she stole a glance at him his closed eyes betokened obliviousness to everything outside his own brain. She continued to wend her way through the figure of 8 that was formed by her course, the fiddler introducing into his notes the wild and agonizing sweetness of a living voice in one too highly wrought; its pathos running high and running low in endless variation, projecting through her nerves excruciating spasms, a sort of blissful torture. The room swam, the

sich auch zum Gehen; wie aber einer der noch Gebliebenen berichtet, wurde genau in dem Moment ein Fünfer-Reel angesagt, und zwei oder drei baten sie, dabei mitzumachen.

Sie lehnte unter dem Vorwand ab, sie sei müde und müsse zu Fuß nach Stickleford, als Mop unternehmungslustig »My Fancy-Lad« in D-Dur zu fiedeln begann, die Weise, zu welcher der Reel getanzt werden sollte. Er musste sie erkannt haben, auch wenn sie es nicht wusste, denn das war unter allen verführerischen Melodien die Musik, der sie am wenigsten widerstehen konnte – nämlich jene, die er am Tag ihrer ersten Begegnung gespielt hatte, als sie damals auf der Brücke stand und sich übers Geländer lehnte. Car'line trat, voller Verzweiflung, mit den vier anderen in die Mitte des Saales.

Der Reel war damals in dieser Gegend der Tanz der Wahl für die robusteren Geister, um jene überschüssige Energie loszuwerden, die bei den gewöhnlichen Figurentänzen nicht zu erschöpfen war. Wie jedermann weiß oder auch nicht, stehen die fünf Reeler zu Beginn in Form eines Kreuzes auf der Tanzfläche, und jede Runde Reel wird von jeder Dreierreihe abwechselnd vorgeführt, wobei diejenigen, die nacheinander in die Mitte gelangen, in beide Richtungen tanzen. Car'line fand sich schon bald in dieser Position, als Achse der ganzen Darbietung, und konnte ihr nicht entrinnen, da die Weise zum ersten Teil zurückfand und ihr keine Fluchtmöglichkeit eröffnete. Und jetzt dämmerte es ihr, dass Mop sie erkannt hatte und das alles absichtlich tat, obgleich seine geschlossenen Augen, wenn ihr schon mal ein heimlicher Blick auf ihn gelang, nichts weiter verrieten als seine Blindheit für alles außerhalb seines eigenen Hirns. Sie tanzte weiter durch die Achterfigur, die mit ihren Schritten Gestalt annahm, während der Geiger seinen Tönen die wilde und quälende Süße der menschlichen Stimme eines zu überspannten Wesens verlieh; deren Pathos durchlief in endlosen Variationen alle Höhen und Tiefen und jagte marternde Krämpfe durch ihre Nervenbahnen, eine Art wonnige Folter.

tune was endless; and in about a quarter of an hour the only other woman in the figure dropped out exhausted, and sank panting on a bench.

The reel instantly resolved itself into a four-handed one. Car'line would have given anything to leave off; but she had, or fancied she had, no power, while Mop played such tunes; and thus another ten minutes slipped by, a haze of dust now clouding the candles, the floor being of stone, sanded. Then another dancer fell out—one of the men—and went into the passage in a frantic search for liquor. To turn the figure into a three-handed reel was the work of a second, Mop modulating at the same time into "The Fairy Dance," as better suited to the contracted movement, and no less one of those foods of love which, as manufactured by his bow, had always intoxicated her.

In a reel for three there was no rest whatever, and four or five minutes were enough to make her remaining two partners, now thoroughly blown, stamp their last bar, and, like their predecessors, limp off into the next room to get something to drink. Car'line, half-stifled inside her veil, was left dancing alone, the apartment now being empty of everybody save herself, Mop, and their little girl.

She flung up the veil, and cast her eyes upon him, as if imploring him to withdraw himself and his acoustic magnetism from the atmosphere. Mop opened one of his own orbs, as though for the first time, fixed it peeringly upon her, and smiling dreamily, threw into his strains the reserve of expression which he could not afford to waste on a big and noisy dance. Crowds of little chromatic subtleties, capable of drawing tears from a statue, proceeded straightway from the ancient fiddle, as if it were dying of the emotion which had been pent up

Der Raum verschwamm, die Melodie nahm kein Ende; und nach etwa einer Viertelstunde stieg die einzige andere Frau in der Figur erschöpft aus dem Tanz aus und ließ sich keuchend auf eine Bank fallen.

Der Reel wurde dadurch sofort zu einem Vierertanz. Car'line hätte alles darum gegeben, aufhören zu können; aber dazu fehlte ihr, auch wenn sie das vielleicht nur meinte, die Kraft, während Mop solche Melodien spielte; und so vergingen weitere zehn Minuten, ein Staubschleier umwölkte die Kerzen, denn der Steinfußboden war mit Sand bestreut. Dann fiel ein weiterer Tänzer aus – ja, ein Mann – und verschwand im Flur auf der hektischen Suche nach einem alkoholischen Getränk. Um den Tanz in einen Dreier-Reel zu verwandeln, brauchte es nur eine Sekunde, und Mop ging gleich zu »The Fairy Dance« über, ein Stück, das viel besser zu der verknappten Bewegung passte und doch nicht weniger der Liebe Nahrung war, die, wenn von seinem Bogen erzeugt, sie immer berauscht hatte.[1]

In einem Reel zu dritt gab es keinerlei Ruhepause, und es reichten ihren verbliebenen beiden Partnern vier oder fünf Minuten, dass diese, jetzt völlig erschöpft, ihren letzten Takt stampften und wie ihre Vorgänger in den Raum nebenan humpelten, um etwas zu trinken. Car'line, halb erstickt hinter ihrem Schleier, blieb allein tanzend zurück, der Raum hatte sich nun völlig geleert – bis auf sie selbst, Mop und ihre kleine Tochter.

Sie schleuderte ihren Schleier hoch und warf ihre Blicke auf ihn, als wollte sie ihn beschwören, sich mit seinem magnetischen Klang aus ihrer Umgebung zu entfernen. Mop öffnete wie zum ersten Mal ein Auge, schaute sie fest damit an und warf mit einem verträumten Lächeln die Reserve an Ausdruckskraft in sein Spiel, die er bei einem großen und lauten Tanz sich nicht erlauben konnte zu vergeuden. Kleine chromatische Feinheiten zuhauf, die einer Statue Tränen zu entlocken vermochten, entsprangen sofort der alten Geige, als ob sie an den Gefühlen erstürbe, die seit der Vertreibung aus einer italienischen oder deut-

within it ever since its banishment from some Italian or German city where it first took shape and sound. There was that in the look of Mop's one dark eye which said: 'You cannot leave off, dear, whether you would or no!' and it bred in her a paroxysm of desperation that defied him to tire her down.

She thus continued to dance alone, defiantly as she thought, but in truth slavishly and abjectly, subject to every wave of the melody, and probed by the gimlet-like gaze of her fascinator's open eye; keeping up at the same time a feeble smile in his face, as a feint to signify it was still her own pleasure which led her on. A terrified embarrassment as to what she could say to him if she were to leave off, had its unrecognized share in keeping her going. The child, who was beginning to be distressed by the strange situation, came up and whimpered: 'Stop, mother, stop, and let's go home!' as she seized Car'line's hand.

Suddenly Car'line sank staggering to the floor, and rolling over on her face, prone she remained. Mop's fiddle thereupon emitted an elfin shriek of finality; stepping quickly down from the nine-gallon beer-cask which had formed his rostrum, he went to the little girl, who disconsolately bent over her mother.

The guests who had gone into the back room for liquor and change of air, hearing something unusual, trooped back hitherward, where they endeavoured to revive poor, weak Car'line by blowing her with the bellows and opening the window. Ned, her husband, who had been detained in Casterbridge, as aforesaid, came along the road at this juncture, and hearing excited voices through the open casement, and to his great surprise, the mention of his wife's name, he entered amid the rest upon the scene. Car'line was now in convul-

schen Stadt, wo sie ihre Form und ihren Klang erhalten hatte, in ihr eingesperrt waren. Es lag etwas im Blick von Mops dunklem Auge, und das sagte: »Du kannst nicht aufhören, meine Liebe, ob du willst oder nicht!«, und das erzeugte in ihr einen Verzweiflungsanfall, mit dem sie ihn trotzig herausforderte, sie zur Erschöpfung zu treiben.

Also tanzte sie weiter, trotzig, wie sie meinte, in Wahrheit aber sklavisch und unterwürfig, ausgeliefert jeder Woge der Melodie und durchdrungen vom bohrenden Blick des offenen Auges ihres Hypnotiseurs, der gleichzeitig ein mattes Lächeln im Gesicht bewahrte, als Finte, die besagen sollte, es sei schließlich noch immer ihre eigene Lust, die sie zum Weitertanzen treibe. Eine angstvolle Verlegenheit darüber, was sie ihm sagen könnte, wenn sie aufhören würde, hatte ihren unerkannten Anteil daran, dass sie weitermachte. Das Kind, das die seltsame Situation mehr und mehr verstörte, ging zu ihr und wimmerte: »Hör auf, Mutter, hör auf und lass uns nach Hause gehen!«, und ergriff dabei Car'lines Hand.

Plötzlich sank Car'line taumelnd zu Boden, wälzte sich einmal und blieb auf dem Bauch liegen. Mops Geige gab daraufhin als Letztes einen koboldhaften schrillen Ton von sich; er selbst stieg rasch von dem Neungallonen-Bierfass herab, das ihm als Podium gedient hatte, und ging zu dem kleinen Mädchen, das sich untröstlich über seine Mutter beugte.

Die Gäste, die sich zu geistigen Getränken und zur Luftveränderung ins Hinterzimmer verzogen hatten, kehrten, weil sie etwas Ungewöhnliches gehört hatten, in Scharen in den Saal zurück, wo sie sich bemühten, die arme, schwache Car'line wiederzubeleben, indem sie ihr mit einem Blasebalg Luft ins Gesicht pusteten und das Fenster aufrissen. Ihr Gatte Ned, der, wie schon gesagt, in Casterbridge aufgehalten worden war, kam genau in diesem kritischen Augenblick des Weges, und da er durch das offene Fenster erregte Stimmen vernahm und zu seiner großen Überraschung den Namen seiner Frau hörte, betrat er mit allen

sions, weeping violently, and for a long time nothing could be done with her. While he was sending for a cart to take her onward to Stickleford Hipcroft anxiously inquired how it had all happened; and then the assembly explained that a fiddler formerly known in the locality had lately visited his old haunts, and had taken upon himself without invitation to play that evening at the inn and raise a dance.

Ned demanded the fiddler's name, and they said Ollamoor.

'Ah!' exclaimed Ned, looking round him. 'Where is he, and where–where's my little girl?'

Ollamoor had disappeared, and so had the child. Hipcroft was in ordinary a quiet and tractable fellow, but a determination which was to be feared settled in his face now. 'Blast him!' he cried. 'I'll beat his skull in for'n, if I swing for it to-morrow!'

He had rushed to the poker which lay on the hearth, and hastened down the passage, the people following. Outside the house, on the other side of the highway, a mass of dark heath-land rose sullenly upward to its not easily accessible interior, a ravined plateau, whereon jutted into the sky, at the distance of a couple of miles, the fir-woods of Mistover backed by the Yalbury coppices–a place of Dantesque gloom at this hour, which would have afforded secure hiding for a battery of artillery, much less a man and a child.

Some other men plunged thitherward with him, and more went along the road. They were gone about twenty minutes altogether, returning without result to the inn. Ned sat down in the settle, and clasped his forehead with his hands.

andern die Szene. Car'line wand sich jetzt in Krämpfen, weinte aufs heftigste, und längere Zeit konnte man nichts für sie tun. Während Hipcroft nach einem Wagen schickte, der sie nach Stickleford bringen sollte, erkundigte er sich bang und begierig danach, wie alles geschehen war; darauf erklärte die versammelte Schar, dass ein einst in der Gegend bekannter Geiger in jüngster Zeit seine alten Jagdgründe aufgesucht und es ohne ausdrückliche Einladung auf sich genommen habe, an diesem Abend im Gasthaus zu spielen und einen Tanz auf die Beine zu stellen.

Ned fragte nach dem Namen des Geigers, und sie sagten: Ollamoor.

»Aha!«, rief Ned aus und blickte sich um. »Wo ist er, und wo – wo ist meine Kleine?«

Ollamoor war verschwunden, und mit ihm das Kind. Hipcroft war gewöhnlich ein ruhiger und williger Bursche, aber jetzt war ihm eine furchteinflößende Entschlusskraft fest ins Gesicht geschrieben. »Hol ihn der Teufel!«, rief er aus. »Ich schlag ihm den Schädel ein, auch wenn ich dafür morgen baumeln muss!«

Er hatte sich auf den Feuerhaken gestürzt, der auf dem Herd lag, und war den Korridor hinuntergestürmt, gefolgt von den Leuten. Draußen, auf der anderen Seite der Straße, erstreckte sich dichtes, dunkles Heideland finster empor bis zu seinem schwer zugänglichen Innersten, einem von Hohlwegen durchzogenen Plateau, auf welchem, ein paar Meilen entfernt, die Tannenwälder von Mistover in den Himmel ragten, vor dem Hintergrund des Yalbury-Dickichts – zu dieser Stunde ein Ort dantischer Düsternis, der jedem Artillerie-Bataillon ein sicheres Versteck geboten hätte, ganz zu schweigen von einem Mann und einem Kind.

Einige Männer stürmten mit ihm dorthin, andere gingen die Straße entlang. Insgesamt waren sie wohl an die zwanzig Minuten fort und kehrten dann nach ergebnisloser Suche ins Gasthaus zurück. Ned setzte sich auf die Ruhebank und vergrub seine Stirn in den Händen.

'Well—what a fool the man is, and hev been all these years, if he thinks the child his, as a' do seem to!' they whispered. 'And everybody else knowing otherwise!'

'No, I don't think 'tis mine!' cried Ned hoarsely, as he looked up from his hands. 'But she *is* mine, all the same! Ha'n't I nussed her? Ha'n't I fed her and teached her? Ha'n't I played wi' her? O, little Carry—gone with that rogue—gone!'

'You ha'n't lost your mis'ess, anyhow,' they said to console him. 'She's throwed up the sperrits, and she is feeling better, and she's more to 'ee than a child that isn't yours.'

'She isn't! She's not so particular much to me, especially now she's lost the little maid! But Carry's the whole world to me!'

'Well, ver' like you'll find her tomorrow.'

'Ah—but shall I? Yet he *can't* hurt her—surely he can't! Well—how's Car'line now? I am ready. Is the cart here?'

She was lifted into the vehicle, and they sadly lumbered on toward Stickleford. Next day she was calmer; but the fits were still upon her, and her will seemed shattered. For the child she appeared to show singularly little anxiety, though Ned was nearly distracted by his passionate paternal love for a child not his own. It was nevertheless quite expected that the impish Mop would restore the lost one after a freak of a day or two; but time went on, and neither he nor she could be heard of, and Hipcroft murmured that perhaps he was exercising upon her some unholy musical charm, as he had done upon Car'line herself. Weeks passed, and still they could obtain no clue either to the fiddler's whereabouts or to the girl's; and how he could have induced her to go with him remained a mystery.

»Tja – was ist der Mann doch für ein Narr und ist es die ganzen Jahre gewesen, wenn er, wie es scheint, wirklich glaubt, dass es sein Kind ist!«, flüsterten sie. »Und alle Welt weiß es besser!«

»Nein, ich halte sie nicht für mein Kind!«, rief Ned mit heiserer Stimme, als er von seinen Händen aufblickte. »Aber trotzdem *ist* sie mein Kind! Hab ich sie nicht aufgezogen? Hab ich ihr nicht zu essen gegeben und ihr was beigebracht? Hab ich nicht mit ihr gespielt? Oh, kleine Carry – weg ist sie mit diesem Schurken – weg!«

»Immerhin hast du deine Frau nicht verloren«, sagten sie, um ihn zu trösten. »Sie hat den Fusel ausgekotzt und fühlt sich besser, und sie ist mehr für dich als ein Kind, das nicht von dir ist.«

»Ist sie nicht! Sie bedeutet mir nicht so besonders viel, besonders jetzt nicht mehr, wo sie das kleine Mädchen verloren hat! Aber Carry bedeutet alles auf der Welt für mich!«

»Na, dann wirst du sie wahrscheinlich morgen finden.«

»Ha – werde ich das wirklich? Er kann ihr doch nichts antun – das kann er doch gewiss nicht! Und – wie geht es Car'line jetzt? Ich bin bereit. Ist der Wagen da?«

Sie wurde in das Gefährt gehoben, und dann zockelten sie betrübt nach Stickleford. Am nächsten Tag war sie etwas ruhiger; aber die Anfälle suchten sie immer noch heim und ihr Wille schien gebrochen. Wie es aussah, zeigte sie ungemein wenig Angst um das Kind, doch Ned brachte die leidenschaftliche Vaterliebe zu einem Kind, das nicht von ihm war, fast um den Verstand. Es wurde dennoch ziemlich sicher erwartet, dass der bübische Mop nach einer Laune von ein, zwei Tagen die verlorene Tochter zurückbringen würde; aber die Zeit verging und weder von ihm noch von ihr war etwas zu hören, und Hipcroft murrte, dass er auf sie vielleicht einen ruchlosen musikalischen Zauber ausübte, wie er es ja schon bei Car'line selber getan hatte. Wochen vergingen, und sie hatten immer noch keinen Hinweis auf den Aufenthaltsort des Geigers oder des Mädchens bekom-

Then Ned, who had obtained only temporary employment in the neighbourhood, took a sudden hatred toward his native district, and a rumour reaching his ears through the police that a somewhat similar man and child had been seen at a fair near London, he playing a violin, she dancing on stilts, a new interest in the capital took possession of Hipcroft with an intensity which would scarcely allow him time to pack before returning thither. He did not, however, find the lost one, though he made it the entire business of his over-hours to stand about in by-streets in the hope of discovering her, and would start up in the night, saying, 'That rascal's torturing her to maintain him!' To which his wife would answer peevishly, 'Don't 'ee raft yourself so, Ned! You prevent my getting a bit o' rest! He won't hurt her!' and fall asleep again.

That Carry and her father had emigrated to America was the general opinion; Mop, no doubt, finding the girl a highly desirable companion when he had trained her to keep him by her earnings as a dancer. There, for that matter, they may be performing in some capacity now, though he must be an old scamp verging on three-score-and-ten, and she a woman of four-and-forty.

May 1893.

men können; und wie er sie hatte bewegen können, mit ihm zu gehen, blieb ein Rätsel.

Dann wurde Ned, der nur vorübergehend Arbeit in der Umgebung gefunden hatte, von einem plötzlichen Hass auf seine Heimatgegend erfasst, und als ihm von der Polizei das Gerücht zu Ohren kam, dass ein etwas ähnliches Pärchen, bestehend aus Mann und Mädchen, auf einem Jahrmarkt bei London gesehen worden war – er spielte Geige, sie tanzte auf Stelzen –, ergriff ein neues Interesse an der Hauptstadt von Hipcroft Besitz, und zwar mit einer Heftigkeit, die ihm kaum Zeit zum Packen erlaubte, bevor er dorthin zurückkehrte. Die Verlorene fand er jedoch nicht, auch wenn er Überstunden nach der Arbeit ganz mit der Aufgabe verbrachte, in Seitenstraßen zu stehen, immer in der Hoffnung, sie zu finden; und er fuhr des Nachts auf mit den Worten: »Der Halunke zwingt sie mit Gewalt, für ihn zu arbeiten!« Worauf seine Frau gewöhnlich mürrisch antwortete: »Mach dich doch nicht so verrückt, Ned! Du bringst mich nur um mein bisschen Ruhe! Er wird ihr schon nichts antun!«, dann schlief sie wieder ein.

Carry und ihr Vater waren nach Amerika ausgewandert, so die allgemeine Meinung; Mop hatte in dem Mädchen zweifellos eine äußerst angenehme Gefährtin gesehen, als er sie dahingehend schulte, ihn mit ihren Einkünften als Tänzerin zu unterhalten. Was das angeht, so mögen sie jetzt dort drüben in irgendeiner Rolle auftreten, obgleich er inzwischen ein alter Gauner von fast siebzig sein muss und sie eine Frau von vierundvierzig Jahren.

(Mai 1893)

Rudyard Kipling

At the End of the Passage

The sky is lead and out faces are red,
        And the gates of Hell are opened and riven,
        And the winds of Hell are loosened and driven,
And the dust flies up in the face of Heaven,
        And the clouds come down in a fiery sheet,
Heavy to raise and hard to be borne.
        And the soul of man is turned from his meat,
Turned from the trifles for which he has striven
        Sick in his body, and heavy-hearted,
        And his soul flies up like the dust in the street,
        Breaks from his flesh and is gone and departed,
As the blasts they blow on the cholera-horn.

Himalayan

Four men, each entitled to life, liberty, and the pursuit of happiness', sat at a table playing whist. The thermometer marked–for them–101 degrees of heat. The room was darkened till it was only just possible to distinguish the pips of the cards and the very white faces of the players. A tattered, rotten punkah of whitewashed calico was puddling the hot air and whining dolefully at each stroke. Outside lay gloom of a November day in London. There was neither sky, sun, nor horizon–nothing but a brown purple haze of heat. It was as though the earth were dying of apoplexy.

From time to time clouds of tawny dust rose from the ground without wind or warning, flung themselves table-cloth-wise among the tops of the parched trees, and

Rudyard Kipling

Am Ende der Reise

Der Himmel Blei, uns're Gesichter rot,
Und die Höllenpforten sperrangelweit offen,
Und die Höllenwinde losgelassen,
Und der Staub steigt auf ins Antlitz des Himmels,
Und die Wolken fallen als Feuerband,
Schwer zu schultern und schwer zu ertragen.
Und die Seele des Menschen trennt sich vom Fleisch,
Trennt sich vom Flitter, den er erstrebt hat,
Körperlich krank und mutlosen Herzens,
Und die Seele steigt auf wie der Straßenstaub,
Löst sich vom Leib und ist weg und geschwunden,
Wie die Töne des Cholerahorns verklingen.

Aus dem Himalaya

Vier Männer, jeder mit dem Recht auf »Leben, Freiheit und das Streben nach Glück«, saßen an einem Tisch und spielten Whist. Das Thermometer zeigte 101 Grad Fahrenheit an – Hitze für sie. Das Zimmer war soweit verdunkelt, dass gerade noch die Augen der Spielkarten und die sehr weißen Gesichter der Spieler zu erkennen waren. Ein zerschlissener, klappriger Punkah aus geweißtem Kaliko paddelte fächelnd an der Decke die heiße Luft und quietschte kläglich bei jedem Schlag. Draußen herrschte die Düsternis eines Londoner Novembertages. Kein Himmel, keine Sonne, kein Horizont – nur ein purpurrötlich brauner Dunstschleier aus Hitze. Es war, als stürbe die Erde an einem Schlaganfall.

Von Zeit zu Zeit stieg ohne warnenden Wind lohfarbener Staub auf, warf sich gleichsam wie ein Tischtuch auf die Wipfel der versengten Bäume und legte sich wieder. Dann jagte ein

came down again. Then a whirling dust-devil would scutter across the plain for a couple of miles, break, and fall outward, though there was nothing to check its flight save a long low line of piled railway-sleepers white with the dust, a cluster of huts made of mud, condemned rails, and canvas, and the one squat four-roomed bungalow that belonged to the assistant engineer in charge of a section of the Gaudhari State line then under construction.

The four, stripped to the thinnest of sleeping-suits, played whist crossly, with wranglings as to leads and returns. It was not the best kind of whist, but they had taken some trouble to arrive at it. Mottram of the Indian Survey had ridden thirty and railed one hundred miles from his lonely post in the desert since the night before; Lowndes of the Civil Service, on special duty in the political department, had come as far to escape for an instant the miserable intrigues of an impoverished native State whose king alternately fawned and blustered for more money from the pitiful revenues contributed by hard-wrung peasants and despairing camel-breeders; Spurstow, the doctor of the line, had left a cholera-stricken camp of coolies to look after itself for forty-eight hours while he associated with white men once more. Hummil, the assistant engineer, was the host. He stood fast and received his friends thus every Sunday if they could come in. When one of them failed to appear, he would send a telegram to his last address, in order that he might know whether the defaulter were dead or alive. There are very many places in the East where it is not good or kind to let your acquaintances drop out of sight even for one short week.

The players were not conscious of any special regard for each other. They squabbled whenever they met; but

Staubsturm als wirbelnde Windhose meilenweit über die Ebene, brach sich und scherte aus, obwohl da nichts weiter war, um ihn auf seinem Weg aufzuhalten als eine lange niedrige Reihe von Eisenbahn-Schlafwagen, weiß vom Staub, ein Haufen Lehmhütten, ausrangierte Schienen, Zelte und der einzige geduckte Vierzimmer-Bungalow, welcher dem Assistenz-Ingenieur gehörte, der die Aufsicht über einen Abschnitt der damals im Bau befindlichen Gaudhari-Staatsbahn führte.

Die vier, entkleidet bis auf allerdünnste Schlafanzüge, spielten schlecht gelaunt Whist, mit Streitereien über die Regeln des Ausspielens und des Stechens. Es war kein Whist in Bestform, aber sie hatten einige Mühen auf sich genommen, um sich zum Spiel zu treffen. Mottram vom Amt für die Landvermessung Indiens war seit dem vorigem Abend von seinem einsamen Posten in der Wüste dreißig Meilen geritten und weitere hundert mit dem Zug gefahren; Lowndes, Beamter des Civil Service, mit besonderen Aufgaben in der politischen Abteilung betraut, war den weiten Weg gekommen, um für kurze Zeit den elenden Intrigen eines verarmten Eingeborenenstaates zu entfliehen, dessen König abwechselnd unterwürfig und unverfroren mehr Geld aus den jämmerlichen Einnahmen forderte, die von ausgeplünderten Bauern und verzweifelten Kamelzüchtern aufgebracht wurden; Spurstow, Arzt der Bahngesellschaft, hatte ein von der Cholera befallenes Kuli-Camp für achtundvierzig Stunden sich selbst überlassen, um einmal wieder in der Gesellschaft weißer Männer zu sein. Hummil, der Assistenz-Ingenieur, war der Gastgeber. Er hatte eine feste Bleibe, und so empfing er jeden Sonntag seine Freunde, wenn sie es denn schafften zu kommen. Wenn einer von ihnen ausblieb, schickte er ein Telegramm an seine letzte Adresse, um so zu erfahren, ob der Abwesende tot oder lebendig sei. Es gibt viele Orte im Osten, wo es weder gut noch günstig ist, seine Bekannten auch nur eine kurze Woche aus den Augen zu lassen.

Die Spieler waren sich keiner besonderen Zuneigung füreinander bewusst. Sie kamen zusammen und zankten sich; aber

they ardently desired to meet, as men without water desire to drink. They were lonely folk who understood the dread meaning of loneliness. They were all under thirty years of age—which is too soon for any man to possess that knowledge.

'Pilsener?' said Spurstow, after the second rubber, mopping his forehead.

'Beer's out, I'm sorry to say, and there's hardly enough soda-water for tonight,' said Hummil.

'What filthy bad management!' Spurstow snarled.

'Can't help it. I've written and wired; but the trains don't come through regularly yet. Last week the ice ran out—as Lowndes knows.'

'Glad I didn't come. I could ha' sent you some if I had known, though. Phew! it's too hot to go on playing bumble-puppy.' This with a savage scowl at Lowndes, who only laughed. He was a hardened offender.

Mottram rose from the table and looked out of a chink in the shutters.

'What a sweet day!' said he.

The company yawned all together and betook themselves to an aimless investigation of all Hummil's possessions—guns, tattered novels, saddlery, spurs, and the like. They had fingered them a score of times before, but there was really nothing else to do.

'Got anything fresh?' said Lowndes.

'Last week's *Gazette of India,* and a cutting from a home paper. My father sent it out. It's rather amusing.'

'One of those vestrymen that call 'emselves M.P.s again, is it?' said Spurstow, who read his newspapers when he could get them.

sie waren begierig bestrebt zusammenzukommen, wie es Menschen ohne Wasser begierig zu trinken verlangt. Sie waren einsame Männer, die die schreckliche Bedeutung der Einsamkeit kannten. Sie waren alle unter dreißig – zu jung für jeden Menschen, um über solches Wissen zu verfügen.

»Pilsener?«, fragte Spurstow nach dem ersten Robber, während er sich die Stirn abwischte.

»Bier ist leider alle, und das Sodawasser reicht auch kaum für heute Abend«, sagte Hummil.

»Was für eine miese Sauwirtschaft!«, knurrte Spurstow.

»Kann ich nichts für. Ich habe geschrieben und telegrafiert; aber die Züge kommen noch nicht regelmäßig her. Letzte Woche ist das Eis ausgegangen – wie Lowndes weiß.«

»Gut, dass ich nicht gekommen bin. Ich hätt' dir aber was schicken können, wenn ich es gewusst hätte. Puh! Es ist viel zu heiß, um weiter wider alle Regeln der Kunst Whist zu spielen.« Das ging mit einem grimmigen Blick in Richtung Lowndes, der lediglich lachte. Er war ein unverbesserlicher böser Bube.

Mottram stand vom Tisch auf und schaute durch einen Spalt im Fensterladen hinaus.

»Was für ein schöner Tag!«, sagte er.

Die ganze Gruppe gähnte wie auf einen Schlag, und alle machten sich an eine ziellose Untersuchung von Hummils gesamter Habe – Waffen, zerfledderte Romane, Sattelzeug, Sporen und dergleichen. Sie hatten die Sachen früher schon ein Dutzend Mal in die Hand genommen, aber es gab wirklich nichts anderes zu tun.

»Irgendwas Neues reinbekommen?«, fragte Lowndes.

»Die *Gazette of India* von letzter Woche und einen Ausschnitt aus einer Zeitung von zu Hause. Hat mir mein Vater geschickt. Ziemlich ergötzlich.«

»Wohl wieder von einem dieser Kirchturmpolitiker, die sich Parlamentsmitglieder nennen, wie?«, sagte Spurstow, der seine Zeitungen las, wenn er sie bekommen konnte.

'Yes. Listen to this. It's to your address, Lowndes. The man was making a speech to his constituents, and he piled it on. Here's a sample, "And I assert unhesitatingly that the Civil Service in India is the preserve–the pet preserve–of the aristocracy of England. What does the democracy–what do the masses–get from that country, which we have step by step fraudulently annexed? I answer, nothing whatever. It is farmed with a single eye to their own interests by the scions of the aristocracy. They take good care to maintain their lavish scale of incomes, to avoid or stifle any inquiries into the nature and conduct of their administration, while they themselves force the unhappy peasant to pay with the sweat of his brow for all the luxuries in which they are lapped."' Hummil waved the cutting above his head. "Earl 'earl' said his audience.

Then Lowndes, meditatively, 'I'd give–I'd give three months' pay to have that gentleman spend one month with me and see how the free and independent native prince works things. Old Timbersides'–this was his flippant title for an honoured and decorated feudatory prince–'has been wearing my life out this week past for money. By Jove, his latest performance was to send me one of his women as a bribe!'

'Good for you! Did you accept it?' said Mottram.

'No. I rather wish I had, now. She was a pretty little person, and she yarned away to me about the horrible destitution among the king's women-folk. The darlings haven't had any new clothes for nearly a month, and the old man wants to buy a new drag from Calcutta–solid silver railings and silver lamps, and trifles of that kind. I've tried to make him understand that he has played the

»Ja. Hört euch das an. Das richtet sich an dich, Lowndes. Der Mann hielt eine Rede vor seiner Wählerschaft, und hat da mächtig was reingepackt. Hier ist ein Beispiel: ›Und ich behaupte ohne Zögern, dass der Civil Service in Indien die Spielwiese – die Lieblingsspielwiese – der Aristokratie Englands ist. Was bekommt die Demokratie – was bekommen die Massen – aus jenem Land, das wir unter betrügerischem Vorwand nach und nach annektiert haben? Meine Antwort lautet: überhaupt nichts. Es wird einzig und allein mit starrem Blick auf ihre eigenen Interessen von den Sprösslingen der Aristokratie beackert. Sie unternehmen alles, um sich ihre überreichlichen Einnahmen zu erhalten, alle Untersuchungen bezüglich der Natur und des Verhaltens ihrer Administration zu verhindern oder zu abzuwürgen, während sie selbst hingegen den unglücklichen Bauern dazu zwingen, mit dem Schweiß seines Angesichts zu zahlen: für all den Luxus, in dem sie baden.‹« Hummil schwenkte den Zeitungsausschnitt über seinem Kopf. »Hört! Hört!«, rief sein Publikum.

Darauf sagte Lowndes nachdenklich: »Ich würde – ich würde drei Monatsgehälter dafür springen lassen, dass dieser Gentleman einen Monat mit mir verbringt, damit er sieht, wie frei und unabhängig der eingeborene Prinz die Sachen so regelt. Old Timbersides[2]« – so sein despektierlicher, spöttischer Titel für einen hoch geehrten und dekorierten Vasallen-Prinzen – »hat mir in der letzten Woche das Leben sauer gemacht mit seinen Geldforderungen. Heiliger Bimbam, zuletzt hat er mir eine seiner Frauen als Bestechung geschickt!«

»Schön für dich! Hast du angenommen?«, fragte Mottram.

»Nein. Doch jetzt meine ich, hätt' ich doch lieber. Sie war eine hübsche Kleine, und sie plapperte mich voll über die nackte Armut unter den Frauen des Königs. Die Schätzchen haben schon fast einen Monat keine neuen Kleider mehr bekommen, und der Alte will sich eine neue Karosse aus Kalkutta kaufen – Gestänge aus massivem Silber und silberne Laternen und dergleichen Firlefanz. Ich habe versucht, ihm begreiflich zu

deuce with the revenues for the last twenty years and must go slow. He can't see it.'

'But he has the ancestral treasure-vaults to draw on. There must be three millions at least in jewels and coin under his palace,' said Hummil.

'Catch a native king disturbing the family treasure! The priests forbid it except as the last resort. Old Timbersides has added something like a quarter of a million to the deposit in his reign.'

'Where the mischief does it all come from?' said Mottram.

'The country. The state of the people is enough to make you sick. I've known the taxmen wait by a milch-camel till the foal was born and then hurry off the mother for arrears. And what can I do? I can't get the court clerks to give me any accounts; I can't raise anything more than a fat smile from the commander-in-chief when I find out the troops are three months in arrears; and old Timbersides begins to weep when I speak to him. He has taken to the King's Peg heavily—liqueur brandy for whisky, and Heidsieck for soda-water.'

'That's what the Rao of Jubela took to. Even a native can't last long at that,' said Spurstow. 'He'll go out.'

'And a good thing, too. Then I suppose we'll have a council of regency, and a tutor for the young prince, and hand him back his kingdom with ten years' accumulations.'

'Whereupon that young prince, having been taught all the vices of the English, will play ducks and drakes with

machen, dass er in den letzten zwanzig Jahren Schindluder mit den Steuern getrieben hat und sich jetzt bremsen müsse. Er sieht es nicht ein.«

»Aber er kann sich doch immer noch aus den Schatzkammern seiner Vorfahren bedienen. In den Gewölben unter seinem Palast müssen mindestens drei Millionen in Juwelen und Goldmünzen lagern«, sagte Hummil.

»Ein Eingeborenenkönig und den Familienschatz antasten! Das verbieten die Priester, außer als letzten Ausweg. Old Timbersides hat diese Rücklagen während seiner Herrschaft um eine runde Viertelmillion aufgestockt.«

»Wo zum Henker kommt das alles her?«, fragte Mottram.

»Aus dem Land. Schon allein die Lage der Leute dreht einem den Magen um. Ich habe erlebt, wie Steuereintreiber neben einem trächtigen Milchkamel warteten, bis das Fohlen geboren war, und dann die Mutter für die Zahlungsrückstände einkassierten und wegtrieben. Und was kann ich tun? Ich kann die Hofschreiber nicht dazu bringen, mir Einblick in die Bücher zu geben; ich kann dem Oberbefehlshaber nichts weiter als ein fettes Grinsen abringen, wenn ich feststelle, dass die Truppenbesoldung drei Monate im Rückstand ist; und Timbersides fängt an zu weinen, wenn ich mit ihm rede. Er hat sich schwer dem King's Peg ergeben – mit Liqueur Brandy statt Whisky und Heidsieck statt Sodawasser.«

»Das hat auch der Rao von Jubela immer getrunken. Nicht mal ein Eingeborener hält das lange durch«, sagte Spurstow. »Er wird draufgehen.«

»Und das wäre auch gut so. Dann bilden wir, nehme ich an, einen Regentschaftsrat, berufen einen Tutor für den jungen Prinzen und geben ihm sein Königreich zurück mit dem in zehn Jahren angehäuften Kapital.«

»Woraufhin dieser junge Prinz, dem ja sämtliche englische Laster beigebracht worden sind, das Geld zum Fenster raus-

the money and undo ten years' work in eighteen months. I've seen that business before,' said Spurstow. 'I should tackle the king with a light hand if I were you, Lowndes. They'll hate you quite enough under any circumstances.'

'That's all very well. The man who looks on can talk about the light hand; but you can't clean a pigsty with a pen dipped in rose-water. I know my risks; but nothing has happened yet. My servant's an old Pathan, and he cooks for me. They are hardly likely to bribe him, and I don't accept food from my true friends, as they call themselves. Oh, but it's weary work! I'd sooner be with you, Spurstow. There's shooting near your camp.'

'Would you? I don't think it. About fifteen deaths a day don't incite a man to shoot anything but himself. And the worst of it is that the poor devils look at you as though you ought to save them. Lord knows, I've tried everything. My last attempt was empirical, but it pulled an old man through. He was brought to me apparently past hope, and I gave him gin and Worcester sauce with cayenne. It cured him; but I don't recommend it.'

'How do the cases run generally?' said Hummil.

'Very simply indeed. Chlorodyne, opium pill, chlorodyne, collapse, nitre, bricks to the feet, and then—the burning-ghaut. The last seems to be the only thing that stops the trouble. It's black cholera, you know. Poor devils! But, I will say, little Bunsee Lal, my apothecary, works like a demon. I've recommended him for promotion if he comes through it all alive.'

schmeißen und in achtzehn Monaten die Arbeit von zehn Jahren zunichte machen wird. Ich habe so was schon mal miterlebt«, sagte Spurstow. »Ich an deiner Stelle würde den König mit leichter, lockerer Hand angehen, Lowndes. Die Leute werden dich unter allen Umständen schon zur Genüge hassen.«

»Alles schön und gut. Der Mann, der zuschaut, hat gut reden von der leichten Hand; aber man kann einen Schweinestall nicht mit einer in Rosenwasser getauchten Feder ausmisten. Ich kenne die Gefahren, die auf mich lauern; aber bis jetzt ist noch nichts passiert. Mein Diener ist ein alter Paschtune, und er kocht für mich. Ihn werden sie wohl kaum bestechen, und von meinen wahren Freunden, wie sie sich nennen, nehme ich nichts zu essen an. Oh, es ist aber eine Heidenarbeit! Ich wäre lieber bei dir, Spurstow. In der Nähe deines Camps kann man jagen und schießen.«

»Wärst du das wirklich? Glaube ich nicht. An die fünfzehn Todesfälle pro Tag treiben einen Mann dazu, auf nichts anderes zu schießen als auf sich selbst. Und am schlimmsten ist dabei, dass die armen Teufel einen ansehen, als ob du sie retten müsstest. Weiß Gott, ich habe alles unternommen. Mein letzter Versuch beruhte allein auf empirischer Erfahrung, aber er hat den alten Mann durchgebracht. Er wurde mir als anscheinend hoffnungsloser Fall überwiesen, und ich habe ihm Gin mit Worcester-Sauce und Cayenne-Pfeffer verabreicht. Das hat ihn kuriert; aber empfehlen tu ich's nicht.«

»Wie geht das beim üblichen Krankheitsverlauf?«, fragte Hummil.

»Eigentlich ganz einfach. Chloroform plus Morphium, genannt Chlorodyne, Opium in Tablettenform, wieder Chlorodyne, Kollaps, Salpeter, heiße Steine für die Füße und dann – auf den Ghaut zum Verbrennen. Letzteres scheint als einziges dem Elend ein Ende zu setzen. Es ist die schwarze Cholera, weißt du. Die armen Teufel! Aber, ich muss schon sagen, der kleine Bunsee Lal, mein Apotheker, arbeitet wie ein Besessener.

'And what are your chances, old man?' said Mottram.

'Don't know; don't care much; but I've sent the letter in. What are you doing with yourself generally?'

'Sitting under a table in the tent and spitting on the sextant to keep it cool,' said the man of the Survey. 'Washing my eyes to avoid ophthalmia, which I shall certainly get, and try to make a sub-surveyor understand that an error of five degrees in an angle isn't quite so small as it looks. I'm altogether alone, y' know, and shall be till the end of the hot weather.'

'Hummil's the lucky man,' said Lowndes, flinging himself into a long chair. 'He has an actual roof—torn as to the ceiling-cloth, but still a roof—over his head. He sees one train daily. He can get beer and soda-water and ice 'em when God is good. He has books, pictures'—they were torn from the *Graphic*—'and the society of the excellent sub-contractor Jevins, besides the pleasure of receiving us weekly.'

Hummil smiled grimly. 'Yes, I'm the lucky man, I suppose. Jevins is luckier.'

'How? Not—'

'Yes. Went out. Last Monday.'

'By his own hand?' said Spurstow quickly, hinting the suspicion that was in everybody's mind. There was no cholera near Hummil's section. Even fever gives a man at least a week's grace, and sudden death generally implied self-slaughter.

'I judge no man this weather,' said Hummil. 'He had a touch of the sun, I fancy; for last week, after you fellows

Ich habe ihn zur Beförderung vorgeschlagen, wenn er das alles lebend übersteht.«

»Und wie stehen deine Chancen, alter Freund?«, fragte Mottram.

»Keine Ahnung; kümmert mich auch nicht groß; aber ich habe meine Kündigung eingereicht. Was treibst du denn so den lieben langen Tag?«

»Ich hocke im Zelt unterm Tisch und spucke auf den Sextanten, damit er schön kühl bleibt«, sagte der Landvermesser. »Ich spül mir die Augen aus, um mir keine Bindehautentzündung einzufangen, die ich mit Sicherheit kriege, und versuche, einem Landvermessergehilfen begreiflich zu machen, dass ein Fehler von fünf Grad in einem Winkel nicht ganz so klein ist, wie es aussieht. Ich bin völlig allein, weißt du, und werde es auch bis zum Ende der Hitzeperiode bleiben.«

»Hummil ist der Glückspilz«, sagte Lowndes und warf sich auf einen Longchair. »Er hat ein richtiges Dach über dem Kopf – rissig zwar bis hin zum Punkah unter der Decke, aber immerhin ein Dach. Er sieht täglich einen Zug. Er kann Bier und Sodawasser kriegen und sie mit Eis kühlen, wenn Gott gnädig ist. Er hat Bücher, Bilder« – die waren aus dem Magazin *Graphic* ausgerissen – »und die Gesellschaft des hervorragenden Mitarbeiters Jevins, außerdem das Vergnügen, uns wöchentlich zu empfangen.«

Hummil lächelte grimmig. »Ja, ich bin wohl der Glückspilz. Jevins ist glücklicher dran.«

»Wie? Nicht ...«

»Ja. Dahin. Letzten Montag.«

»Von eigener Hand?«, sagte Spurstow schnell, womit er den Verdacht andeutete, den jeder hegte. In der Nähe von Hummils Abschnitt gab es keine Cholera. Selbst Fieber lässt einem Menschen mindestens die Gnadenfrist von einer Woche, und jäher Tod bedeutete im allgemeinen Selbstmord.

»Ich fälle über keinen Mann ein Urteil bei diesem Wetter«, sagte Hummil. »Er hatte einen Sonnenstich, meiner Meinung

had left, he came into the verandah and told me that he was going home to see his wife, in Market Street, Liverpool, that evening.

'I got the apothecary in to look at him, and we tried to make him lie down. After an hour or two he rubbed his eyes and said he believed he had had a fit–hoped he hadn't said anything rude. Jevins had a great idea of bettering himself socially. He was very like Chucks in his language.'

'Well?'

'Then he went to his own bungalow and began cleaning a rifle. He told the servant that he was going to shoot buck in the morning. Naturally he fumbled with the trigger, and shot himself through the head–accidentally. The apothecary sent in a report to my chief, and Jevins is buried somewhere out there. I'd have wired to you, Spurstow, if you could have done anything.'

'You're a queer chap,' said Mottram. If you'd killed the man yourself you couldn't have been more quiet about the business.'

'Good Lord! what does it matter?' said Hummil calmly. 'I've got to do a lot of his overseeing work in addition to my own. I'm the only person that suffers. Jevins is out of it–by pure accident, of course, but out of it. The apothecary was going to write a long screed on suicide. Trust a babu to drivel when he gets the chance.'

'Why didn't you let it go in as suicide?' said Lowndes.

'No direct proof. A man hasn't many privileges in this country, but he might at least be allowed to mishandle

nach; denn letzte Woche, nachdem ihr alle weg wart, kam er auf die Veranda und sagte mir, er wolle nach Hause fahren, um seine Frau zu sehen, in der Market Street in Liverpool, noch am selben Abend.

Ich ließ den Apotheker kommen, der sollte ihn sich ansehen, und wir setzten alles daran, damit er sich hinlegt. Nach ein, zwei Stunden rieb er sich die Augen und meinte, er hätte wohl einen Anfall gehabt – er hoffe, er habe nichts Rüdes gesagt. Jevins hatte die große Vorstellung vom sozialen Aufstieg. In seiner Sprache war er ganz so wie Marryats Bootsmann Chucks.«

»Und?«

»Dann ist er zurück in seinen Bungalow gegangen und hat sein Gewehr gereinigt. Dem Diener hat er gesagt, er wolle am Morgen einen Bock schießen gehen. Natürlich hat er am Abzug hantiert und sich in den Kopf geschossen – ein Unfall. Der Apotheker hat meinem Vorgesetzten einen Bericht geliefert, und Jevins ist da draußen irgendwo begraben. Ich hätte dir telegrafiert, Spurstow, wenn du irgendetwas hättest tun können.«

»Du bist ein seltsamer Kerl«, sagte Mottram. »Wenn du den Mann selbst umgebracht hättest, hättest du über die Sache nicht verschwiegener sein können.«

»Guter Gott! Was spielt denn das für eine Rolle?«, sagte Hummil ganz ruhig. »Ich habe zuzüglich zu meiner eigenen jede Menge seiner Aufsichtsarbeit zu leisten. Ich bin der Einzige, der leidet. Jevins hat es hinter sich – durch einen reinen Zufall natürlich, aber er hat es hinter sich. Der Apotheker wollte eine lange Tirade über den Selbstmord verfassen. Verlass dich drauf, ein Herr Inder, der dazu noch Englisch spricht, verzapft bei jeder sich bietenden Gelegenheit jede Menge Unsinn.«

»Warum hast du es nicht als Selbstmord zu Protokoll gegeben?«, fragte Lowndes.

»Kein direkter Beweis. In diesem Land hat ein Mann nicht viele Rechte, aber es sollte ihm doch zumindest erlaubt sein, sein

his own rifle. Besides, some day I may need a man to smother up an accident to myself. Live and let live. Die and let die.'

'You take a pill,' said Spurstow, who had been watching Hummil's white face narrowly. 'Take a pill, and don't be an ass. That sort of talk is skittles. Anyhow, suicide is shirking your work. If I were Job ten times over, I should be so interested in what was going to happen next that I'd stay on and watch.'

'Ah! I've lost that curiosity,' said Hummil.

'Liver out of order?' said Lowndes feelingly.

'No. Can't sleep. That's worse.'

'By Jove, it is!' said Mottram. 'I'm that way every now and then, and the fit has to wear itself out. What do you take for it?'

'Nothing. What's the use? I haven't had ten minutes' sleep since Friday morning.'

'Poor chap! Spurstow, you ought to attend to this,' said Mottram. 'Now you mention it, your eyes are rather gummy and swollen.'

Spurstow, still watching Hummil, laughed lightly. I'll patch him up, later on. Is it too hot, do you think, to go for a ride?'

'Where to?' said Lowndes wearily. 'We shall have to go away at eight, and there'll be riding enough for us then. I hate a horse when I have to use him as a necessity. Oh, heavens I what is there to do?'

'Begin whist again, at chick points ['a chick' is supposed to be eight shillings] and a gold mohur on the rub,' said Spurstow promptly.

eigenes Gewehr falsch zu handhaben. Außerdem brauche ich möglicherweise eines Tages einen Mann, der meinen eigenen Unfall vertuscht. Leben und leben lassen. Sterben und sterben lassen.«

»Nimm eine Tablette«, sagte Spurstow, der Hummils bleiches Gesicht gründlich gemustert hatte. »Sei kein Esel, und nimm eine Tablette. Solche Reden sind doch Unsinn. Selbstmord ist jedenfalls Drückebergerei vor der Arbeit. Wenn es mir doppelt und zehnfach wie Hiob erginge, würde mich immer noch stark interessieren, was als Nächstes passiert, sodass ich weitermachen würde, um es zu sehen.«

»Ha! Die Neugier habe ich verloren«, sagte Hummil.

»Leber lädiert?«, fragte Lowndes mitfühlend.

»Nein. Kann nicht schlafen. Das ist schlimmer.«

»Das ist es, bei Gott!«, sagte Mottram. »Mir geht es hin und wieder auch so, und die Erregung muss sich erst wieder legen. Was nimmst du dagegen?«

»Gar nichts. Wozu denn? Ich habe seit Freitagmorgen keine zehn Minuten geschlafen.«

»Armer Kerl! Spurstow, darum solltest du dich kümmern«, sagte Mottram. »Da du gerade davon sprichst, deine Augen sind ziemlich verklebt und verquollen.«

Spurstow, der immer noch ein Auge auf Hummil hatte, lachte leichthin. »Ich flicke ihn später wieder zusammen. Was meint ihr, ist es zu heiß für einen Ausritt?«

»Wohin denn?«, fragte Lowndes müde. »Um acht müssen wir los und uns auf den Heimweg machen, und da gibt es für uns dann reichlich zu reiten. Ich hasse Pferde, wenn ich sie aus purer Notwendigkeit benutzen muss. Ojemine! Und was können wir jetzt nur tun?«

»Wieder Whist spielen, mit *Chick Points*[3] [›chick‹ steht für acht Schilling] und einem Gold-Mohur pro Robber«, sagte Spurstow unverzüglich.

'Poker. A month's pay all round for the pool—no limit—and fifty-rupee raises. Somebody would be broken before we got up,' said Lowndes.

'Can't say that it would give me any pleasure to break any man in this company,' said Mottram. 'There isn't enough excitement in it, and it's foolish.' He crossed over to the worn and battered little camp-piano—wreckage of a married household that had once held the bungalow—and opened the case.

'It's used up long ago,' said Hummil. 'The servants have picked it to pieces.'

The piano was indeed hopelessly out of order, but Mottram managed to bring the rebellious notes into a sort of agreement, and there rose from the ragged keyboard something that might once have been the ghost of a popular music-hall song. The men in the long chairs turned with evident interest as Mottram banged the more lustily.

'That's good!' said Lowndes. 'By Jove! The last time I heard that song was in '79, or thereabouts, just before I came out.'

'Ah!' said Spurstow with pride, 'I was home in '80.' And he mentioned a song of the streets popular at that date.

Mottram executed it roughly. Lowndes criticized and volunteered emendations. Mottram dashed into another ditty, not of the music-hall character, and made as if to rise.

'Sit down,' said Hummil. 'I didn't know that you had any music in your composition. Go on playing until you can't think of anything more. I'll have that piano tuned up before you come again. Play something festive.'

Very simple indeed were the tunes to which Mottram's art and the limitations of the piano could give effect, but

»Poker. Ein Monatsgehalt reihum für die Kasse – kein Limit – und erhöht wird jeweils um fünfzig Rupien. Bevor wir vom Tisch aufstehen, ist einer hier ein gebrochener Mann«, sagte Lowndes.

»Es würde mir bestimmt keine Freude bereiten, einen aus dieser Gesellschaft zu brechen«, sagte Mottram. »So aufregend ist das nicht, außerdem ist es töricht.« Er ging hinüber zu dem arg lädierten und mitgenommenen Klein-Klavier – Strandgut eines ehelichen Haushalts, der einst den Bungalow bewohnt hatte – und schlug es auf.

»Es ist schon lange nicht mehr in Schuss«, sagte Hummil. »Die Diener haben es zerklimpert.«

Das Klavier war in der Tat hoffnungslos verstimmt, aber Mottram gelang es, die rebellischen Töne in eine Art Einklang zu bringen, und so erzeugten die schartigen Tasten geisterhaft das, was einstmals als populärer Music-Hall-Song erklungen sein mochte. Die Männer auf ihren Longchairs drehten, offensichtlich höchst interessiert, die Köpfe, während Mottram umso ungehemmter in die Tasten schlug.

»Das ist gut!«, sagte Lowndes. »Bei Gott, den Song habe ich zum letzten Mal '79 oder so gehört, kurz bevor ich hergekommen bin.«

»Ah!«, sagte Spurstow voller Stolz, »'80 war ich zu Hause.« Und er nannte einen damals populären Gassenhauer.

Mottram spielte ihn in groben Zügen. Lowndes kritisierte ihn und schlug Verbesserungen vor. Mottram ging schlagartig zu einem anderen Liedchen über, das nichts mit der Music Hall zu tun hatte, und wollte wohl aufstehen.

»Bleib sitzen«, sagte Hummil. »Ich wusste gar nicht, dass du eine musikalische Veranlagung hast. Spiel weiter, bis dir nichts mehr einfällt. Ich lasse das Klavier stimmen, bis du wieder herkommst. Spiel etwas Festliches.«

Wirklich sehr einfach waren die Melodien, die Mottrams Kunst und die beschränkten Möglichkeiten des Klaviers zu

the men listened with pleasure, and in the pauses talked all together of what they had seen or heard when they were last at home. A dense dust-storm sprung up outside, and swept roaring over the house, enveloping it in the choking darkness of midnight, but Mottram continued unheeding, and the crazy tinkle reached the ears of the listeners above the flapping of the tattered ceiling-cloth.

In the silence after the storm he glided from the more directly personal songs of Scotland, half humming them as he played, into the Evening Hymn.

'Sunday,' said he, nodding his head.

'Go on. Don't apologize for it,' said Spurstow.

Hummil laughed long and riotously. 'Play it, by all means. You're full of surprises today. I didn't know you had such a gift of finished sarcasm. How does that thing go?'

Mottram took up the tune.

'Too slow by half. You miss the note of gratitude,' said Hummil. 'It ought to go to the "Grasshopper's Polka"—this way.' And he chanted, *prestissim*—

> 'Glory to thee, my God, this night,
> For all the blessings of the light.

'That shows we really feel our blessings. How does it go on?—

> 'If in the night I sleepless lie,
> My soul with sacred thoughts supply;
> May n o ill dreams disturb my rest,—

'Quicker, Mottram!—

Stande bringen konnten, aber die Männer lauschten voll Vergnügen, und in den Pausen unterhielten sich alle gemeinsam über das, was sie auf ihrem letzten Heimaturlaub gesehen oder gehört hatten. Draußen erhob sich urplötzlich ein dichter Staubsturm, fegte tosend übers Haus und hüllte es ein in erstickende, mitternächtliche Dunkelheit, aber Mottram spielte unbeirrt weiter, und das verrückte Geklimper erreichte die Ohren der Zuhörer, übertönte es doch das klappernde Flattern des zerschlissenen Punkah-Tuchs an der Decke.

In der Stille nach dem Sturm ging er von den doch sehr unverblümt sinnlichen Liedern Schottlands, die er teilweise mitsummte, über zu einem geistlichen Abendlied.

»Sonntag«, sagte er kopfnickend.

»Weiter. Dafür brauchst du dich nicht zu entschuldigen«, sagte Spurstow.

Hummil brach in wildes, lang anhaltendes Gelächter aus. »Das musst du unbedingt spielen. Du steckst heute voller Überraschungen. Ich habe gar nicht gewusst, dass du solch ein Talent für formvollendeten Sarkasmus hast. Wie geht das Ding?«

Mottram nahm die Melodie auf.

»Bei weitem zu langsam. Du verfehlst den Ton der Dankbarkeit«, sagte Hummil. »Es sollte eher nach der ›Grashüpfer-Polka‹ gehen – nämlich so.« Und er sang, *prestissimo* –

> »Gelobt sei Gott zu dieser Nacht
> Für Gnadengaben tags gebracht.

Das zeigt, wir spüren die Gnadengaben wirklich. Wie geht es weiter? –

> Wenn nächtens ich mich schlaflos quäle,
> Schick heil'ges Denken meiner Seele;
> Kein böser Traum soll mich verstören,

Schneller Mottram! –

'Or powers of darkness me molest!'

'Bah! what an old hypocrite you are!'

'Don't be an ass,' said Lowndes. 'You are at full liberty to make fun of anything else you like, but leave that hymn alone. It's associated in my mind with the most sacred recollections–'

'Summer evenings in the country–stained-glass window–light going out, and you and she jamming your heads together over one hymnbook,' said Mottram.

'Yes, and a fat old cockchafer hitting you in the eye when you walked home. Smell of hay, and a moon as big as a bandbox sitting on the top of a haycock; bats–roses–milk and midges,' said Lowndes.

'Also mothers. I can just recollect my mother singing me to sleep with that when I was a little chap,' said Spurstow.

The darkness had fallen on the room. They could hear Hummil squirming in his chair.

'Consequently,' said he testily, 'you sing it when you are seven fathom deep in Hell! It's an insult to the intelligence of the Deity to pretend we're anything but tortured rebels.'

'Take *two* pills,' said Spurstow; 'that's tortured liver.'

'The usually placid Hummil is in a vile bad temper. I'm sorry for his coolies tomorrow,' said Lowndes, as the servants brought in the lights and prepared the table for dinner.

As they were settling into their places about the miserable goat-chops, and the smoked tapioca pudding, Spurstow took occasion to whisper to Mottram, 'Well done, David!'

'Look after Saul, then,' was the reply.

Noch finstre Mächte mich betören!«

»Pah! Was bist du nur für ein alter Pharisäer!«

»Sei kein Esel«, sagte Lowndes. »Es steht dir völlig frei, über alles, was du willst, deine Witze zu machen, aber von diesem Lied lässt du die Finger. Es ist für mich mit allerheiligsten Erinnerungen verbunden ...«

»Sommerabende auf dem Lande – farbiges Kirchenfenster – das Licht geht aus, und du und sie, ihr steckt die Köpfe zusammen über einem Gesangbuch«, sagte Mottram.

»Ja, und auf dem Heimweg fliegt dir ein dicker, fetter Maikäfer ins Auge. Duft von Heu und ein Mond so groß wie eine Hutschachtel hoch oben über dem Heuschober; Fledermäuse – Rosen – Milch und Mücken«, sagte Lowndes.

»Und auch Mütter. Jetzt fällt mir gerade ein, dass meine Mutter mich mit dem Lied in den Schlaf gesungen hat, als ich noch ein kleiner Junge war«, sagte Spurstow.

Dunkelheit war über den Raum hereingebrochen. Sie hörten, wie Hummil auf seinem Stuhl aufstöhnte.

»Folglich«, sagte er gereizt, »singst du das Lied, wenn du sieben Faden tief in der Hölle bist! Es ist eine Beleidigung für die Intelligenz der Gottheit, so zu tun, als wären wir etwas anderes als gequälte Rebellen.«

»Nimm *zwei* Tabletten«, sagte Spurstow; »typisch gequälte Leber.«

»Der gewöhnlich so gelassene Hummil ist in einer bösen schlechten Laune. Mir tun heute schon seine Kulis morgen leid«, sagte Lowndes, als die Diener die Laternen brachten und den Tisch für das Dinner deckten.

Als sie ihre Plätze rund um die elenden Ziegenkoteletts und den Räuchertapioka-Pudding einnahmen, nutzte Spurstow die Gelegenheit, Mottram zuzuflüstern: »Gut gemacht, David!«

»Also kümmerst du dich jetzt um Saul«, war die Erwiderung.

'What are you two whispering about?' said Hummil suspiciously.

'Only saying that you are a damned poor host. This fowl can't be cut,' returned Spurstow with a sweet smile. 'Call this a dinner?'

'I can't help it. You don't expect a banquet, do you?'

Throughout that meal Hummil contrived laboriously to insult directly and pointedly all his guests in succession, and at each insult Spurstow kicked the aggrieved persons under the table; but he dared not exchange a glance of intelligence with either of them. Hummil's face was white and pinched, while his eyes were unnaturally large. No man dreamed for a moment of resenting his savage personalities, but as soon as the meal was over they made haste to get away.

'Don't go. You're just getting amusing, you fellows. I hope I haven't said anything that annoyed you. You're such touchy devils.' Then, changing the note into one of almost abject entreaty, Hummil added, 'I say, you surely aren't going?'

'In the language of the blessed Jorrocks, where I dines I sleeps,' said Spurstow. 'I want to have a look at your coolies tomorrow, if you don't mind. You can give me a place to lie down in, I suppose?'

The others pleaded the urgency of their several duties next day, and, saddling up, departed together, Hummil begging them to come next Sunday. As they jogged off, Lowndes un-bosomed himself to Mottram–

'... And I never felt so like kicking a man at his own table in my life. He said I cheated at whist, and reminded me I was in debt! Told you you were as good

»Was flüstert ihr beiden da?«, fragte Hummil argwöhnisch.

»Wir sagen nur, was für ein verdammt mieser Gastgeber du bist. Dieser Vogel lässt sich nicht mal schneiden«, entgegnete Spurstow mit einem lieben Lächeln. »Nennst du das ein Dinner?«

»Kann ich nicht ändern. Du erwartest doch kein Festbankett, oder?«

Während des gesamten Essens war Hummil angestrengt darauf bedacht, der Reihe nach alle seine Gäste direkt und gezielt zu beleidigen, und bei jeder Beleidigung gab Spurstow den Gekränkten einen Tritt vors Schienbein; aber er traute sich nicht, mit den Betroffenen einen wissenden Blick zu wechseln. Hummils Gesicht war weiß und ausgemergelt, während seine Augen unnatürlich groß waren. Kein Mann dachte einen Moment auch nur im Traum daran, ihm seine ruppigen Anzüglichkeiten übel zu nehmen, doch sobald das Essen zu Ende war, hatten sie es eilig, sich auf den Weg zu machen.

»Geht noch nicht. Leute, ihr werdet doch gerade erst unterhaltsam. Hoffentlich habe ich nichts gesagt, was euch verärgert hat. Ihr seid ja so empfindliche Burschen.« Dann, den Ton wechselnd und fast flehentlich bittend, fügte Hummil hinzu: »Sagt mal, ihr wollt doch nicht wirklich weg?«

»In den Worten des glücklichen Jorrocks: wo ich speise, schlafe ich auch«, sagte Spurstow. »Ich will mir morgen mal deine Kulis ansehen, wenn du nichts dagegen hast. Du kannst mir doch wohl ein Nachtlager aufschlagen, nicht wahr?«

Die andern führten die dringenden Aufgaben und Pflichten des nächsten Tages ins Feld, sattelten, saßen auf und ritten gemeinsam davon, nachdem Hummil sie noch gebeten hatte, am nächsten Sonntag wiederzukommen. Während sie davon trotteten, schüttete Lowndes Mottram sein Herz aus –

»... Noch nie im Leben habe ich so große Lust verspürt, einem Mann an seinem eigenen Tisch eins zu verpassen. Er sagt zu mir, ich hätte beim Whist geschummelt, und erinnert mich

as a liar to your face! You aren't half indignant enough over it.'

'Not I,' said Mottram. 'Poor devil! Did you ever know old Hummy behave like that before or within a hundred miles of it?'

'That's no excuse. Spurstow was hacking my shin all the time, so I kept a hand on myself. Else I should have–'

'No, you wouldn't. You'd have done as Hummy did about Jevins; judge no man this weather. By Jove! the buckle of my bridle is hot in my hand! Trot out a bit, and 'ware rat-holes.'

Ten minutes' trotting jerked out of Lowndes one very sage remark when he pulled up, sweating from every pore–

'Good thing Spurstow's with him tonight.'

'Ye-es. Good man, Spurstow. Our roads turn here. See you again next Sunday, if the sun doesn't bowl me over.'

'S'pose so, unless old Timbersides' finance minister manages to dress some of my food. Good night, and–God bless you!'

'What's wrong now?'

'Oh, nothing.' Lowndes gathered up his whip, and, as he flicked Mottram's mare on the flank, added, 'You're not a bad little chap,–that's all.' And the mare bolted half a mile across the sand, on the word.

In the assistant engineer's bungalow Spurstow and Hummil smoked the pipe of silence together, each narrowly watching the other. The capacity of a bachelor's establishment is as elastic as its arrangements are simple.

daran, dass ich Schulden habe! Dir sagt er offen ins Gesicht, du seiest praktisch ein Lügner! Du bist darüber nicht mal halb so empört wie nötig.«

»Ich doch nicht«, sagte Mottram. »Armer Teufel! Hast du schon mal erlebt, dass sich der gute Hummy so oder auch nur so ähnlich aufgeführt hat?«

»Das ist keine Entschuldigung. Spurstow hat mir die ganze Zeit vors Schienbein getreten, also habe ich mich beherrscht. Sonst hätte ich …«

»Nein, das hättest du nicht. Du hättest es genauso gemacht wie Hummy mit Jevins; beurteile keinen Mann bei diesem Wetter. Beim Himmel! Die Schnalle meines Zaumzeugs liegt mir heiß in der Hand! Traben wir ein bisschen, aber Achtung, Rattenlöcher.«

Ein zehnminütiger Trab, nach dem er aus allen Poren schwitzte, entriss Lowndes, als er zum Stehen kam, eine wahrhaft weise Bemerkung –

»Nur gut, dass Spurstow heute Nacht bei ihm ist.«

»Ja-ha. Guter Mann, Spurstow. Hier trennen sich unsere Wege. Nächsten Sonntag sehen wir uns wieder, falls mich nicht die Sonne zur Strecke bringt.«

»Ich denke schon, es sei denn, dem Finanzminister von Old Timbersides gelingt es, mir irgendwas ins Essen zu mischen. Gute Nacht und – Gott schütze dich!«

»Was ist denn jetzt schon wieder?«

»Ach, gar nichts.« Lowndes schnappte sich seine Peitsche, und während er Mottrams Stute einen kleinen Schlag auf die Flanke verpasste, fügte er hinzu: »Du bist wirklich kein übler kleiner Bursche – weiter nichts.« Und aufs Wort stob die Stute eine halbe Meile quer über den Sand davon.

Im Bungalow des Assistenz-Ingenieurs rauchten Spurstow und Hummil gemeinsam stillschweigend die Beruhigungspfeife, ein jeder den anderen scharf beobachtend. Die Möglichkeiten, die eine Junggesellenwohnung bietet, sind ebenso variabel wie

A servant cleared away the dining-room table, brought in a couple of rude native bedsteads made of tape strung on a light wood frame, flung a square of cool Calcutta matting over each, set them side by side, pinned two towels to the punkah so that their fringes should just sweep clear of the sleeper's nose and mouth, and announced that tie couches were ready.

The men flung themselves down, ordering the punkah-coolies by all the powers of Hell to pull. Every door and window was shut, for the outside air was that of an oven. The atmosphere within was only 104 degrees, as the thermometer bore witness, and heavy with the foul smell of badly-trimmed kerosene lamps; and this stench, combined with that of native tobacco, baked brick, and dried earth, sends the heart of many a strong man down to his boots, for it is the smell of the Great Indian Empire when she turns herself for six months into a house of torment. Spurstow packed his pillows craftily so that he reclined rather than lay, his head at a safe elevation above his feet. It is not good to sleep on a low pillow in the hot weather if you happen to be of thick-necked build, for you may pass with lively snores and gugglings from natural sleep into the deep slumber of heat-apoplexy.

'Pack your pillows,' said the doctor sharply, as he saw Hummil preparing to lie down at full length.

The night-light was trimmed; the shadow of the punkah wavered across the room, and the *'flick'* of the punkah-towel and the soft whine of the rope through the wall-hole followed it. Then the punkah flagged, almost ceased. The sweat poured from Spurstow's brow. Should he go out and harangue the coolie? It started forward again with a savage jerk, and a pin came out of the towels. When this was replaced, a tomtom in the coolie-lines

ihre Umgestaltung einfach ist. Ein Diener räumte den Esstisch ab, brachte zwei grob gezimmerte Bettgestelle herbei, die aus einem leichten Holzrahmen mit darüber gespannten Bändern bestanden, warf über jedes eine breite kühle Kalkutta-Matte, schob die Betten nebeneinander, nadelte zwei Handtücher an den Punkah, sodass ihr Saum Nase und Mund der Schlafenden fast streifte, und verkündete, die Liegen seien fertig.

Die Männer warfen sich hin, befahlen aber noch den Punkah-Kulis, mit allen Höllenkräften zu ziehen. Jede Tür, jedes Fenster war geschlossen, denn draußen war es backofenheiß. Drinnen verzeichnete das Thermometer nur 104 Grad Fahrenheit, die Luft war verpestet vom üblen Geruch schlecht beschnittener Öl-Laternen; und dieser Gestank, gemischt mit dem einheimischen Tabaks, verbrannter Ziegel und verdorrter Erde lässt so manchem starken Mann das Herz in die Stiefel sinken, denn das ist der Geruch des Großen Indischen Imperiums, wenn dieses sich für sechs Monate in ein Haus der Qualen verwandelt. Spurstow schichtete seine Kopfkissen so geschickt auf, dass er sich eher zurücklehnte als dass er lag, den Kopf zur Sicherheit höher als seine Füße. Für Menschen von stiernackigem Körperbau ist es bei Hitze nicht gesund, auf einem flachen Kissen zu schlafen, denn dann kann es leicht geschehen, dass sie unter lebhaftem Schnarchen und Gurgeln aus dem natürlichen Schlummer in den tiefen Schlaf nach einem Hitzschlag verfallen.

»Du musst deine Kissen aufschichten«, sagte der Arzt scharf, als er sah, dass Hummil sich in ganzer Länge hinlegen wollte.

Das Nachtlicht wurde beschnitten; der Schatten des Punkah waberte durchs Zimmer, und das *»Flack«* des Punkah-Handtuchs und das leise Quietschen des Seils durchs Loch in der Wand folgten ihm. Dann geriet der Punkah ins Stocken, kam fast zum Stillstand. Der Schweiß floss Spurstow von der Stirn. Sollte er hinausgehen und dem Kuli die Leviten lesen? Mit einem heftigen Ruck nahm das Ding wieder seinen Dienst auf, und aus den Tüchern fiel eine Nadel. Als diese ersetzt worden

began to beat with the steady throb of a swollen artery inside some brain-fevered skull. Spurstow turned on his side and swore gently. There was no movement on Hummil's part. The man had composed himself as rigidly as a corpse, his hands clinched at his sides. The respiration was too hurried for any suspicion of sleep. Spurstow looked at the set face. The jaws were clinched, and there was a pucker round the quivering eyelids.

'He's holding himself as tightly as ever he can,' thought Spurstow. 'What in the world is the matter with him?—Hummil!'

'Yes,' in a thick constrained voice.

'Can't you get to sleep?'

'No.'

'Head hot? Throat feeling bulgy? Or how?'

'Neither, thanks. I don't sleep much, you know.'

'Feel pretty bad?'

'Pretty bad, thanks. There is a tomtom outside, isn't there? I thought it was my head at first. ... Oh, Spurstow, for pity's sake give me something that will put me asleep—sound asleep—if it's only for six hours!' He sprang up, trembling from head to foot. 'I haven't been able to sleep naturally for days, and I can't stand it!—I can't stand it!'

'Poor old chap!'

That's no use. Give me something to make me sleep. I tell you I'm nearly mad. I don't know what I say half my time. For three weeks I've had to think and spell out every word that has come through my lips before I dared say it. Isn't that enough to drive a man mad? I can't see things correctly now, and I've lost my sense of touch. My skin aches—my skin aches! Make me sleep. Oh, Spurstow, for the love of God make me sleep

war, begann in den Reihen der Kulis ein Tamtam zu trommeln, wie das ständige Pochen einer geschwollenen Arterie in einem von Hirnentzündung befallenen Schädel. Spurstow drehte sich auf die Seite und fluchte leise. Hummil rührte sich nicht. Der Mann lag da steif wie eine Leiche, die Hände an die Seiten gepresst. Für einen Schlafenden ging ihm der Atem viel zu schnell. Spurstow betrachtete das starre Gesicht. Die Kiefer waren zusammengepresst, und um die zuckenden Augenlider regte sich ein Runzeln.

»Er beherrscht sich so stark, wie es ihm nur möglich ist«, dachte Spurstow. »Was in aller Welt ist bloß mit ihm los? – Hummil!«

»Ja«, so die dumpfe, gepresste Stimme.

»Kannst du nicht einschlafen?«

»Nein.«

»Der Kopf heiß? Der Hals zugeschwollen? Oder was?«

»Weder noch, danke. Ich schlafe nicht viel, weißt du.«

»Du fühlst dich ziemlich schlecht?«

»Ganz schön schlecht, danke. Da draußen ist ein Tamtam, nicht wahr? Ich hab erst gedacht, das ist in meinem Kopf … Ach, Spurstow, gib mir um Himmels willen etwas, das mich einschlafen lässt – tief durchschlafen lässt – auch wenn es nur für sechs Stunden ist!« Er sprang auf, zitternd am ganzen Körper. »Ich kann schon seit Tagen keinen natürlichen Schlaf mehr finden, und das halte ich nicht aus! – Ich halte es nicht mehr aus!«

»Armer Kerl!«

»Das hilft mir auch nicht. Gib mir etwas zum Einschlafen. Ich sage dir, ich bin schon fast wahnsinnig. Die meiste Zeit weiß ich schon gar nicht mehr, was ich sage. Seit drei Wochen muss ich jedes Wort, das früher über meine Lippen gekommen ist, erst überdenken und im Kopf formulieren, bevor ich es auszusprechen wage. Reicht das nicht aus, um einen in den Wahnsinn zu treiben? Ich kann schon nichts mehr richtig erkennen, und ich habe meinen Tastsinn verloren. Meine Haut tut weh –

sound. It isn't enough merely to let me dream. Let me sleep!'

'All right, old man, all right. Go slow; you aren't half as bad as you think.'

The flood-gates of reserve once broken, Hummil was clinging to him like a frightened child. 'You're pinching my arm to pieces.'

'I'll break your neck if you don't do something for me. No, I didn't mean that. Don't be angry, old fellow.' He wiped the sweat off himself as he fought to regain composure. 'I'm a bit restless and off my oats, and perhaps you could recommend some sort of sleeping mixture—bromide of potassium.'

'Bromide of skittles! Why didn't you tell me this before? Let go of my arm, and I'll see if there's anything in my cigarette-case to suit your complaint.' Spurstow hunted among his day-clothes, turned up the lamp, opened a little silver cigarette-case, and advanced on the expectant Hummil with the daintiest of fairy squirts.

'The last appeal of civilization,' said he, 'and a thing I hate to use. Hold out your arm. Well, your sleeplessness hasn't ruined your muscle; and what a thick hide it is! Might as well inject a buffalo subcutaneously. Now in a few minutes the morphia will begin working. Lie down and wait.'

A smile of unalloyed and idiotic delight began to creep over Hummil's face. 'I think,' he whispered—'I think I'm going off now. Gad! it's positively heavenly! Spurstow, you must give me that case to keep; you—' The voice ceased as the head fell back.

meine Haut tut weh! Gib mir was zum Schlafen. Ach, Spurstow, gib mir um Gottes willen etwas, damit ich tief schlafen kann. Es reicht nicht, mich nur träumen zu lassen. Lass mich schlafen!«

»Schon gut, Alter, schon gut. Immer sachte; du bist nicht halb so schlimm dran, wie du meinst.«

Da die Schleusen nun einmal gebrochen waren, gab es kein Halten mehr, und Hummil klammerte sich wie ein ängstliches Kind an ihn. »Du reißt mir ja den Arm in Stücke.«

»Ich dreh dir den Hals um, wenn du nicht etwas für mich tust. Nein, das habe ich nicht so gemeint. Nicht wütend werden, alter Freund.« Er wischte sich den Schweiß ab, während er versuchte, die Fassung wiederzugewinnen. »Ich bin halt nervös und fühle mich nicht wohl, und vielleicht könntest du ja irgendein Schlafmittel empfehlen – Kaliumbromid.«

»Kaliumquatsch! Warum hast du mir das nicht schon früher gesagt? Lass meinen Arm los, und ich seh mal nach, ob ich in meinem Zigarettenetui nicht etwas gegen deine Beschwerden habe.« Spurstow durchwühlte seine Oberbekleidung, drehte die Laterne hoch, öffnete ein kleines, silbernes Zigarettenetui und kehrte zum erwartungsvollen Hummil mit einer allerniedlichsten kleinen Spritze zurück.

»Das letzte Mittel der Zivilisation«, sagte er, »und ich setze es äußerst ungern ein. Streck den Arm aus. Tja, deinen Muskeln hat die Schlaflosigkeit nicht geschadet; und was hast du nur für ein dickes Fell! Da könnt ich genauso gut einem Büffel eine subkutane Injektion verpassen. In wenigen Minuten fängt das Morphium an zu wirken. Hinlegen und abwarten.«

Ein Lächeln ungetrübter und idiotischer Wonne legte sich langsam auf Hummils Gesicht. »Ich glaube«, flüsterte er – »ich glaube, ich bin gleich weg. Gott! Es ist geradezu himmlisch! Spurstow, das musst du mir hierlassen; du …« Die Stimme verstummte, als der Kopf zurücksank.

'Not for a good deal,' said Spurstow to the unconscious form. 'And now, my friend, sleeplessness of your kind being very apt to relax the moral fibre in little matters of life and death, I'll just take the liberty of spiking your guns.'

He paddled into Hummil's saddle-room in his bare feet and uncased a twelve-bore rifle, an express, and a revolver. Of the first he unscrewed the nipples and hid them in the bottom of a saddlery-case; of the second he abstracted the lever, kicking it behind a big wardrobe. The third he merely opened, and knocked the doll-head bolt of the grip up with the heel of a riding-boot.

'That's settled,' he said, as he shook the sweat off his hands. 'These little precautions will at least give you time to turn. You have too much sympathy with gun-room accidents.'

And as he rose from his knees, the thick muffled voice of Hummil cried in the doorway, 'You fool!'

Such tones they use who speak in the lucid intervals of delirium to their friends a little before they die.

Spurstow started, dropping the pistol. Hummil stood in the doorway, rocking with helpless laughter.

'That was awf'ly good of you, I'm sure,' he said, very slowly, feeling for his words. 'I don't intend to go out by my own hand at present. I say, Spurstow, that stuff won't work. What shall I do? What shall I do?' And panic terror stood in his eyes.

'Lie down and give it a chance. Lie down at once.'

'I daren't. It will only take me half-way again, and I shan't be able to get away this time. Do you know it was all I could do to come out just now? Generally I am as

»Um keinen Preis«, sagte Spurstow zu dem bewusstlosen Körper. »Und jetzt, mein Freund, da deine Art von Schlaflosigkeit allzu leicht zur Erschlaffung der moralischen Kraft in solchen Kleinigkeiten wie Leben und Tod führt, nehme ich mir einfach die Freiheit, deine Absichten zu vereiteln und deine Waffen zu entschärfen.«

Er watschelte barfuß in Hummils Sattelkammer und packte drei Waffen aus: ein Gewehr vom Kaliber Zwölf, ein kurzläufiges Gewehr und einen Revolver. Von der ersten schraubte er die Zündkegel ab und versteckte sie unten am Boden eines Sattelzeugkastens; von der zweiten entfernte er den Hebel und beförderte ihn mit einem Tritt hinter einen großen Schrank. Die dritte Waffe öffnete er bloß und zerstörte mit einem Stiefelabsatz den Doll's-Head-Riegel des Verschlusses.

»Das wäre erledigt«, sagte er und schüttelte sich den Schweiß von den Händen. »Diese kleinen Vorsichtsmaßnahmen werden dir zumindest Zeit zur Umkehr geben. Du hast mir einen zu starken Hang zu Unfällen im Gewehrraum.«

Und als er sich von den Knien erhob, rief Hummils dumpfe, erstickte Stimme von der Tür: »Du Narr!«

In solchen Tönen reden jene Menschen mit ihren Freunden eben in den lichten Augenblicken des Deliriums kurz bevor sie sterben.

Spurstow schreckte zusammen und ließ die Pistole fallen. Hummil stand in der Tür, geschüttelt von unbändigem Gelächter.

»Das war gewiss schrecklich gut von dir«, sagte er sehr langsam und nach Worten suchend. »Ich habe nicht die Absicht, jetzt von eigener Hand zu sterben. Sag mal, Spurstow, das Zeug wirkt nicht. Was soll ich tun? Was soll ich tun?« Und panisches Entsetzen stand in seinen Augen.

»Leg dich hin und gib ihm Zeit. Leg dich sofort hin.«

»Ich trau mich nicht. Es wird mich wieder nur den halben Weg bringen, und diesmal werde ich mich nicht mehr davonmachen können. Weißt du, wie schwer es mir gefallen ist, jetzt

quick as lightning; but you had clogged my feet. I was nearly caught.'

'Oh yes, I understand. Go and lie down.'

'No, it isn't delirium; but it was an awfully mean trick to play on me. Do you know I might have died?'

As a sponge rubs a slate clean, so some power unknown to Spurstow had wiped out of Hummil's face all that stamped it for the face of a man, and he stood at the doorway in the expression of his lost innocence. He had slept back into terrified childhood.

'Is he going to die on the spot?' thought Spurstow. Then, aloud, 'All right, my son. Come back to bed, and tell me all about it. You couldn't sleep; but what was all the rest of the nonsense?'

'A place—a place down there,' said Hummil, with simple sincerity. The drug was acting on him by waves, and he was flung from the fear of a strong man to the fright of a child as his nerves gathered sense or were dulled.

'Good God! I've been afraid of it for months past, Spurstow. It has made every night hell to me; and yet I'm not conscious of having done anything wrong.'

'Be still, and I'll give you another dose. We'll stop your nightmares, you unutterable idiot!'

'Yes, but you must give me so much that I can't get away. You must make me quite sleepy—not just a little sleepy. It's so hard to run then.'

'I know it; I know it. I've felt it myself. The symptoms are exactly as you describe.'

eben herauszukommen? Gewöhnlich bin ich schnell wie der Blitz, aber du hast mir die Füße gebunden. Es hätte mich fast erwischt.«

»Oh ja, ich verstehe. Geh und leg dich hin.«

»Nein, es ist kein Delirium; aber es war ein schrecklich gemeiner Streich, den du mir gespielt hast. Weißt du, dass ich hätte sterben können?«

Wie ein Schwamm die Schrift auf einer Schiefertafel wegwischt, so hatte eine Spurstow unbekannte Macht von Hummils Gesicht alles das gelöscht, was es als ein menschliches Gesicht prägte, und er stand in der Tür mit dem Ausdruck seiner verlorenen Unschuld. Er hatte zurückgeschlafen in die angstvolle Kindheit.

»Stirbt er mir hier auf der Stelle?«, dachte Spurstow. Dann sagte er laut: »Schon gut, mein Sohn. Komm zurück ins Bett und erzähl mir alles. Du konntest nicht schlafen; aber was war das mit dem ganzen restlichen Unsinn?«

»Ein Ort – ein Ort da unten«, sagte Hummil mit einfacher Aufrichtigkeit. Die Droge wirkte sich auf ihn in Wellen aus, und so wurde er von der Furcht eines starken Mannes zurückgeworfen in die Angst eines Kindes, je nachdem, ob seine Nerven gerade an Empfindlichkeit gewannen oder betäubt wurden.

»Mein Gott! Seit Monaten fürchte ich mich schon davor, Spurstow. Es hat mir jede Nacht zur Hölle gemacht; und dabei ist mir nicht einmal bewusst, etwas Böses getan zu haben.«

»Ganz ruhig, ich gebe dir noch eine Dosis. Wir schalten deine Albträume aus, du unsäglicher Idiot!«

»Ja, aber du musst mir auch so viel geben, dass ich nicht mehr fliehen kann. Du musst mich in einen richtigen Schlaf versetzen – nicht nur ein bisschen schläfrig machen. Dann nämlich fällt das Weglaufen schwer.«

»Ich weiß, ich weiß. Ich kenne das aus eigener Erfahrung. Die Symptome sind genauso wie von dir beschrieben.«

'Oh, don't laugh at me, confound you! Before this awful sleeplessness came to me I've tried to rest on my elbow and put a spur in the bed to sting me when I fell back. Look!'

'By Jove! the man has been rowelled like a horse! Ridden by the nightmare with a vengeance! And we all thought him sensible enough. Heaven send us understanding! You like to talk, don't you?'

'Yes, sometimes. Not when I'm frightened. *Then* I want to run. Don't you?'

'Always. Before I give you your second dose try to tell me exactly what your trouble is.'

Hummil spoke in broken whispers for nearly ten minutes, whilst Spurstow looked into the pupils of his eyes and passed his hand before them once or twice.

At the end of the narrative the silver cigarette-case was produced, and the last words that Hummil said as he fell back for the second time were, 'Put me quite to sleep; for if I'm caught I die—I die!'

'Yes, yes; we all do that sooner or later—thank Heaven who has set a term to our miseries,' said Spurstow, settling the cushions under the head. 'It occurs to me that unless I drink something I shall go out before my time. I've stopped sweating, and—I wear a seventeen-inch collar.' He brewed himself scalding hot tea, which is an excellent remedy against heat-apoplexy if you take three or four cups of it in time. Then he watched the sleeper.

'A blind face that cries and can't wipe its eyes, a blind face that chases him down corridors! H'm! Decidedly, Hummil ought to go on leave as soon as possible; and, sane or otherwise, he undoubtedly did towel

»Ach, lach mich doch nicht aus, verflixt noch mal! Bevor mich diese schreckliche Schlaflosigkeit befallen hat, habe ich versucht, auf den Ellenbogen gestützt zu ruhen, und stellte deshalb einen Sporn im Bett auf, der mich stechen sollte, falls ich auf den Rücken falle. Sieh mal!«

»Bei Gott! Der Mann ist gespornt worden wie ein Pferd! Von Nachtmähren geritten, sprich, den heftigsten Albträumen gequält! Und wir haben ihn alle für so vernünftig gehalten. Der Himmel schicke uns Verständnis! Du redest gerne, nicht wahr?«

»Ja, bisweilen. Aber nicht, wenn ich mich fürchte. *Dann* will ich weglaufen. Du nicht?«

»Aber immer. Bevor ich dir deine zweite Dosis gebe, sag mir doch genau, was dich so bedrückt.«

Hummil redete an die zehn Minuten in gebrochenem Flüsterton, während Spurstow ihm in die Pupillen blickte und ein- oder zweimal die Hand vor Hummils Augen nach links, nach rechts bewegte.

Am Ende der Erzählung kam das silberne Zigarettenetui zum Einsatz, und die letzten Worte Hummils, als er zum zweiten Mal zurücksank, lauteten: »Schenk mir den richtigen Schlaf; denn wenn ich erwischt werde, dann sterbe ich – ich sterbe.«

»Ja, ja; früher oder später tun wir das alle – dem Himmel sei dank, der die Dauer unserer Qualen bestimmt hat«, sagte Spurstow und rückte die Kissen unter dem Kopf zurecht. »Wobei mir einfällt, wenn ich nicht gleich etwas trinke, muss ich mich vor meiner Zeit verabschieden. Ich schwitze nicht einmal mehr, und – dabei habe ich Kragenweite 50.« Er machte sich einen siedend heißen Tee, was ein hervorragendes Mittel gegen Hitzschlag ist, wenn man rechtzeitig drei oder vier Tassen davon trinkt. Dann beobachtete er den Schlafenden.

»Ein blindes Gesicht, das weint und sich nicht die Augen wischen kann, ein blindes Gesicht, das ihn durch die Korridore jagt! Hm! Auf jeden Fall sollte Hummil so schnell wie möglich Urlaub nehmen; und, ob nun bei klarem Verstand oder nicht,

himself most cruelly. Well. Heaven send us understanding!'

At midday Hummil rose, with an evil taste in his mouth, but an unclouded eye and a joyful heart.

'I was pretty bad last night, wasn't I?' said he.

'I have seen healthier men. You must have had a touch of the sun. Look here: if I write you a swingeing medical certificate, will you apply for leave on the spot?'

'No.'

'Why not? You want it.'

'Yes, but I can hold on till the weather's a little cooler.'

'Why should you, if you can get relieved on the spot?'

'Burkett is the only man who could be sent; and he's a born fool.'

'Oh, never mind about the line. You aren't so important as all that. Wire for leave, if necessary.'

Hummil looked very uncomfortable.

'I can hold on till the Rains,' he said evasively.

'You can't. Wire to headquarters for Burkett.'

'I won't. If you want to know why, particularly, Burkett is married, and his wife's just had a kid, and she's up at Simla, in the cool, and Burkett has a very nice billet that takes him into Simla from Saturday to Monday. That little woman isn't at all well. If Burkett was transferred she'd try to follow him. If she left the baby behind she'd fret herself to death. If she came—and Burkett's one of those selfish little beasts who are always talking about a wife's place

so hat er sich doch zweifellos auf grausamste Weise gespornt und gerädert. Gut. Der Himmel schicke uns Verständnis!«

Hummil stand gegen Mittag auf, mit einem schlimmen Geschmack im Mund, aber ansonsten ungetrübten Auges und freudigen Herzens.

»Letzte Nacht ist es mir wohl ziemlich schlecht gegangen, oder?«, fragte er.

»Ich habe schon gesündere Männer gesehen. Du musst eine Art Sonnenstich abbekommen haben. Hör zu: Wenn ich dir jetzt nach allen Regeln der Kunst ein ärztliches Attest ausstelle, wirst du dann auf der Stelle ein Urlaubsgesuch einreichen?«

»Nein.«

»Warum nicht? Du hast den Urlaub nötig.«

»Ja, aber ich kann noch durchhalten, bis es sich wieder etwas abkühlt.«

»Aber warum solltest du, wenn du sofort abgelöst werden kannst?«

»Burkett ist der einzige Ersatzmann, und er ist ein ausgemachter Schwachkopf.«

»Ach lass doch mal die Eisenbahnstrecke. So wichtig bist du nun auch wieder nicht. Dann schick das Urlaubsgesuch, wenn nötig, telegrafisch.«

Hummil wirkte äußerst betreten.

»Bis zum großen Regen kann ich noch durchhalten«, sagte er ausweichend.

»Kannst du nicht. Du forderst jetzt telegrafisch Burkett an.«

»Das tue ich nicht. Wenn du genau wissen willst, warum: Burkett ist verheiratet, und seine Frau hat gerade ein Kind bekommen, und sie lebt oben in Simla, wo es kühl ist, und Burkett hat ein schönes Billett, das ihn von Samstag bis Montag nach Simla bringt. Der kleinen Frau geht es gar nicht gut. Wenn Burkett versetzt werden sollte, würde sie versuchen, ihm zu folgen. Wenn sie das Baby zurückließe, würde sie sich zu Tode grämen. Wenn sie herkäme – und Burkett ist eins dieser egoistischen kleinen

being with her husband—she'd die. It's murder to bring a woman here just now. Burkett hasn't the physique of a rat. If he came here he'd go out; and I know she hasn't any money, and I'm pretty sure she'd go out too. I'm salted in a sort of way, and I'm not married. Wait till the Rains, and then Burkett can get thin down here. It'll do him heaps of good.'

'Do you mean to say that you intend to face—what you have faced, till the Rains break?'

'Oh, it won't be so bad, now you've shown me a way out of it. I can always wire to you. Besides, now I've once got into the way of sleeping, it'll be all right. Anyhow, I shan't put in for leave. That's the long and the short of it.'

'My great Scott! I thought all that sort of thing was dead and done with.'

'Bosh! You'd do the same yourself. I feel a new man, thanks to that cigarette-case. You're going over to camp now, aren't you?'

'Yes; but I'll try to look you up every other day, if I can.'

I'm not bad enough for that. I don't want you to bother. Give the coolies gin and ketchup.'

'Then you feel all right?'

'Fit to fight for my life, but not to stand out in the sun talking to you. Go along, old man, and bless you!'

Hummil turned on his heel to face the echoing desolation of his bungalow, and the first thing he saw standing in the verandah was the figure of himself. He had met a similar apparition once before, when he was suffering from overwork and the strain of the hot weather.

Schweine, die immer davon reden, der Platz einer Frau sei an der Seite ihres Mannes – würde sie sterben. Es ist reiner Mord, jetzt eine Frau hierher zu bringen. Burkett hat nicht die Konstitution einer Ratte. Wenn er hierher käme, wäre das sein Abgang; und ich weiß, sie hat kein Geld, und ich bin mir ziemlich sicher, es wäre auch ihr Abgang. Ich bin gewissermaßen abgehärtet, und ich bin nicht verheiratet. Warten wir bis zum großen Regen, und dann kann Burkett hier abspecken. Es wird ihm äußerst gut tun.«

»Willst du damit sagen, du hast die Absicht, noch bis zum Ausbruch des großen Regens dem ins Auge zu sehen, was du jetzt durchmachst?«

»Ach, so schlimm wird es schon nicht werden, nachdem du mir einen Ausweg gezeigt hast. Ich kann dir immer noch telegrafieren. Außerdem, wenn ich erst einmal meinen Schlaf wiedergefunden habe, wird alles gut sein. Jedenfalls werde ich nicht meinen Urlaub einreichen. Langer Rede kurzer Sinn.«

»Du großer Scott![4] Ich dachte, die Sache wäre längst abgemacht und abgehakt.«

»Blödsinn! Du würdest doch das Gleiche machen. Ich fühle mich als neuer Mensch, dank des Zigarettenetuis. Du gehst jetzt wieder zurück ins Camp, nicht wahr?«

»Ja; aber ich werde versuchen, jeden zweiten Tag nach dir zu sehen, wenn ich kann.«

»Dafür geht es mir nicht schlecht genug. Mach dir bitte keine Umstände. Gib den Kulis Gin und Ketchup.«

»Dann fühlst du dich also in guter Verfassung?«

»Stark genug, um um mein Leben zu kämpfen, aber nicht, um draußen in der prallen Sonne mit dir zu reden. Geh nur, alter Freund, und leb wohl!«

Hummil machte auf dem Absatz kehrt, um sich der hallenden Menschenleere seines Bungalows zuzuwenden, und als erstes sah er auf der Veranda seine eigene Gestalt stehen. Einmal schon hatte er eine ähnliche Erscheinung gehabt, als er an Überarbeitung und Belastung durch die Hitze litt.

'This is bad—already,' he said, rubbing his eyes. If the thing slides away from me all in one piece, like a ghost, I shall know it is only my eyes and stomach that are out of order. If it walks—my head is going.'

He approached the figure, which naturally kept at an unvarying distance from him, as is the use of all spectres that are born of overwork. It slid through the house and dissolved into swimming specks within the eyeball as soon as it reached the burning light of the garden. Hummil went about his business till even. When he came in to dinner he found himself sitting at the table. The vision rose and walked out hastily. Except that it cast no shadow it was in all respects real.

No living man knows what that week held for Hummil. An increase of the epidemic kept Spurstow in camp among the coolies, and all he could do was to telegraph to Mottram, bidding him go to the bungalow and sleep there. But Mottram was forty miles away from the nearest telegraph, and knew nothing of anything save the needs of the Survey till he met, early on Sunday morning, Lowndes and Spurstow heading towards Hummil's for the weekly gathering.

'Hope the poor chap's in a better temper, said the former, swinging himself off his horse at the door. 'I suppose he isn't up yet.'

'I'll just have a look at him,' said the doctor. 'If he's asleep there's no need to wake him.'

And an instant later, by the tone of Spurstow's voice calling upon them to enter, the men knew what had happened. There was no need to wake him.

The body lay on its back, hands clinched by the side, as Spurstow had seen it lying seven nights previously. In

»Das fängt ja schon schlecht an«, sagte er und rieb sich die Augen. »Wenn das Ding sich vor mir in einem Stück verflüchtigt, wie ein Gespenst, weiß ich, dass ich nur was an den Augen und am Magen habe. Wenn es aber zu Fuß geht – dann verlässt mich mein Verstand.«

Er näherte sich der Gestalt, die selbstverständlich einen gleichbleibenden Abstand zu ihm beibehielt, wie es alle Erscheinungen so an sich haben, die der Überarbeitung entspringen. Das Gespenst glitt durchs Haus und löste sich in verschwimmende Punkte im Augapfel auf, sobald es das gleißende Licht des Gartens erreicht hatte. Hummil ging bis zum Abend seinen Aufgaben nach. Als er zum Essen hereinkam, fand er sich selbst am Tisch sitzen. Die Vision erhob sich und ging eilig hinaus. Sie war in jeder Hinsicht wirklich, nur dass sie keinen Schatten warf.

Kein lebender Mensch weiß, was die Woche für Hummil brachte. Da die Epidemie an Heftigkeit zunahm, musste Spurstow im Camp bei den Kulis bleiben, und so konnte er nichts weiter tun, als Mottram zu telegrafieren, er möge den Bungalow aufsuchen und dort übernachten. Aber Mottram war vierzig Meilen weit weg vom nächsten Telegrafen und er wusste über nichts anderes Bescheid als die Bedürfnisse des Vermessungsamtes, bis er am frühen Sonntagmorgen Lowndes und Spurstow auf dem Weg zu Hummil zur wöchentlichen Zusammenkunft traf.

»Hoffe nur, der arme Bursche ist besserer Laune«, sagte der Erstgenannte, als er sich vor der Tür vom Pferd schwang. »Ich nehme an, er ist noch nicht aufgestanden.«

»Ich seh mal kurz nach«, sagte der Arzt. »Wenn er schläft, ist es nicht nötig, ihn aufzuwecken.«

Und einen Augenblick später wussten die Männer, als Spurstow sie mit einem bestimmten Ton in der Stimme hereinrief, was geschehen war. Es war nicht mehr nötig, ihn aufzuwecken.

Der Körper lag auf dem Rücken, die Hände an die Seiten gepresst, wie Spurstow ihn sieben Nächte zuvor gesehen hatte. In

the staring eyes was written terror beyond the expression of any pen.

Mottram, who had entered behind Lowndes, bent over the dead and touched the forehead lightly with his lips. 'Oh, you lucky, lucky devil!' he whispered.

But Lowndes had seen the eyes, and withdrew shuddering to the other side of the room.

'Poor chap! poor old chap! And the last time I met him I was angry. Spurstow, we should have watched him. Has he–?'

Deftly Spurstow continued his investigations, ending by a search round the room.

'No, he hasn't,' he snapped. There's no trace of anything. Call the servants.'

They came, eight or ten of them, whispering and peering over each other's shoulders.

'When did your *sahib* go to bed?' said Spurstow.

'At eleven or ten, we think,' said Hummil's personal servant.

'He was well then? But how should you know?'

'He was not ill, as far as our comprehension extended. But he had slept very little for three nights. This I know, because I saw him walking much, and specially in the heart of the night.'

As Spurstow was arranging the sheet, a big straight-necked hunting-spur tumbled on the ground. The doctor groaned. The personal servant peeped at the body.

'What do you think, Chuma?' said Spurstow, catching the look on the dark face.

'Heaven-born, in my poor opinion, this that was my master has descended into the Dark Places, and there has been caught because he was not able to escape

den starrenden Augen stand ein Entsetzen geschrieben, dem keine Feder Ausdruck zu geben vermag.

Mottram, der hinter Lowndes ins Zimmer getreten war, beugte sich über den Toten und berührte dessen Stirn leicht mit den Lippen. »Ach, du glücklicher, glücklicher Bursche!«, flüsterte er.

Aber Lowndes hatte seine Augen gesehen und zog sich schaudernd auf die andere Seite des Zimmers zurück.

»Armer Kerl! Armer alter Kerl! Und als ich ihn zum letzten Mal gesprochen habe, war ich wütend. Spurstow, wir hätten ein Auge auf ihn haben sollen. Hat er ...?«

Geschwind und geschickt setzte Spurstow seine Erkundungen fort, die mit einer Durchsuchung des Zimmers endeten.

»Nein, hat er nicht«, fauchte er knapp. »Nichts deutet darauf hin. Ruft die Diener.«

Sie kamen herbei, acht oder zehn, flüsternd und einander über die Schulter schauend.

»Wann ist euer Sahib zu Bett gegangen?«, fragte Spurstow.

»Um elf oder zehn, glauben wir«, sagte Hummils Leibdiener.

»Da war er noch guter Dinge? Aber woher willst du das wissen?«

»Er war nicht krank, soweit wir das beurteilen können. Aber er hatte seit drei Nächten nur sehr wenig geschlafen. Das weiß ich deshalb, weil ich ihn viel auf den Beinen gesehen habe, und besonders mitten in der Nacht.«

Als Spurstow das Laken glattzog, fiel ein großer, gerader und steifer Jagdsporn zu Boden. Der Arzt stöhnte. Der Leibdiener linste auf die Leiche.

»Was meinst du, Chuma?«, fragte Spurstow, da ihm der Ausdruck auf dem dunklen Gesicht nicht entging.

»Von himmlischer Herkunft, so meine armselige Meinung, ist mein Herr an die Dunklen Orte hinabgestiegen, und dort ist er erwischt worden, weil er nicht schnell genug fliehen konnte.

with sufficient speed. We have the spur for evidence that he fought with Fear. Thus have I seen men of my race do with thorns when a spell was laid upon them to overtake them in their sleeping hours and they dared not sleep.'

'Chuma, you're a mud-head. Go out and prepare seals to be set on the *sahib's* property.'

'God has made the Heaven-born. God has made me. Who are we, to inquire into the dispensations of God? I will bid the other servants hold aloof while you are reckoning the tale of the *sahib's* property. They are all thieves, and would steal.'

'As far as I can make out, he died from—oh, anything; stoppage of the heart's action, heat-apoplexy, or some other visitation,' said Spurstow to his companions. 'We must make an inventory of his effects, and so on.'

'He was scared to death,' insisted Lowndes. 'Look at those eyes! For pity's sake don't let him be buried with them open!'

'Whatever it was, he's clear of all the trouble now,' said Mottram softly.

Spurstow was peering into the open eyes.

'Come here,' said he. 'Can you see anything there?'

'I can't face it!' whimpered Lowndes. 'Cover up the face! Is there any fear on earth that can turn a man into that likeness? It's ghastly. Oh, Spurstow, cover it up!'

'No fear—on earth,' said Spurstow. Mottram leaned over his shoulder and looked intently.

'I see nothing except some grey blurs in the pupil. There can be nothing there, you know.'

Wir haben den Sporn zum Beweis, dass er mit der Angst gekämpft hat. Ich kenne das von Männern meines Volkes, die mit einem Fluch belegt waren, der sie im Schlaf tödlich treffen sollte, und sich mit Dornen dagegen wehrten und deshalb nicht zu schlafen wagten.«

»Chuma, du bist ein Schwachkopf. Geh hinaus und fertige die Siegel an, die auf des Sahibs Eigentum angebracht werden müssen.«

»Gott hat alle, die himmlischer Herkunft sind, erschaffen. Gott hat mich erschaffen. Wer sind wir, die Fügungen Gottes zu erforschen? Ich werde die anderen Diener auffordern, sich fernzuhalten, während Sie die Besitztümer des Sahibs abschätzen und notieren. Das sind alles Diebe und sie würden stehlen.«

»Soweit ich es beurteilen kann, ist er an – ja was – allem Möglichen gestorben; Herzstillstand, Hitzeschlag oder es ist ihm irgendwas anderes zugestoßen«, sagte Spurstow zu seinen Kameraden. »Wir müssen eine Liste seiner Habseligkeiten erstellen und so weiter.«

»Er war zu Tode erschrocken«, ließ Lowndes nicht locker. »Schaut euch diese Augen an! Lasst ihn, um Himmels willen, nicht mit offenen Augen begraben werden!«

»Was immer es war, er hat jetzt alle Sorgen hinter sich«, sagte Mottram leise.

Spurstow schaute in die offenen Augen.

»Kommt her«, sagte er. »Könnt ihr darin etwas erblicken?«

»Ich kann da nicht hinsehen«, winselte Lowndes. »Deck das Gesicht zu! Kann irgendeine Angst auf Erden einem Menschen so ein Aussehen geben? Es ist grässlich. Bitte, Spurstow, deck es zu!«

»Keine Angst – auf Erden«, sagte Spurstow. Mottram beugte sich über seine Schulter und schaute konzentriert hin.

»Ich sehe nichts anderes als Grauschleier in der Pupille. Da kann nichts weiter sein, wisst ihr.«

'Even so. Well, let's think. It'll take half a day to knock up any sort of coffin; and he must have died at midnight. Lowndes, old man, go out and tell the coolies to break ground next to Jevins's grave. Mottram, go round the house with Chuma and see that the seals are put on things. Send a couple of men to me here, and I'll arrange.'

The strong-armed servants when they returned to their own kind told a strange story of the doctor *sahib* vainly trying to call their master back to life by magic arts—to wit, the holding of a little green box that clicked to each of the dead man's eyes, and of a bewildered muttering on the part of the doctor *sahib,* who took the little green box away with him.

The resonant hammering of a coffin-lid is no pleasant thing to hear, but those who have experience maintain that much more terrible is the soft swish of the bed-linen, the reeving and unreeving of the bed-tapes, when he who has fallen by the roadside is apparelled for burial, sinking gradually as the tapes are tied over, till the swaddled shape touches the floor and there is no protest against the indignity of hasty disposal.

At the last moment Lowndes was seized with scruples of conscience. 'Ought you to read the service—from beginning to end?' said he to Spurstow.

'I intend to. You're my senior as a civilian. You can take it if you like.'

'I didn't mean that for a moment. I only thought if we could get a chaplain from somewhere—I'm willing to ride anywhere—and give poor Hummil a better chance. That's all.'

»Und wenn schon. Dann überlegen wir mal. Es wird einen halben Tag brauchen, so etwas wie einen Sarg zu zimmern; und er muss um Mitternacht gestorben sein. Lowndes, alter Freund, du gehst jetzt raus und sagst den Kulis, sie sollen ein Loch in der Erde schaufeln, gleich neben dem Grab von Jevins. Mottram, du gehst mit Chuma rund ums Haus und siehst zu, dass überall die Siegel angebracht werden. Schick mir ein paar Männer her, und ich sorge für alles Weitere.«

Als die kräftigen Diener zu ihresgleichen zurückkehrten, erzählten sie eine seltsame Geschichte vom Sahib Doktor, der vergeblich versucht habe, ihren Herrn mittels magischer Künste wieder ins Leben zurückzurufen – nämlich folgendermaßen: Er habe einen kleinen grünen Kasten vor jedes Auge des Toten gehalten, wobei es »klick« gemacht habe, woraufhin sich der Sahib Doktor unter bestürztem Gemurmel mit dem kleinen grünen Kasten zurückgezogen habe.

Das hallende Hämmern beim Zunageln des Sarges ist kein angenehmes Geräusch, aber die Erfahrenen behaupten, viel schrecklicher sei vorher das leichte Rascheln der Leintücher, das Ein- und Ausscheren der Leinenbänder, wenn der Entschlafene zur Bestattung bekleidet und gebettet wird, dann sachte sinkt, während die Bänder verknüpft werden, bis die eingehüllte Gestalt den Boden berührt und sich kein Widerstand regt gegen die Unwürdigkeit einer Beseitigung in aller Hast.

Im letzten Moment wurde Lowndes von Gewissensbissen gepackt. »Sollst du die Zeremonie leiten – und den ganzen Text von Anfang bis Ende lesen?«, fragte er Spurstow.

»Das habe ich vor. Aber du bist hier der Dienstälteste. Du kannst es gerne übernehmen, wenn du willst.«

»Das wollte ich keinen Moment lang. Ich dachte nur, wenn wir irgendwo einen Geistlichen auftreiben könnten – ich will gern überallhin reiten –, um dem armen Hummil eine bessere Chance zu geben. Mehr nicht.«

'Bosh!' said Spurstow, as he framed his lips to the tremendous words that stand at the head of the burial service.

After breakfast they smoked a pipe in silence to the memory of the dead. Then Spurstow said absently—

''Tisn't in medical science.'

'What?'

'Things in a dead man's eye.'

'For goodness' sake leave that horror alone!' said Lowndes. I've seen a native die of pure fright when a tiger chivied him. I know what killed Hummil.'

'The deuce you do! I'm going to try to see.' And the doctor retreated into the bath-room with a Kodak camera. After a few minutes there was the sound of something being hammered to pieces, and he emerged, very white indeed.

'Have you got a picture?' said Mottram. 'What does the thing look like?'

'It was impossible, of course. You needn't look, Mottram. I've torn up the films. There was nothing there. It was impossible.'

'That,' said Lowndes, very distinctly, watching the shaking hand striving to relight the pipe, 'is a damned lie.'

Mottram laughed uneasily. 'Spurstow's right,' he said. 'We're all in such a state now that we'd believe anything. For pity's sake let's try to be rational.'

There was no further speech for a long time. The hot wind whistled without, and the dry trees sobbed. Presently the daily train, winking brass, burnished steel, and spouting steam, pulled up panting in the intense

»Unsinn!«, sagte Spurstow, als er die Lippen zu den gewaltigen Worten formte, die am Beginn der Beisetzungsliturgie stehen.

Nach dem Frühstück rauchten sie schweigend eine Pfeife zum Gedenken an den Toten. Dann sagte Spurstow ganz in Gedanken –

»Die medizinische Wissenschaft kennt das nicht.«

»Was?«

»Bilder in den Augen eines Toten.«

»Um Gottes willen, hör auf mit diesem Horror!«, sagte Lowndes. »Ich habe gesehen, wie ein Eingeborener aus lauter Angst gestorben ist, als er von einem Tiger gehetzt wurde. Ich weiß, was Hummil umgebracht hat.«

»Einen Dreck weißt du! Ich werde jetzt einmal nachsehen.« Und der Arzt verschwand mit der Kamera im Badezimmer. Einige Minuten später war zu hören, wie etwas in Stücke geschlagen wurde, und er kehrte zurück, sehr blass allerdings.

»Hast du ein Bild?«, fragte Mottram. »Was ist es und wie sieht es aus?«

»Es war natürlich unmöglich. Du brauchst gar nicht nachzuschauen, Mottram. Ich habe die Filme zerrissen. Da war nichts drauf. Es war unmöglich.«

»Das«, sagte Lowndes mit großer Entschiedenheit und schaute dabei auf die zitternde Hand, die bemüht war, die Pfeife wieder anzuzünden, »ist eine verdammte Lüge.«

Mottram lachte gequält. »Spurstow hat recht«, sagte er. Wir sind jetzt alle in so einem Zustand, da würden wir alles glauben. Herrje, versuchen wir doch mal, vernünftig zu sein.«

Lange Zeit fiel kein weiteres Wort. Draußen pfiff der heiße Wind und die trockenen Bäume wimmerten. Alsbald fuhr der tägliche Zug ein, ganz blitzendes Messing und glänzender Stahl, und er spuckte Dampf und keuchte im grellen, blenden-

glare. 'We'd better go on on that,' said Spurstow. 'Go back to work. I've written my certificate. We can't do any more good here, and work'll keep out wits together. Come on.'

No one moved. It is not pleasant to face railway journeys at midday in June. Spurstow gathered up his hat and whip, and, turning in the doorway, said—

> 'There may be Heaven—there must be Hell.
> Meantime, there is out life here. We-ell?'

Neither Mottram nor Lowndes had any answer to the question.

den Licht. »Den sollten wir jetzt besser nehmen«, sagte Spurstow. »Zurück an die Arbeit. Ich habe meinen Schein ausgestellt. Hier können wir doch nichts weiter ausrichten und die Arbeit wird uns den Verstand bewahren. Also los.«

Niemand rührte sich. Es ist kein angenehmer Gedanke, mittags im Juni eine Eisenbahnreise antreten zu müssen. Spurstow nahm seinen Hut und seine Peitsche, drehte sich in der Tür noch einmal um und sagte …

»Himmel? Vielleicht – Hölle? Aber ja.
Inzwischen ist unser Leben hier. Naa?«

Weder Mottram noch Lowndes hatten eine Antwort auf die Frage.

G. K. Chesterton

The Tremendous Adventures of Major Brown

Rabelais, or his wild illustrator Gustave Doré, must have had something to do with the designing of the things called flats in England and America. There is something entirely Gargantuan in the idea of economizing space by piling houses on top of each other, front doors and all. And in the chaos and complexity of those perpendicular streets anything may dwell or happen, and it is in one of them, I believe, that the enquirer may find the offices of the Club of Queer Trades. It may be thought at the first glance that the name would attract and startle the passer-by, but nothing attracts or startles in these dim immense hives. The passer-by is only looking for his own melancholy destination, the Montenegro Shipping Agency or the London office of the *Rutland Sentinel,* and passes through the twilight passages as one passes through the twilight corridors of a dream. If the Thugs set up a Strangers' Assassination Company in one of the great buildings in Norfolk Street, and sent in a mild man in spectacles to answer enquiries, no enquiries would be made. And the Club of Queer Trades reigns in a great edifice hidden like a fossil in a mighty cliff of fossils.

The nature of this society, such as we afterwards discovered it to be, is soon and simply told. It is an eccentric and Bohemian Club, of which the absolute condition of membership lies in this, that the candidate must have invented the method by which he earns his living. It must

G. K. CHESTERTON

Die ungeheuerlichen Abenteuer des Major Brown

Rabelais oder sein rasender Illustrator Gustave Doré müssen etwas mit dem Entwurf jener Dinge zu tun gehabt haben, die in England und Amerika *flats* heißen, Mietshäuser eben. Es liegt etwas völlig Gargantueskes in der Idee, Raumflächen zu sparen, indem man Häuser aufeinandertürmt, samt Eingangstüren und allem Drum und Dran. Und in dem Chaos und der Vielschichtigkeit dieser senkrechten Straßen mag alles Mögliche wohnen oder geschehen, und in einer von diesen, glaube ich, kann ein Suchender die Räumlichkeiten des Clubs der Seltsamen Berufe finden. Auf den ersten Blick mag man denken, dass der Name auf den Passanten anziehend und verblüffend wirken müsse, aber nichts in diesen Riesenkästen ist anziehend oder verblüffend. Der Passant sucht nur sein eigenes düsteres Ziel, etwa die Montenegro Schiffsagentur oder das Londoner Redaktionsbüro des *Rutland Sentinel*, und so spaziert er durch die dämmrigen Passagen wie man durch die dämmrigen Korridore eines Traums spaziert. Wenn die Bande der Thugs in einem der großen Gebäude in der Norfolk Street eine Gesellschaft zur Ermordung von Fremden ansiedelte und dort einen sanften, bebrillten Mann zur Beantwortung von Nachfragen hinstellte, würden keine Nachfragen gestellt. Und der Club der Seltsamen Berufe amtiert in einem Baukoloss, unauffällig verborgen wie ein Fossil in einem mächtigen Felsen aus Fossilien.

Welcher Natur diese Gesellschaft ist, das sollten wir später entdecken, lässt sich schnell und einfach sagen. Sie ist ein exzentrischer, bohemehafter Club, und die absolute Vorbedingung für die Mitgliedschaft besteht darin, dass der Kandidat die Methode, mit der er seinen Lebensunterhalt verdient, selbst erfunden haben

be an entirely new trade. The exact definition of this requirement is given in the two principal rules. First, it must not be a mere application or variation of an existing trade. Thus, for instance, the Club would not admit an insurance agent simply because instead of insuring men's furniture against being burnt in a fire, he insured, let us say, their trousers against being torn by a mad dog. The principle (as Sir Bradcock Burnaby-Bradcock, in the extraordinarily eloquent and soaring speech to the club on the occasion of the question being raised in the Stormby Smith affair, said wittily and keenly) is the same. Secondly, the trade must be a genuine commercial source of income, the support of its inventor. Thus the Club would not receive a man simply because he chose to pass his days collecting broken sardine tins, unless he could drive a roaring trade in them. Professor Chick made that quite clear. And when one remembers what Professor Chick's own new trade was, one doesn't know whether to laugh or cry.

The discovery of this strange society was a curiously refreshing thing; to realize that there were ten new trades in the world was like looking at the first ship or the first plough. It made a man feel what he should feel, that he was still in the childhood of the world. That I should have come at last upon so singular a body was, I may say without vanity, not altogether singular, for I have a mania for belonging to as many societies as possible: I may be said to collect clubs, and I have accumulated a vast and fantastic variety of specimens ever since, in my audacious youth, I collected the Athenaeum. At some future day, perhaps, I may tell tales of some of the other bodies to which I have belonged. I will recount the doings of the Dead Man's Shoes Society (that superfi-

muss. Es muss sich um einen völlig neuen Beruf handeln. Die genaue Definition dieser Anforderung ist in den beiden Grundregeln niedergelegt. Erstens, der Beruf darf keine bloße neue Nutzanwendung oder Variation eines bereits vorhandenen Berufs sein. So hat der Club zum Beispiel einen Versicherungsagenten deshalb nicht aufgenommen, nur weil er anstatt Möbel gegen Feuer zu versichern, die Hosen von Männern dagegen versichern wollte, von einem rasenden Hund in Stücke zerrissen zu werden. Das Prinzip (wie Sir Bradcock Burnaby-Bradcock in der außergewöhnlich eloquenten und mitreißenden Rede vor dem Club anlässlich der Frage, die von der Affäre Stormby Smith aufgeworfen wurde, so geistreich und treffend sagte) ist ja dasselbe. Zweitens, der Beruf muss tatsächlich die wirtschaftliche Quelle des Einkommens sein und seinen Erfinder ernähren. Deshalb nahm der Club auch keinen Mann auf, nur weil er einfach seine Tage damit verbrachte, kaputte Sardinendosen zu sammeln, er hätte mit diesen schon einen blühenden Handel aufziehen müssen. Professor Chick hat das ganz deutlich gesagt. Und wenn man bedenkt, welchem neuen Beruf Professor Chick selbst nachging, weiß man nicht, ob man lachen oder weinen soll.

Die Entdeckung dieser merkwürdigen Gesellschaft hatte etwas wundersam Erfrischendes; die Erkenntnis, dass es zehn neue Berufe auf der Welt gab, war so wie der Blick auf das erste Schiff oder den ersten Pflug. Sie ließ einen Mann das fühlen, was er fühlen sollte, dass er sich nämlich immer noch in der Kindheit der Welt befand. Dass ich schließlich auf eine so einzigartige Körperschaft stoßen sollte, war, das darf ich ohne Eitelkeit sagen, überhaupt nicht einzigartig, denn ich habe den Spleen, so vielen Gesellschaften wie nur möglich anzugehören: Ich könnte Club-Sammler genannt werden, und ich habe eine gewaltige und fantastische Vielfalt von Exemplaren angehäuft, seit ich in meiner kecken Jugend mit dem Athenaeum den Grundstein meiner Sammlung legte. An irgendeinem zukünftigen Tage werde ich vielleicht Geschichten über manch andere Körperschaften erzäh-

cially immoral, but darkly justifiable communion); I will explain the curious origin of the Cat and Christian, the name of which has been so shamefully misinterpreted; and the world shall know at last why the Institute of Typewriters coalesced with the Red Tulip League. Of the Ten Teacups, of course I dare not say a word. The first of my revelations, at any rate, shall be concerned with the Club of Queer Trades, which, as I have said, was one of this class, one which I was almost bound to come across sooner or later, because of my singular hobby. The wild youth of the metropolis call me facetiously 'The King of Clubs'. They also call me 'The Cherub', in allusion to the roseate and youthful appearance I have presented in my declining years. I only hope the spirits in the better world have as good dinners as I have. But the finding of the Club of Queer Trades has one very curious thing about it. The most curious thing about it is that it was not discovered by me; it was discovered by my friend Basil Grant, a star-gazer, a mystic, and a man who scarcely stirred out of his attic.

Very few people knew anything of Basil; not because he was in the least unsociable, for if a man out of the street had walked into his rooms he would have kept him talking till morning. Few people knew him, because, like all poets, he could do without them; he welcomed a human face as he might welcome a sudden blend of colour in a sunset; but he no more felt the need of going out to parties than he felt the need of altering the sunset clouds. He lived in a queer and comfortable garret in the roofs of Lambeth. He was surrounded by a chaos of things that were in odd contrast to the slums around him; old

len, denen ich angehört habe. Ich werde die Tätigkeiten der Gesellschaft der Schuhe des Toten aufzählen (jene oberflächlich unmoralische, aber im tiefsten Grunde rechtmäßige Vereinigung); ich werde den kuriosen Ursprung des Clubs Katz und Christ erklären, dessen Name so schändlich missdeutet worden ist; und endlich soll die Welt erfahren, warum sich das Institut der Schreibmaschinenschreiber mit der Liga der Roten Tulpe zusammengetan hat. Über die Zehn Teetassen wage ich natürlich nicht, auch nur ein einziges Wort zu verlieren. Meine erste Offenbarung gilt jedenfalls dem Club der Seltsamen Berufe, der, wie schon gesagt, eine Klasse für sich war, einer, auf den ich früher oder später sozusagen stoßen musste, aufgrund meines einzigartigen Hobbys. Die wilde Jugend der Metropole nannte mich spaßhaft »König der Clubs«. Sie nennen mich auch den »Cherub«, in Anspielung auf das rosige und jugendliche Erscheinungsbild, das ich in meinen zur Neige gehenden Jahren, an meinem Lebensabend, zur Schau getragen habe. Ich hoffe nur, dass die Geister in der anderen Welt so gut speisen wie ich. Aber das Aufstöbern des Clubs der Seltsamen Berufe hat einen sehr kuriosen Begleitumstand. Am kuriosesten daran ist, dass er nicht von mir entdeckt wurde; er wurde entdeckt von meinem Freund Basil Grant, einem Sterngucker, Mystiker und einem Mann, der sich nur selten aus seinem Dachgeschoss rührte.

Sehr wenige Leute wussten überhaupt etwas von Basil; nicht, weil er auch nur ansatzweise ungesellig gewesen wäre, denn wenn ein Mann von der Straße in seine Räumlichkeiten spaziert wäre, hätte er ihn bis zum Morgen reden lassen. Wenige kannten ihn, weil er, wie jeder Dichter, ohne Leute auskommen konnte; er begrüßte ein menschliches Gesicht, wie er die jähe neue Farbmischung bei einem Sonnenuntergang begrüßen würde; aber er spürte das Bedürfnis, auf Partys zu gehen, nicht stärker als er das Bedürfnis spürte, die Wolken beim Sonnenuntergang zu ändern. Er wohnte in einem seltsamen und komfortablen Obergeschoss unter den Dächern von Lambeth. Er

fantastic books, swords, armour—the whole dust-hole of romanticism. But his face, amid all these quixotic relics, appeared curiously keen and modern—a powerful, legal face. And no one but I knew who he was.

Long ago as it is, everyone remembers the terrible and grotesque scene that occurred in—, when one of the most acute and forcible of the English judges suddenly went mad on the bench. I had my own view of that occurrence; but about the facts themselves there is no question at all. For some months, indeed for some years, people had detected something curious in the judge's conduct. He seemed to have lost interest in the law, in which he had been beyond expression brilliant and terrible as a KC, and to be occupied in giving personal and moral advice to the people concerned. He talked more like a priest or a doctor, and a very outspoken one at that. The first thrill was probably given when he said to a man who had attempted a crime of passion: 'I sentence you to three years' imprisonment, under the firm, and solemn, and God-given conviction, that what you require is three months at the seaside.' He accused criminals from the bench, not so much of their obvious legal crimes, but of things that had never been heard of in a court of justice, monstrous egoism, lack of humour, and morbidity deliberately encouraged. Things came to a head in that celebrated diamond case in which the Prime Minister himself, that brilliant patrician, had to come forward, gracefully and reluctantly, to give evidence against his valet. After the detailed life of the household had been thoroughly exhibited, the judge requested the Premier again to step forward, which he did with quiet dig-

war umgeben von einem Chaos von Dingen, die in merkwürdigem Gegensatz zu den Slums rund um ihn standen; alte fantastische Bücher, Schwerter, Rüstungen – das ganze ausrangierte Sammelsurium der Romantik. Aber sein Gesicht erschien inmitten all dieser versponnenen Relikte auf wunderliche Weise lebhaft und modern – ein kräftiges, gesetzmäßiges Gesicht. Und niemand außer mir wusste, wer er war.

So lange es auch schon her ist, es erinnert sich doch jeder der schrecklichen und grotesken Szene, die sich in … ereignete, als einer der scharfsinnigsten und überzeugendsten unter den englischen Richtern plötzlich im Gericht wahnsinnig wurde. Ich hatte meine eigene Meinung über jenes Vorkommnis; aber an den Fakten an sich gibt es überhaupt keinen Zweifel. Schon seit Monaten, ja, seit Jahren war den Leuten etwas Wunderliches am Verhalten des Richters aufgefallen. Er schien das Interesse an der Rechtsprechung verloren zu haben, dem Rechtssystem, in dem er als Kronanwalt unbeschreiblich brillant und schrecklich gewirkt hatte, und war damit beschäftigt, den betroffenen Personen persönliche und moralische Ratschläge zu erteilen. Er redete eher wie ein Priester oder Arzt und ein sehr freimütiger dazu. Das erste schaudernde Raunen gab es wahrscheinlich, als er zu einem Mann, der eines versuchten Verbrechens aus Leidenschaft angeklagt war, sagte: »Ich verurteile Sie zu drei Jahren Gefängnis, gemäß der felsenfesten, feierlichen und gottgegebenen Überzeugung, dass Sie vielmehr drei Monate am Meer brauchen.« Von seinem Stuhl aus beschuldigte er Verbrecher nicht so sehr ihrer offensichtlichen Vergehen gegen das Gesetz, sondern warf ihnen Dinge vor, von denen in einem Gericht noch nie und keinmal die Rede gewesen war, nämlich monströsen Egoismus, Humorlosigkeit und vorsätzliche Förderung der Morbidität. Die Dinge spitzten sich zu, als in dem berühmten Diamanten-Fall der Premierminister, dieser brillante Aristokrat, persönlich in den Zeugenstand treten musste, um, taktvoll und widerstrebend, gegen seinen Kammerdiener auszusagen. Nachdem das dortige häusliche Le-

nity. The judge then said, in a sudden, grating voice: 'Get a new soul. That thing's not fit for a dog. Get a new soul.' All this, of course, in the eyes of the sagacious, was premonitory of that melancholy and farcical day when his wits actually deserted him in open court. It was a libel case between two very eminent and powerful financiers, against both of whom charges of considerable defalcation were brought. The case was long and complex; the advocates were long and eloquent; but at last, after weeks of work and rhetoric, the time came for the great judge to give a summing-up; and one of his celebrated masterpieces of lucidity and pulverizing logic was eagerly looked for. He had spoken very little during the prolonged affair, and he looked sad and lowering at the end of it. He was silent for a few moments, and then burst into a stentorian song. His remarks (as reported) were as follows:

O Rowty-owty tiddly-owty
Tiddly-owty tiddly-owty
Highty-ighty tiddly-ighty
Tiddly-ighty ow.

He then retired from public life and took the garret in Lambeth.

I was sitting there one evening, about six o'clock, over a glass of that gorgeous Burgundy which he kept behind a pile of black-letter folios; he was striding about the room, fingering, after a habit of his, one of the great swords in his collection; the red glare of the strong fire

ben in allen Einzelheiten dargelegt worden war, forderte der Richter den Premier erneut auf vorzutreten, was dieser mit stiller Würde tat. Daraufhin sagte der Richter urplötzlich mit kratzender Stimme: »Besorgen Sie sich eine neue Seele. Ihre hat nicht mal ein Hund verdient. Besorgen Sie sich eine neue Seele.« Das alles war in den Augen der Scharfsichtigen selbstverständlich eine warnende Vorahnung jenes trüb-traurigen und possenhaften Tages, als er bei einer öffentlichen Gerichtsverhandlung tatsächlich den Verstand verlor. In dem Prozess ging es um einen Verleumdungsfall zwischen zwei bedeutenden und mächtigen Finanziers, bei dem beiden beträchtliche Unterschlagungen zur Last gelegt wurden. Der Prozess war lang und kompliziert; die Advokaten redeten lang und eloquent; aber nach wochenlanger Arbeit und endlosen Reden kam für den großen Richter endlich der Tag, sein resümierendes Plädoyer vorzutragen; und alles freute sich schon unbändig auf eines seiner gefeierten Meisterstücke an Klarheit und zermalmender Logik. Er hatte im Laufe der sich lang hinziehenden Geschichte sehr wenig gesagt, und an deren Ende sah er traurig und niedergeschlagen aus. Erst schwieg er sekundenlang und brach dann mit Stentorstimme in ein Lied aus. Folgendermaßen lautete (wie berichtet) sein Kommentar:

O plautsi hautsi dideldum hautsi
Dideldum hautsi dideldum hautsi
Reisti meisti dideldum reisti
Dideldum reisti au.

Danach zog er sich aus dem öffentlichen Leben zurück und selbst unter die Dächer von Lambeth.

Dort saß ich eines Abends, ungefähr um sechs, bei einem Glas jenes vorzüglichen Burgunders, den er hinter einem Stapel in Fraktur gedruckter Folio-Folianten aufbewahrte; er streifte durchs Zimmer und betastete, einer seiner Gewohnheiten folgend, einen der großartigen Degen seiner Sammlung; der glei-

struck his square features and his fierce grey hair; his blue eyes were even unusually full of dreams, and he had opened his mouth to speak dreamily, when the door was flung open, and a pale, fiery man, with red hair and a huge furred overcoat, swung himself panting into the room.

'Sorry to bother you, Basil,' he gasped. 'I took a liberty—made an appointment here with a man—a client—in five minutes—I beg your pardon, sir,' and he gave me a bow of apology.

Basil smiled at me. 'You didn't know,' he said, 'that I had a practical brother. This is Rupert Grant, Esquire, who can and does all there is to be done. Just as I was a failure at one thing, he is a success at everything. I remember him as a journalist, a house-agent, a naturalist, an inventor, a publisher, a schoolmaster, a—what are you now, Rupert?'

'I am and have been for some time,' said Rupert, with some dignity, 'a private detective, and there's my client.'

A loud rap at the door had cut him short, and, on permission being given, the door was thrown sharply open and a stout, dapper man walked swiftly into the room, set his silk hat with a clap on the table, and said, 'Good evening, gentlemen,' with a stress on the last syllable that somehow marked him out as a martinet, military, literary and social. He had a large head streaked with black and grey, and an abrupt black moustache, which gave him a look of fierceness which was contradicted by his sad sea-blue eyes.

ßend rote Schein des starken Kaminfeuers fiel auf seine kantigen Gesichtszüge und sein wildes, graues Haar; seine blauen Augen waren geradezu ungewöhnlich von Träumen erfüllt, und er hatte soeben den Mund geöffnet, um etwas Träumerisches zu sagen, als die Tür aufgestoßen wurde und ein bleicher, ungestümer Mann mit rotem Haar und in einem pelzverbrämten Mantel keuchend ins Zimmer gestürzt kam.

»Tut mir leid, Basil, wenn ich Ungelegenheiten bereite«, sagte er schwer atmend. »Ich war so frei – habe hier mit einem Mann ein Treffen vereinbart – in fünf Minuten – mit einem Klienten – ich bitte Sie um Verzeihung, Sir«, und damit verbeugte er sich entschuldigend vor mir.

Basil lächelte mir zu. »Das haben Sie nicht gewusst«, sagte er, »dass ich einen leiblichen und dazu praktisch veranlagten Bruder habe. Darf ich vorstellen: Rupert Grant, Esquire, der alles kann und alles tut, was zu tun ist. So wie ich ein Versager auf einem Gebiet war, ist er erfolgreich in allem, was er anpackt. Er war Journalist, Immobilienmakler, Naturforscher, Erfinder, Verleger, Schulleiter und – was bist du jetzt, Rupert?«

»Ich bin, und das schon seit einiger Zeit«, sagte Rupert mit einiger Würde, »Privatdetektiv, und hier kommt auch schon mein Klient.«

Ein lautes Klopfen an der Tür schnitt ihm das Wort ab, und nach dem »Herein« flog schlagartig die Tür auf, und ein schmucker untersetzter Mann trat schnellen Schrittes ins Zimmer, legte mit einem Klack seinen Zylinder auf den Tisch und sagte: »Guten Abend, Gentle*men*«, mit der Betonung auf der letzten Silbe, was ihn gleich als Zuchtmeister kennzeichnete, militärisch, literarisch wie auch gesellschaftlich streng. Er hatte einen großen Kopf, auf dessen Schopf sich schwarze und graue Strähnen mischten, und einen gestutzten schwarzen Schnauzbart, der ihm ein wildes Aussehen verlieh, dem wiederum seine traurigen meerblauen Augen widersprachen.

Basil immediately said to me, 'Let us come into the next room, Gully,' and was moving towards the door, but the stranger said:

'Not at all. Friends remain. Assistance possibly.'

The moment I heard him speak I remembered who he was, a certain Major Brown I had met years before in Basil's society. I had forgotten altogether the black dandified figure and the large solemn head, but I remembered the peculiar speech, which consisted of only saying about a quarter of each sentence, and that sharply, like the crack of a gun. I do not know, it may have come from giving orders to troops.

Major Brown was a VC, and an able and distinguished soldier, but he was anything but a warlike person. Like many among the iron men who recovered British India, he was a man with the natural beliefs and tastes of an old maid. In his dress he was dapper and yet demure; in his habits he was precise to the point of the exact adjustment of a tea-cup. One enthusiasm he had, which was of the nature of a religion–the cultivation of pansies. And when he talked about his collection, his blue eyes glittered like a child's at a new toy, the eyes that had remained untroubled when the troops were roaring victory round Roberts at Candahar.

'Well, Major,' said Rupert Grant, with a lordly heartiness, flinging himself into a chair, 'what is the matter with you?'

'Yellow pansies. Coal-cellar. P. G. Northover,' said the Major, with righteous indignation.

We glanced at each other with inquisitiveness. Basil, who had his eyes shut in his abstracted way, said simply:

Sofort sagte Basil zu mir: »Gehen wir doch ins Zimmer nebenan, Gully«, und ging schon zur Tür, doch der Fremde sagte:

»Keinesfalls. Freunde bleiben. Beistand möglich.«

Kaum hatte ich ihn sprechen gehört, fiel mir ein, wer er war, ein gewisser Major Brown, dem ich vor Jahren in Basils Gesellschaft begegnet war. Die dunkle, dandyhaft schmucke Gestalt mit dem großen würdevollen Kopf hatte ich völlig vergessen, aber ich erinnerte mich an die eigenartige Sprechweise, die darin bestand, nur etwa ein Viertel eines jeden Satzes auszusprechen, das aber zackig und knackig wie aus der Pistole geschossen. Ich weiß nicht, das mag vielleicht durch das Kommandieren der Truppen gekommen sein.

Major Brown war VC, also Träger des Victoria-Kreuzes, und ein fähiger und ausgezeichneter Soldat, aber er war alles andere als ein kriegerischer Mensch. Wie viele unter den eisernen Männern, die Britisch-Indien zurückerobert haben, war er ein Mann mit den naturgegebenen Überzeugungen und Neigungen einer alten Jungfer. In seiner Kleidung war er modisch elegant und doch zurückhaltend; in seinen Verhaltensweisen war er korrekt bis hin zur exakten Ausrichtung einer Teetasse. Eine Passion hatte er allerdings, welche ihrem Wesen nach einer Religion gleichkam – Stiefmütterchen. Und wenn er über seine Kollektion angelegter Beete sprach, so leuchteten seine blauen Augen wie die eines Kindes beim Anblick eines neuen Spielzeugs, jene Augen, die völlig ungetrübt geblieben waren, als die Truppen um Roberts den Sieg bei Kandahar bejubelten.

»Nun, Major«, sagte Rupert Grant mit edler Innigkeit und warf sich dabei in einen Sessel, »was führt Sie zu uns?«

»Gelbe Stiefmütterchen. Kohlenkeller. P. G. Northover«, sagte der Major mit gerechtem Zorn.

Wir blickten einander voller Neugier an. Basil, der in seiner zerstreuten Art die Augen geschlossen hatte, sagte bloß:

'I beg your pardon.'

'Fact is. Street, you know, man, pansies. On wall. Death to me. Something. Preposterous.'

We shook our heads gently. Bit by bit, and mainly by the seemingly sleepy assistance of Basil Grant, we pieced together the Majors fragmentary, but excited narration. It would be infamous to submit the reader to what we endured; therefore I will tell the story of Major Brown in my own words. But the reader must imagine the scene. The eyes of Basil closed as in a trance, after his habit, and the eyes of Rupert and myself getting rounder and rounder as we listened to one of the most astounding stories in the world, from the lips of the little man in black, sitting bolt upright in his chair and talking like a telegram.

Major Brown was, I have said, a successful soldier, but by no means an enthusiastic one. So far from regretting his retirement on half-pay, it was with delight that he took a small neat villa, very like a doll's house, and devoted the rest of his life to pansies and weak tea. The thought that battles were over when he had once hung up his sword in the little front hall (along with two patent stew-pots and a bad water-colour), and betaken himself instead to wielding the rake in his little sunlit garden, was to him like having come into a harbour in heaven. He was Dutch-like and precise in his taste in gardening, and had, perhaps, some tendency to drill his flowers like soldiers. He was one of those men who are capable of putting four umbrellas in the stand rather than three, so that two may lean one way and two another; he saw life like a pattern in a freehand drawing-book. And assuredly he would not have believed, or even understood, any one who had told him that within a few yards of his

»Wie bitte?«

»Fakt ist. Straße, wissen Sie, Mann, Stiefmütterchen. Auf Mauer. Tod mir. Etwas. Absurd.«

Wir schüttelten gütig die Köpfe. Stück für Stück und hauptsächlich mit der scheinbar träumerischen Beihilfe von Basil Grant fügten wir die fragmentarische, aber aufgeregte Erzählung des Majors zu einem Ganzen zusammen. Es wäre schändlich, den Leser dem zu unterziehen, was wir ertragen mussten; deshalb werde ich die Geschichte von Major Brown in meinen eigenen Worten erzählen. Aber der Leser muss sich die Szene vorstellen. Basil mit gewohnt geschlossenen Augen wie in Trance und Rupert und ich mit immer größer werdenden Augen, während wir einer der verblüffendsten Geschichten der Welt lauschten, wie sie von den Lippen des kleinen Mannes in Schwarz kam, der aufrecht in seinem Sessel saß und im Telegrammstil sprach.

Major Brown war, wie schon gesagt, ein erfolgreicher, aber keinesfalls ein begeisterter Soldat. Weit davon entfernt, seinen Rückzug in den Ruhestand bei halbierten Bezügen zu bedauern, nahm er sich eine hübsche, kleine Villa, die stark an ein Puppenheim erinnerte, und widmete den Rest seines Lebens den Stiefmütterchen und dünnem Tee. Der Gedanke, dass die Schlachten nun vorbei waren, nachdem er nun einmal seinen Degen an den Nagel gehängt hatte, und zwar an die Wand in dem kleinen Empfangsraum (zusammen mit zwei schicken Schmortöpfen und einem schlechten Aquarell), und er sich statt dessen in seinen kleinen, sonnigen Garten geflüchtet hatte, um hier die Harke zu schwingen, erschien ihm wie die Einfahrt in einen himmlischen Hafen. Er war von niederländischer Exaktheit, was seine Art der Gärtnerei anging, und hatte vielleicht die eine gewisse Tendenz, seine Blumen so zu drillen, will sagen, in Reih und Glied zu bringen wie seine Soldaten. Er war einer jener Männer, die es fertigbringen, vier statt drei Regenschirme in den Ständer zu stellen, nur damit zwei in die eine und zwei in die andere Richtung fal-

brick paradise he was destined to be caught in a whirlpool of incredible adventure, such as he had never seen or dreamed of in the horrible jungle, or the heat of battle.

One certain bright and windy afternoon, the Major, attired in his usual faultless manner, had set out for his usual constitutional. In crossing from one great residential thoroughfare to another, he happened to pass along one of those aimless-looking lanes which lie along the back-garden walls of a row of mansions, and which in their empty and discoloured appearance give one an odd sensation as of being behind the scenes of a theatre. But mean and sulky as the scene might be in the eyes of most of us, it was not altogether so in the Major's, for along the coarse gravel footway was coming a thing which was to him what the passing of a religious procession is to a devout person. A large, heavy man, with fish-blue eyes and a ring of irradiating red beard, was pushing before him a barrow, which was ablaze with incomparable flowers. There were splendid specimens of almost every order, but the Major's own favourite pansies predominated. The Major stopped and fell into conversation, and then into bargaining. He treated the man after the manner of collectors and other mad men, that is to say, he carefully and with a sort of anguish selected the best roots from the less excellent, praised some, disparaged others, made a subtle scale ranging from a thrilling worth and rarity to a degraded insignificance, and then bought them all. The man was just pushing off his barrow when he stopped and came close to the Major.

len; er sah das Leben gleichsam als die gegebene Vorlage in einem Malbuch an. Und mit Gewissheit hätte er keinem geglaubt, ihn nicht einmal verstanden, wenn der ihm gesagt hätte, dass es ihm bestimmt sei, nur wenige Schritte entfernt von seinem umziegelten Paradies in einen Wirbel unglaublicher Abenteuer zu geraten, so wie er sie noch nie erlebt oder geträumt hatte, weder im schrecklichen Dschungel noch in der Hitze der Schlacht.

An einem gewissen strahlenden und windigen Nachmittag hatte sich der Major, wie immer ganz nach seiner Gewohnheit tadellos gekleidet, auf seinen üblichen Gesundheitsspaziergang begeben. Als er von einer der großen Hauptstraßen, die durch das Wohngebiet führten, auf eine andere wechselte, passierte er im Vorübergehen eine dieser anscheinend ins Nichts führenden Nebengassen, die hinter den Gartenmauern der hochherrschaftlichen Häuser liegen und mit ihrer Menschenleere und Farblosigkeit einem das Gefühl vermitteln, sich hinter den Kulissen eines Theaters zu befinden. Aber so schäbig und trostlos, wie die Szene in den Augen der meisten von uns vielleicht auch erscheinen mag, für den Major galt das ganz und gar nicht, denn auf dem Schotterweg kam etwas auf ihn zu, was für ihn das war, was frommen Menschen das Vorbeiziehen einer Prozession bedeutet. Ein großer, schwerer Mann mit fischblauen Augen und einem leuchtend roten Bartkranz schob einen Karren vor sich her, auf dem einzigartige Blumen in einem Meer von Farben erstrahlten. Da gab es herrliche Exemplare fast aller Sorten, aber die Lieblingsblumen des Majors, Stiefmütterchen, überboten alles. Der Major blieb stehen, ließ sich in ein Gespräch ein, verfiel dann in einen Handel. Er behandelte den Mann nach Art der Sammler und anderer Wahnsinniger, will sagen, er sortierte die Pflanzen sorgfältig und gleichsam unter Qualen, schied die besten von den weniger guten, lobte die einen, bemäkelte andere, stellte eine fein gradierte Stufenleiter auf, die von außerordentlich wertvoll und selten bis hinunter zur Degradierung als bedeutungslos reichte, und kaufte dann alle. Der Mann wollte ge-

'I'll tell you what, sir,' he said. 'If you're interested in them things, you just get on to that wall.'

'On the wall!' cried the scandalized Major, whose conventional soul quailed within him at the thought of such fantastic trespass.

'Finest show of yellow pansies in England in that there garden, sir,' hissed the tempter. 'I'll help you up, sir.'

How it happened no one will ever know, but that positive enthusiasm of the Major's life triumphed over all its negative traditions, and with an easy leap and swing that showed that he was in no need of physical assistance, he stood on the wall at the end of the strange garden. The second after, the flapping of the frock-coat at his knees made him feel inexpressibly a fool. But the next instant all such trifling sentiments were swallowed up by the most appalling shock of surprise the old soldier had ever felt in all his bold and wandering existence. His eyes fell upon the garden, and there across a large bed in the centre of the lawn was a vast pattern of pansies; they were splendid flowers, but for once it was not their horticultural aspects that Major Brown beheld, for the pansies were arranged in gigantic capital letters so as to form the sentence:

DEATH TO MAJOR BROWN

A kindly-looking old man, with white whiskers, was watering them.

Brown looked sharply back at the road behind him; the man with the barrow had suddenly vanished. Then he

rade seinen Karren weiterschieben, als er anhielt und dicht auf den Major zuging.

»Ich will Ihnen was sagen, Sir«, sagte er. »Wenn Sie sich für die da hier interessieren, steigen Sie doch einfach da auf die Mauer.«

»Auf die Mauer!«, rief der Major empört, dessen traditionsgeprägte Seele beim bloßen Gedanken an solch eine fantastische Grenzüberschreitung geradezu in ihm verzagte.

»Die schönste Schau gelber Stiefmütterchen in ganz England ist da in dem Garten zu sehen, Sir«, zischte sein Versucher. »Ich helfe Ihnen hoch, Sir.«

Wie es geschehen ist, wird nie jemand erfahren, aber diese positive Lebenspassion des Majors triumphierte über alle negativen Traditionen, und mit leichtem Schwung und Sprung, der zeigte, dass er keinerlei körperlicher Hilfe bedurfte, stand er auf der Mauer am Ende des fremden Gartens. Gleich darauf gab ihm das Flattern seiner Gehrockschöße an den Knien das unsägliche Gefühl, sich zum Narren zu machen. Aber im Nu wurden all diese belanglosen Anwandlungen verschluckt vom entsetzlichsten Überraschungsschock, den der alte Soldat je in seinem ganzen kühnen Wanderleben erlebt hatte. Sein Blick fiel auf den Garten, und dort erstreckte sich in einem großen Beet in der Rasenmitte eine ausgedehnte Pflanzung von Stiefmütterchen; es waren herrliche Blumen, doch dieses erste und einzige Mal hatte Major Brown kein Auge für die gärtnerischen Aspekte, denn die Stiefmütterchen waren in riesigen Großbuchstaben so angeordnet, dass sie den Satz bildeten:

TOD DEM MAJOR BROWN

Ein freundlich aussehender alter Mann mit weißem Backenbart war dabei, sie zu gießen.

Brown schaute rasch und scharf hinter sich auf die Straße; der Mann mit dem Karren war plötzlich verschwunden. Dann

looked again at the lawn with its incredible inscription. Another man might have thought he had gone mad, but Brown did not. When romantic ladies gushed over his VC and his military exploits, he sometimes felt himself to be a painfully prosaic person, but by the same token he knew he was incurably sane. Another man, again, might have thought himself a victim of a passing practical joke, but Brown could not easily believe this. He knew from his own quaint learning that the garden arrangement was an elaborate and expensive one; he thought it extravagantly improbable that any one would pour out money like water for a joke against him. Having no explanation whatever to offer, he admitted the fact to himself, like a clear-headed man, and waited as he would have done in the presence of a man with six legs.

At this moment the stout old man with white whiskers looked up, and the watering can fell from his hand, shooting a swirl of water down the gravel path.

'Who on earth are you?' he gasped, trembling violently.

'I am Major Brown,' said that individual, who was always cool in the hour of action.

The old man gaped helplessly like some monstrous fish. At last he stammered wildly, 'Come down–come down here!'

'At your service,' said the Major, and alighted at a bound on the grass beside him, without disarranging his silk hat.

The old man turned his broad back and set off at a sort of waddling run towards the house, followed with swift steps by the Major. His guide led him through the back passages of a gloomy, but gorgeously appointed house, until they reached the door of the front room. Then the

schaute er wieder auf den Garten mit seiner unglaublichen Inschrift. Ein anderer Mann hätte vielleicht gedacht, er wäre verrückt geworden, aber Brown dachte das nicht. Wenn romantische Damen sich schwärmerisch über sein Victoria-Kreuz und seine militärischen Heldentaten ergingen, fühlte er sich bisweilen als eine peinlich prosaische Person, aber aus demselben Grunde wusste er auch, dass er unheilbar geistig gesund war. Ein anderer Mann wiederum hätte sich für das Opfer eines ausgefallenen flüchtigen Streichs gehalten, aber daran konnte Brown nicht so leicht glauben. Er wusste aus eigener außergewöhnlicher Erfahrung, dass das Arrangement im Garten ein wohldurchdachtes und teures war; er hielt es über alle Maßen für unwahrscheinlich, dass irgendjemand Geld wie Wasser fließen lassen würde, um ihm einen Streich zu spielen. Da er keinerlei Erklärung zu bieten hatte, gestand er sich die Tatsache auch ein, wie es eben ein Mann mit klarem Kopf tut, und wartete, wie er das auch in Gegenwart eines Mannes mit sechs Beinen getan hätte.

In diesem Moment blickte der rundliche alte Mann mit dem weißen Backenbart auf, und die Gießkanne fiel ihm aus der Hand, sodass sich ein Schwall Wasser über den Kiesweg ergoss.

»Wer in aller Welt sind Sie?«, japste er unter heftigem Zittern.

»Ich bin Major Brown«, sagte ebendieser, der in der Stunde des Handelns immer einen kühlen Kopf hatte.

Der alte Mann glotzte hilflos wie ein monströser Fisch. Endlich stammelte er verworren: »Kommen Sie runter – kommen Sie hierher runter!«

»Zu Ihren Diensten«, sagte der Major und landete mit einem Satz neben ihm im Gras, ohne dass sein Zylinder auch nur wackelte.

Der alte Mann kehrte ihm seinen breiten Rücken zu und machte sich eilig watschelnd auf zum Haus, wobei ihm der Major schnellen Schrittes folgte. Sein Wegweiser führte ihn durch die hinteren Gänge eines düsteren, aber prächtig ausgestatteten Hauses, bis sie die Tür des Empfangszimmers vorne erreicht

old man turned with a face of apoplectic terror dimly showing in the twilight.

'For heavens sake,' he said, 'don't mention jackals.'

Then he threw open the door, releasing a burst of red lamplight, and ran downstairs with a clatter.

The Major stepped into a rich, glowing room, full of red copper, and peacock and purple hangings, hat in hand. He had the finest manners in the world, and, though mystified, was not in the least embarrassed to see that the only occupant was a lady, sitting by the window, looking out.

'Madam,' he said, bowing simply, 'I am Major Brown.'

'Sit down,' said the lady; but she did not turn her head.

She was a graceful, green-clad figure, with fiery red hair and a flavour of Bedford Park. 'You have come, I suppose,' she said mournfully, 'to tax me about the hateful title-deeds.'

'I have come, madam,' he said, 'to know what is the matter. To know why my name is written across your garden. Not amicably either.'

He spoke grimly, for the thing had hit him. It is impossible to describe the effect produced on the mind by that quiet and sunny garden scene, the frame for a stunning and brutal personality. The evening air was still, and the grass was golden in the place where the little flowers he studied cried to heaven for his blood.

'You know I must not turn round,' said the lady; 'every afternoon till the stroke of six I must keep my face turned to the street.'

hatten. Dann drehte sich der alte Mann um, und im Dämmerlicht war verschwommen zu erkennen, dass in seinem Gesicht das schlaganfällige Entsetzen stand.

»Erwähnen Sie um Himmels willen«, sagte er, »keine Schakale.«

Dann riss er die Tür auf, durch die rotes Lampenlicht in den Flur fiel, und rannte polternd die Treppe hinunter.

Den Hut in der Hand, betrat der Major einen glanzvollen Raum, der reich geschmückt war mit aus rotem Kupfer getriebenen Gegenständen und Wandbehängen in Pfauenblau und Lila. Er hatte die feinsten Manieren der Welt, und wenn er auch verblüfft war, so war er doch kein bisschen in Verlegenheit, als er sah, dass die einzige im Raum befindliche Person eine Dame war, die am Fenster saß und hinausschaute.

»Madam«, sagte er mit einer schlichten Verbeugung, »ich bin Major Brown.«

»Setzen Sie sich«, sagte die Dame; doch sie wandte ihm nicht den Kopf zu.

Sie war eine anmutige, grün gekleidete Gestalt, mit feurig rotem Haar und einem Hauch von Bedford Park. »Sie kommen, wie ich annehme«, sagte sie betrübt, »um mich wegen der abscheulichen Besitzurkunden zu belästigen.«

»Ich komme, Madam«, sagte er, »um zu erfahren, was vor sich geht. Um zu erfahren, weshalb mein Name in Ihrem Garten geschrieben steht. Und das in keinem freundlichen Sinne.«

Er sprach voll Grimm, denn die Sache hatte ihn getroffen. Es lässt sich unmöglich beschreiben, was für eine Wirkung aufs Gemüt diese stille und sonnige Gartenszene auslöste, ein trügerischer Rahmen mit einem bestürzenden und brutalen Inhalt. Die Abendluft war still, und goldgelb war der Rasen an jener Stelle, wo die kleinen Blumen, mit denen er sich beschäftigte, vom Himmel buchstäblich sein Blut verlangten.

»Wissen Sie, ich darf mich nicht umdrehen«, sagte die Dame; »jeden Nachmittag muss ich bis Schlag sechs Uhr mein Gesicht zur Straße wenden.«

Some queer and unusual inspiration made the prosaic soldier resolute to accept these outrageous riddles without surprise.

'It is almost six,' he said; and even as he spoke the barbaric copper clock upon the wall clanged the first stroke of the hour. At the sixth the lady sprang up and turned on the Major one of the queerest and yet most attractive faces he had ever seen in his life; open, and yet tantalizing, the face of an elf.

'That makes the third year I have waited,' she cried. 'This is an anniversary. The waiting almost makes one wish the frightful thing would happen once and for all.'

And even as she spoke, a sudden rending cry broke the stillness. From low down on the pavement of the dim street (it was already twilight) a voice cried out with a raucous and merciless distinctness:

'Major Brown, Major Brown, where does the jackal dwell?'

Brown was decisive and silent in action. He strode to the front door and looked out. There was no sign of life in the blue gloaming of the street, where one or two lamps were beginning to light their lemon sparks. On returning, he found the lady in green trembling.

'It is the end,' she cried, with shaking lips; 'it may be death for both of us. Whenever–'

But even as she spoke her speech was cloven by another hoarse proclamation from the dark street, again horribly articulate.

'Major Brown, Major Brown, how did the jackal die?'

Brown dashed out of the door and down the steps, but again he was frustrated; there was no figure in sight, and the street was far too long and empty for the shouter

Irgendeine seltsame und ungewöhnliche Eingebung brachte den prosaischen Soldaten zu dem Entschluss, diese empörenden Rätsel ohne Verwunderung einfach so hinzunehmen.

»Es ist fast sechs«, sagte er; und noch als er sprach, tat die barbarische Kupferuhr an der Wand den ersten Stundenschlag. Beim sechsten sprang die Dame auf und wandte dem Major eines der seltsamsten und doch attraktivsten Gesichter zu, die er je im Leben gesehen hatte; offen und doch geheimnisvoll lockend, ein Elfengesicht.

»Damit warte ich nun schon ein volles drittes Jahr!«, rief sie aus. »Heute ist ein Jubiläum. Das Warten lässt einen fast wünschen, die grässliche Sache würde ein für alle Mal über die Bühne gehen.«

Und sie sprach noch, als ein jäher, gellender Schrei die Stille durchbrach. Unten vom Gehsteig der trüben Straße (die Abenddämmerung war bereits hereingebrochen) schrie eine Stimme mit krächzender und gnadenloser Deutlichkeit:

»Major Brown, Major Brown, wo hausen die Schakale?«

Brown trat schweigend und entschlossen in Aktion. Er stürzte zur Haustür und schaute hinaus. Weit und breit war kein Lebenszeichen zu entdecken im dämmrigen Blau der Straße, wo zwei oder drei Laternen begannen, ihr zitronengelbes Licht flackern zu lassen. Bei seiner Rückkehr fand er die Dame in Grün zitternd vor.

»Das ist das Ende«, rief sie mit bebenden Lippen; »das könnte für uns alle den Tod bedeuten. Wann immer …«

Doch ihre Rede wurde durch einen weiteren Ausruf unterbrochen, der von der dunklen Straße kam und wieder von schrecklicher Deutlichkeit war.

»Major Brown, Major Brown, wie ist der Schakal gestorben?«

Brown schoss zur Tür hinaus und die Stufen hinunter, aber wieder wurde er enttäuscht; weit und breit kein Mensch in Sicht, und die Straße war viel zu lang und leer, als dass der Rufer da-

to have run away. Even the rational Major was a little shaken as he returned in a certain time to the drawing-room. Scarcely had he done so than the terrific voice came:

'Major Brown, Major Brown, where did–'

Brown was in the street almost at a bound, and he was in time–in time to see something which at first glance froze the blood. The cries appeared to come from a decapitated head resting on the pavement.

The next moment the pale Major understood. It was the head of a man thrust through the coal-hole in the street. The next moment, again, it had vanished, and Major Brown turned to the lady. 'Where's your coal-cellar?' he said, and stepped out into the passage.

She looked at him with wild grey eyes. 'You will not go down,' she cried, 'alone, into the dark hole, with that beast?'

'Is this the way?' replied Brown, and descended the kitchen stairs three at a time. He flung open the door of a black cavity and stepped in, feeling in his pocket for matches. As his right hand was thus occupied, a pair of great slimy hands came out of the darkness, hands clearly belonging to a man of gigantic stature, and seized him by the back of the head. They forced him down, down in the suffocating darkness, a brutal image of destiny. But the Major's head, though upside down, was perfectly clear and intellectual. He gave quietly under the pressure until he had slid down almost to his hands and knees. Then finding the knees of the invisible monster within a foot of him, he simply put out one of his long, bony, and skilful hands, and gripping the leg by a muscle pulled it off the ground and laid the huge living man, with a crash, along the floor. He strove to rise, but Brown was on top

vongelaufen sein konnte. Selbst der vernünftige Major war ein wenig aus dem Konzept gebracht, als er nach einer gewissen Zeit in den Salon zurückkehrte. Kaum war er dort angekommen, erscholl schon die schreckliche Stimme:

»Major Brown, Major Brown, wo ist ...«

Mit fast nur einem Satz war Brown auf der Straße, und er kam rechtzeitig – zeitig genug, um das zu sehen, was einem auf den ersten Blick das Blut gefrieren ließ. Die Rufe kamen allem Anschein nach aus einem abgetrennten Kopf, der auf dem Gehweg lag.

Im nächsten Moment hatte der bleiche Major begriffen. Der Kopf eines Mannes ragte aus dem Loch einer Kohlenschütte. Im nächsten Moment wiederum war er auch schon verschwunden, und Major Brown wandte sich an die Dame. »Wo ist ihr Kohlenkeller?«, fragte er und trat hinaus auf den Gang.

Sie schaute ihn mit wilden grauen Augen an. »Sie werden nicht hinuntergehen«, rief sie, »in das dunkle Loch, allein mit dieser Bestie?«

»Geht es hier runter?«, entgegnete Brown und stürzte, drei Stufen auf einmal nehmend, die Küchentreppe hinab. Er stieß die Tür einer schwarzen Höhle auf und trat hinein, dabei in der Tasche nach Streichhölzern suchend. Während seine rechte Hand damit beschäftigt war, kamen aus dem Dunkel zwei große, glitschige Hände, die eindeutig zu einem Mann von riesenhafter Statur gehörten und ihm beim Hinterkopf packten. Sie zwangen ihn zu Boden, ins erstickende Dunkel, ein brutales Sinnbild des Schicksals. Aber der Major war im Kopf, wenn auch auf den Kopf gestellt, völlig klar und geistig in Form. Er gab unter dem Druck leicht nach, bis er fast ganz auf Händen und Knien gelandet war. Als er dann die Knie des unsichtbaren Monsters nur einen Schritt vor sich sah, streckte er einfach eine seiner langen, knochigen und geschickten Hände aus, schnappte sich ihn bei einem Beinmuskel, riss ihn um und brachte damit den großen, lebenden Brocken krachend zu Boden. Der kämpfte darum, wie-

like a cat. They rolled over and over. Big as the man was, he had evidently now no desire but to escape; he made sprawls hither and thither to get past the Major to the door, but that tenacious person had him hard by the coat collar and hung with the other hand to a beam. At length there came a strain in holding back this human bull, a strain under which Brown expected his hand to rend and part from the arm. But something else rent and parted; and the dim fat figure of the giant vanished out of the cellar, leaving the torn coat in the Major's hand; the only fruit of his adventure and the only clue to the mystery. For when he went up and out at the front door, the lady, the rich hangings, and the whole equipment of the house had disappeared. It had only bare boards and whitewashed walls.

'The lady was in the conspiracy, of course,' said Rupert, nodding. Major Brown turned brick red. 'I beg your pardon,' he said, 'I think not.'

Rupert raised his eyebrows and looked at him for a moment, but said nothing. When next he spoke he asked:

'Was there anything in the pockets of the coat?'

'There was sevenpence halfpenny in coppers and a threepenny-bit,' said the Major carefully; 'there was a cigarette-holder, a piece of string, and this letter,' and he laid it on the table. It ran as follows:

> Dear Mr Plover,
> I am annoyed to hear that some delay has occurred in the arrangements *re* Major Brown.

der auf die Beine zu kommen, aber Brown krallte ihn sich wie eine Katze. Sie wälzten sich und schlugen sich, es ging drunter und drüber. So groß und stark der Mann auch war, er hatte offenbar kein anderes Verlangen, als sich zu verkrümeln; er unternahm allerlei Befreiungsversuche, um links oder rechts am Major vorbei zur Tür zu gelangen, aber dieser hartnäckige Mensch hatte ihn mit einer Hand fest am Schlafittchen gepackt und klammerte sich mit dem anderen Arm an einen Balken. Schließlich wurde es anstrengend, diesen menschlichen Stier festzuhalten, so anstrengend, dass Brown damit rechnete, seine Hand würde abreißen und sich von seinem Arm verabschieden. Aber etwas anderes riss aus und verabschiedete sich; und die dicke, undeutliche Riesengestalt war aus dem Keller verschwunden, die zerrissene Jacke in der Hand des Majors zurücklassend; die einzige Frucht seines Abenteuers und der einzige Schlüssel zu dem geheimnisvollen Rätsel. Denn als er hinaufstieg und in der Haustür stand, waren die Dame, die prächtigen Wandbehänge und die gesamte Einrichtung des Hauses verschwunden. Es hatte nur noch nackte Dielen und weißgetünchte Wände.

»Die Dame war natürlich Teil der Verschwörung«, sagte Rupert kopfnickend. Major Brown lief ziegelrot an. »Verzeihung«, sagte er, »ich glaube nicht.«

Rupert schaute ihn einen Moment verdutzt an, sagte aber nichts. Als er dann wieder das Wort ergriff, fragte er:

»War da was in den Jackentaschen?«

»Es befanden sich darin siebeneinhalb Pence in Kupfer und ein Dreipennystück«, sagte der Major mit Bedacht; »außerdem eine Zigarettenspitze, ein Stück Bindfaden und dieser Brief«; den legte er auf den Tisch. Er lautete wie folgt:

Lieber Mr. Plover,
mit Verärgerung höre ich, dass es zu einer Verzögerung bei der Ausführung der Major Brown betreffenden

Please see that he is attacked as per arrangement tomorrow. The coal-cellar, of course.
Yours faithfully,

P. G. Northover.

Rupert Grant was leaning forward listening with hawk-like eyes. He cut in:

'Is it dated from anywhere?'

'No—oh, yes!' replied Brown, glancing upon the paper; '14 Tanner's Court, North—'

Rupert sprang up and struck his hands together.

'Then why are we hanging here? Let's get along. Basil, lend me your revolver.'

Basil was staring into the embers like a man in a trance; and it was some time before he answered:

'I don't think you'll need it.'

'Perhaps not,' said Rupert, getting into his fur coat. 'One never knows. But going down a dark court to see criminals—'

'Do you think they are criminals?' asked his brother.

Rupert laughed stoutly. 'Giving orders to a subordinate to strangle a harmless stranger in a coal-cellar may strike you as a very blameless experiment, but—'

'Do you think they wanted to strangle the Major?' asked Basil, in the same distant and monotonous voice.

'My dear fellow, you've been asleep. Look at the letter.'

'I am looking at the letter,' said the mad judge calmly; though, as a matter of fact, he was looking at the fire. 'I don't think it's the sort of letter one criminal would write to another.'

Arrangements gekommen ist. Sorgen Sie bitte dafür, dass er morgen wie abgesprochen angegriffen wird. Selbstverständlich der Kohlenkeller.
Ihr sehr ergebener

P. G. Northover.

Rupert Grant hatte sich vorgebeugt und lauschte mit Adlerblick. Er warf ein:

»Ist er von irgendwo datiert?«

»Nein – doch, ja!«, erwiderte Brown und las vom Blatt, »Tanner's Court Nr. 14, North …«

Rupert sprang auf und schlug die Hände zusammen.

»Warum sitzen wir hier dann noch rum? Machen wir uns auf den Weg. Basil, leih mir deinen Revolver.«

Basil starrte wie ein Mann in Trance ins schwelende Kaminfeuer; und es dauerte einige Zeit, bis er antwortete.

»Ich glaube nicht, dass du den brauchst.«

»Vielleicht nicht«, sagte Rupert und schlüpfte in seinen Pelzmantel. »Man kann nie wissen. Aber wenn man sich in eine dunkle Gasse begibt, um Verbrecher aufzusuchen …«

»Meinst du, es handelt sich um Verbrecher?«, fragte sein Bruder.

Rupert lachte heftig. »Einem Untergebenen den Auftrag zu erteilen, einen harmlosen Fremden in einem Kohlenkeller zu erwürgen, mag dir als untadeliges Experiment vorkommen, aber …«

»Meinst du, sie wollten den Major erwürgen?«, fragte Basil mit derselben fernen und monotonen Stimme.

»Mein lieber Junge, du hast geschlafen. Sieh dir den Brief an.«

»Ich sehe mir ja den Brief an«, sagte der wahnsinnige Richter ruhig; dabei sah er in Wirklichkeit ins Feuer. »Ich finde nur, der Brief ist einfach nicht das, was ein Verbrecher dem anderen schreiben würde.«

'My dear boy, you are glorious,' cried Rupert, turning round, with laughter in his blue bright eyes. 'Your methods amaze me. Why, there *is* the letter. It *is* written, and it does give orders for a crime. You might as well say that the Nelson Column was not at all the sort of thing that was likely to be set up in Trafalgar Square.'

Basil Grant shook all over with a sort of silent laughter, but did not otherwise move.

'That's rather good,' he said; 'but, of course, logic like that's not what is really wanted. It's a question of spiritual atmosphere. It's not a criminal letter.'

'It is. It's a matter of fact,' cried the other in an agony of reasonableness.

'Facts,' murmured Basil, like one mentioning some strange, far-off animals, 'how facts obscure the truth. I may be silly—in fact, I'm off my head—but I never could believe in that man—what's his name, in those capital stories?—Sherlock Holmes. Every detail points to something, certainly; but generally to the wrong thing. Facts point in all directions, it seems to me, like the thousands of twigs on a tree. It's only the life of the tree that has unity and goes up—only the green blood that springs, like a fountain, at the stars.'

'But what the deuce else can the letter be but criminal?'

'We have eternity to stretch our legs in,' replied the mystic. 'It can be an infinity of things. I haven't seen any of them—I've only seen the letter. I look at that, and say it's not criminal.'

'Then what's the origin of it?'

'I haven't the vaguest idea.'

»Mein lieber Mann, du bist köstlich«, rief Rupert aus und drehte sich mit einem Lachen in seinen leuchtend blauen Augen um. »Deine Methoden setzen mich in Erstaunen. Also gut, da ist der *Brief*. Jemand hat ihn *geschrieben*, und er erteilt den Auftrag zu einem Mord. Du könntest genauso gut sagen, die Nelson-Säule ist auch nicht gerade das, was mitten auf den Trafalgar Square gehört.«

Basil Grant schüttelte sich geradezu vor lautlosem Lachen, bewegte sich aber ansonsten nicht.

»Das ist ziemlich gut«, sagte er; »aber selbstverständlich ist solche Logik nicht das, was eigentlich gebraucht wird. Es ist eine Frage der geistigen Atmosphäre. Es ist kein krimineller Brief.«

»Ist er doch. Die Fakten sprechen für sich«, rief der andere in einer Agonie der Vernunft.

»Fakten«, murmelte Basil wie jemand, der von merkwürdigen Tieren in weiter Ferne spricht, »Fakten verdunkeln die Wahrheit. Ich mag vertrottelt sein – Fakt ist, ich bin übergeschnappt –, aber ich konnte an diesen Mann nie glauben – wie heißt er noch mal, aus diesen ausgezeichneten Geschichten – Sherlock Holmes. Gewiss, jedes Detail verweist auf etwas; aber gewöhnlich auf etwas Falsches. Fakten zeigen in alle Richtungen, wie mir scheint, wie die Tausenden von Zweigen an einem Baum. Allein das Leben des Baumes bildet die Einheit und strebt in die Höhe – allein das grüne Blut springt wie ein Brunnen hoch zu den Sternen.«

»Aber was zum Henker kann der Brief denn sonst sein als kriminell?«

»Wir haben die Ewigkeit, in der wir unsere Beine ausstrecken können«, erwiderte der Mystiker. »Er kann eine unendliche Anzahl von Dingen sein. Ich habe davon nichts gesehen – ich habe nur den Brief gesehen. Ich schaue ihn mir an und sage, er ist nicht kriminell.«

»Welchen Ursprungs ist er dann?«

»Ich habe nicht die geringste Ahnung.«

Basil continued for a little to glare at the coals, and seemed collecting his thoughts in a humble and even painful way. Then he said:

'Suppose you went out into the moonlight. Suppose you passed through silent, silvery streets and squares until you came into an open and deserted space, set with a few monuments, and you beheld one dressed as a ballet girl dancing in the argent glimmer. And suppose you looked, and saw it was a man disguised. And suppose you looked again, and saw it was Lord Kitchener. What would you think?'

He paused a moment, and went on:

'You could not adopt the ordinary explanation. The ordinary explanation of putting on singular clothes is that you look nice in them; you would not think that Lord Kitchener dressed up like a ballet girl out of ordinary personal vanity. You would think it much more likely that he inherited a dancing madness from a great grandmother; or had been hypnotized at a séance; or threatened by a secret society with death if he refused the ordeal. With Baden-Powell, say, it might be a bet–but not with Kitchener. I should know all that, because in my public days I knew him quite well. So I know that letter quite well, and criminals quite well. It's not a criminal's letter. It's all atmospheres.' And he closed his eyes and passed his hand over his forehead.

Rupert and the Major were regarding him with a mixture of respect and pity. The former said:

'Well, I'm going, anyhow, and shall continue to think–until your spiritual mystery turns up–that a man who sends a note recommending a crime, that is, actually a crime that is actually carried out, at least tentatively, is, in

Basil schaute noch eine Weile auf die Kohlen und schien seine Gedanken auf demütige und geradezu schmerzhafte Weise zu sammeln.

»Angenommen, du trittst hinaus ins Mondlicht. Angenommen, du gehst durch stille, silberne Straßen und Stätten, bis du auf einen offenen und menschenleeren Platz kommst, auf dem einige Statuen stehen, und erblickst jemanden, der, gekleidet wie ein Ballettmädchen, im Silberglanz tanzt. Und angenommen, du siehst genau hin und erkennst, es ist ein verkleideter Mann. Und angenommen, du siehst noch einmal genauer hin und erkennst, es ist Lord Kitchener. Was würdest du denken?«

Er hielt einen Moment inne und fuhr dann fort:

»Der gewöhnlichen Erklärung könntest du nicht zustimmen. Die gewöhnliche Erklärung, sich eigentümliche Kleidung anzuziehen, lautet, dass man darin gut aussieht; du würdest nicht auf den Gedanken kommen, dass Lord Kitchener sich aus gewöhnlicher privater Eitelkeit wie ein Ballettmädchen anzieht. Du würdest es für viel wahrscheinlicher halten, dass er von seiner Urgroßmutter den Tanzfimmel geerbt hat, oder dass er bei einer Séance hypnotisiert oder von einer Geheimgesellschaft mit dem Tode bedroht worden ist, falls er sich der Feuerprobe verweigern sollte. Bei Baden-Powell, sagen wir mal, könnte das vielleicht möglich sein – aber nicht bei Kitchener. Das muss ich ja wohl wissen, weil ich ihn in den Tagen meines öffentlichen Wirkens ganz gut gekannt habe. Nun kenne ich diesen Brief ganz gut und auch Verbrecher ganz gut. Das ist nicht der Brief eines Verbrechers. Das ist lauter Atmosphäre.« Und er schloss die Augen und fuhr sich mit der Hand über die Stirn.

Rupert und der Major betrachteten ihn mit einer Mischung aus Respekt und Mitleid. Ersterer sagte:

»Also, ich gehe trotzdem und werde – bis dein geistiges Geheimnis sich enthüllt – auch weiterhin denken, dass ein Mann, der eine Notiz schickt, die zu einem Verbrechen anhält, das heißt, zu einem tatsächlichen Verbrechen, das tatsächlich ausge-

all probability, a little casual in his moral tastes. Can I have that revolver?'

'Certainly,' said Basil, getting up. 'But I am coming with you.' And he flung an old cape or cloak round him, and took a sword-stick from the corner.

'You!' said Rupert, with some surprise, 'you scarcely ever leave your hole to look at anything on the face of the earth.'

Basil fitted on a formidable old white hat.

'I scarcely ever,' he said, with an unconscious and colossal arrogance, 'hear of anything on the face of the earth that I do not understand at once, without going to see it.'

And he led the way out into the purple night.

We four swung along the flaring Lambeth streets, across Westminster Bridge, and along the Embankment in the direction of that part of Fleet Street which contained Tanner's Court. The erect, black figure of Major Brown, seen from behind, was a quaint contrast to the hound-like stoop and flapping mantle of young Rupert Grant, who adopted, with childlike delight, all the dramatic poses of the detective of fiction. The finest among his many fine qualities was his boyish appetite for the colour and poetry of London. Basil, who walked behind, with his face turned blindly to the stars, had the look of a somnambulist.

Rupert paused at the corner of Tanner's Court, with a quiver of delight at danger, and gripped Basil's revolver in his great-coat pocket.

'Shall we go in now?' he asked.

'Not get police?' asked Major Brown, glancing sharply up and down the street.

führt wird, zumindest ansatzweise, aller Wahrscheinlichkeit nach etwas nachlässig in Sachen Moral ist. Kann ich den Revolver haben?«

»Gewiss doch«, sagte Basil und stand auf. »Aber ich komme mit.« Und er warf sich ein altes Cape oder eine Pelerine über und nahm einen Stockdegen aus der Ecke.

»Du!«, sagte Rupert einigermaßen überrascht, »du verlässt doch kaum jemals dein Loch, um dir irgendetwas auf dem Antlitz der Erde anzusehen.«

Basil setzte sich einen formidablen alten, weißen Hut auf.

»Ich höre auch kaum je irgendetwas«, sagte er mit unbewusster und enormer Arroganz, »was auf dem Antlitz der Erde geschieht, das ich nicht auf Anhieb verstehe, ohne es mir ansehen zu müssen.«

Und er ging voran auf dem Weg hinaus in die lila schillernde Nacht.

Wir vier marschierten schwungvoll die flackernden Straßen von Lambeth hinunter, über die Westminster Bridge, dann das Embankment entlang, immer in Richtung jenes Teils der Fleet Street, wo sich Tanner's Court befindet. Die aufrechte, schwarze Gestalt von Major Brown bildete von hinten gesehen einen kuriosen Kontrast zur vorgebeugten, schnüffelnden Haltung und der flatternden Pelerine des jungen Rupert Grant, der mit kindlichem Vergnügen all die dramatischen Posen des Detektivs aus der Literatur einnahm. Die edelste seiner vielen edlen Eigenschaften war sein jungenhafter Hunger auf die Vielfarbigkeit und Poesie Londons. Basil, der hinten ging und blind nach den Sternen schaute, sah aus wie ein Schlafwandler.

Rupert blieb an der Ecke von Tanner's Court stehen, lustvoll schaudernd angesichts der Gefahr, und griff in seiner Manteltasche nach Basils Revolver.

»Sollen wir jetzt hineingehen?«, fragte er.

»Ohne Polizei?«, fragte Major Brown und nahm die Straße auf- und abwärts scharf ins Visier.

'I am not sure,' answered Rupert, knitting his brows. 'Of course, it's quite clear, the thing's all crooked. But there are three of us, and–'

'I shouldn't get the police,' said Basil in a queer voice. Rupert glanced at him and stared hard.

'Basil,' he cried, 'you're trembling. What's the matter–are you afraid?'

'Cold, perhaps,' said the Major, eyeing him. There was no doubt that he was shaking.

At last, after a few moments' scrutiny, Rupert broke into a curse.

'You're laughing,' he cried. 'I know that confounded, silent, shaky laugh of yours. What the deuce is the amusement, Basil? Here we are, all three of us, within a yard of a den of ruffians–'

'But I shouldn't call the police,' said Basil. 'We four heroes are quite equal to a host', and he continued to quake with his mysterious mirth.

Rupert turned with impatience and strode swiftly down the court, the rest of us following. When he reached the door of No. 14 he turned abruptly, the revolver glittering in his hand.

'Stand close,' he said in the voice of a commander. 'The scoundrel may be attempting an escape at this moment. We must fling open the door and rush in.'

The four of us cowered instantly under the archway, rigid, except for the old judge and his convulsion of merriment.

'Now,' hissed Rupert Grant, turning his pale face and burning eyes suddenly over his shoulder, 'when I say "Four", follow me with a rush. If I say "Hold him", pin the fellows down, whoever they are. If I say "Stop", stop. I shall say that if there are more than three. If they attack

»Ich weiß nicht genau«, antwortete Rupert und runzelte die Stirn. »Es ist natürlich ganz klar, die ganze Sache ist mehr als faul. Aber wir sind zu dritt, und …«

»Ich würde keine Polizei holen«, sagte Basil mit seltsamer Stimme. Rupert schaute zu ihm hinüber und sah genauer hin.

»Basil«, stieß er aus, »du zitterst ja. Was ist los – hast du Angst?«

»Friert vielleicht«, sagte der Major, ihn musternd. Kein Zweifel, er zitterte.

Endlich, nachdem er ihn einen Moment forschend angesehen hatte, stieß Rupert einen Fluch aus.

»Du lachst ja«, rief er aus. »Ich kenne dein verflixtes, stummes, wackliges Lachen. Was zum Schinder ist so komisch, Basil? Hier stehen wir, wir alle drei, nur einen Schritt weit weg von einer Räuberhöhle …«

»Aber die Polizei würde ich nicht rufen«, sagte Basil. »Wir vier Helden sind dem Hausherrn durchaus gewachsen«, und sein geheimnisvoller Frohsinn ließ ihn weiter kichern und zittern.

Rupert drehte sich ungeduldig um und ging schnurstracks die Gasse hinunter, gefolgt von uns, dem Rest. Als er die Tür von Nr. 14 erreicht hatte, drehte er sich um und in seiner Hand glänzte der Revolver.

»Dicht aufrücken«, sagte er mit der Stimme eines Kommandanten. »Der Schurke will vielleicht gerade in diesem Augenblick einen Fluchtversuch unternehmen. Wir müssen die Tür aufstoßen und eindringen.«

Wir vier duckten uns auf der Stelle unter dem Bogengang, reglos, nur der alte Richter hörte nicht auf, fröhlich zu glucksen.

»Also«, zischte Rupert Grant und wandte uns plötzlich über die Schulter sein bleiches Gesicht und seine brennenden Augen zu, »wenn ich ›vier‹ sage, folgt ihr mir auf dem Fuße. Wenn ich sage ›Zugriff‹, nagelt ihr die Burschen fest, wer immer sie sein mögen. Wenn ich sage ›stopp‹, ist Schluss. Das sage ich dann,

us I shall empty my revolver on them. Basil, have your sword-stick ready. Now—one, two three, four!'

With the sound of the word the door burst open, and we fell into the room like an invasion, only to stop dead.

The room, which was an ordinary and neatly appointed office, appeared, at the first glance, to be empty. But on a second and more careful glance, we saw seated behind a very large desk with pigeon-holes and drawers of bewildering multiplicity, a small man with a black waxed moustache, and the air of a very average clerk, writing hard. He looked up as we came to a standstill.

'Did you knock?' he asked pleasantly. 'I am sorry if I did not hear. What can I do for you?'

There was a doubtful pause, and then, by general consent, the Major himself, the victim of the outrage, stepped forward.

The letter was in his hand, and he looked unusually grim.

'Is your name P. G. Northover?' he asked.

'That is my name,' replied the other, smiling.

'I think,' said Major Brown, with an increase in the dark glow of his face, 'that this letter was written by you.' And with a loud clap he struck open the letter on the desk with his clenched fist. The man called Northover looked at it with unaffected interest and merely nodded.

'Well, sir,' said the Major, breathing hard, 'what about that?'

'What about it, precisely,' said the man with the moustache.

wenn es mehr als drei sind. Wenn sie uns angreifen sollten, werde ich meinen Revolver auf sie entleeren. Basil, du hältst deinen Stockdegen bereit. Also – eins, zwei, drei, vier!«

Beim letzten Wort wurde die Tür aufgestoßen, und wir fielen wie Invasoren in den Raum ein, nur um sofort wieder gebremst zu werden.

Der Raum, ein gewöhnliches und ordentlich ausgestattetes Büro, schien auf den ersten Blick leer zu sein. Aber auf den zweiten und genaueren Blick sahen wir hinter einem sehr großen Schreibtisch mit einer verwirrenden Vielfalt von Fächern und Schubladen einen kleinen Mann sitzen, der einen schwarzen gewichsten Schnurrbart und das Gebaren eines doch sehr durchschnittlichen Schreibers hatte und schwer am Schreiben war. Er blickte auf, als wir zum Stehen kamen.

»Haben Sie geklopft?«, fragte er freundlich. »Tut mir leid, wenn ich es nicht gehört habe. Was kann ich für Sie tun?«

Es folgte eine bedenkliche Pause, und dann trat unter einmütiger Zustimmung das Opfer der frevelhaften Tat, der Major persönlich, vor.

Er hatte den Brief in der Hand, und er schaute außergewöhnlich grimmig drein.

»Ist Ihr Name P. G. Northover?«, fragte er.

»Das ist mein Name«, erwiderte lächelnd sein Gegenüber.

»Ich glaube«, sagte Major Brown, dessen Gesicht sich zunehmend verfinsterte, »dass dieser Brief von Ihnen geschrieben worden ist.« Und mit geballter Faust und lautem Knall klatschte er ihm den Brief auf den Schreibtisch. Der Mann namens Northover schaute ihn sich mit ungerührtem Interesse an und nickte lediglich.

»Nun, Sir«, sagte der Major schwer atmend, »was hat es damit auf sich?«

»Was es damit genau auf sich hat«, sagte der Mann mit dem Schnurrbart.

'I am Major Brown,' said that gentleman sternly.

Northover bowed. 'Pleased to meet you, sir. What have you to say to me?'

'Say!' cried the Major, loosing a sudden tempest; 'why, I want this confounded thing settled. I want–'

'Certainly, sir,' said Northover, jumping up with a slight elevation of the eyebrows. 'Will you take a chair for a moment.' And he pressed an electric bell just above him, which thrilled and tinkled in a room beyond. The Major put his hand on the back of the chair offered him, but stood chafing and beating the floor with his polished boot.

The next moment an inner glass door was opened, and a fair, weedy, young man, in a frock-coat, entered from within.

'Mr Hopson,' said Northover, 'this is Major Brown. Will you please finish that thing for him I gave you this morning and bring it in?'

'Yes, sir,' said Mr Hopson, and vanished like lightning.

'You will excuse me, gentlemen,' said the egregious Northover, with his radiant smile, 'if I continue to work until Mr Hopson is ready. I have some books that must be cleared up before I get away on my holiday tomorrow. And we all like a whiff of the country, don't we? Ha! ha!'

The criminal took up his pen with a childlike laugh, and a silence ensued; a placid and busy silence on the part of Mr P. G. Northover; a raging silence on the part of everybody else.

At length the scratching of Northover's pen in the stillness was mingled with a knock at the door, almost simul-

»Ich bin Major Brown«, sagte der Gentleman mit strenger Stimme.

Northover verbeugte sich. »Sehr erfreut, Sie kennenzulernen, Sir. Was haben Sie mir zu sagen?«

»Hören Sie!«, rief der Major, dem plötzlich die Pferde durchgingen; »ich will nur, dass diese verflixte Sache erledigt wird. Ich will ...«

»Gewiss doch, Sir«, sagte Northover und sprang auf, mit leicht hochgezogenen Augenbrauen. »Nehmen Sie doch bitte Platz.« Und er drückte den Knopf einer elektrischen Klingel gleich über ihm, die in einem entlegenen Zimmer schrillte. Der Major legte die Hand auf die Lehne des ihm angebotenen Stuhles, blieb aber stehen und bearbeitete scharrend und stampfend mit seinem blitzblanken Stiefel den Boden.

Im nächsten Moment ging eine Glastür auf, und ein blonder, spindeldürrer junger Mann im Gehrock kam herein.

»Mr. Hopson«, sagte Northover, »dies ist Major Brown. Würden Sie für ihn bitte die Sache fertig machen, die ich Ihnen heute Morgen gegeben habe, und sie dann herbringen?«

»Ja, Sir«, sagte Mr. Hopson und war blitzschnell verschwunden.

»Sie werden mich entschuldigen, Gentlemen«, sagte der unerhörte Northover mit strahlendem Lächeln, »wenn ich weiterarbeite, bis Mr. Hopson fertig ist. Ich muss noch dringend einige Bücher in Ordnung bringen, bevor ich morgen in die Ferien fahre. Und wir schnuppern doch alle gerne mal Landluft, nicht wahr? Ha! Ha!«

Der Verbrecher ergriff mit kindlichem Lachen seinen Federhalter, und schweigende Stille kehrte ein; es war ein gelassenes und geschäftiges Schweigen auf Seiten von Mr. P. G. Northover, ein wütend brodelndes Schweigen auf Seiten aller anderen.

Endlich gesellte sich zum Kratzen von Northovers Feder in der Stille ein Klopfen an der Tür und fast gleichzeitig das Quiet-

taneous with the turning of the handle, and Mr Hopson came in again with the same silent rapidity, placed a paper before his principal, and disappeared again.

The man at the desk pulled and twisted his spiky moustache for a few moments as he ran his eye up and down the paper presented to him. He took up his pen, with a slight, instantaneous frown, and altered something, muttering—'Careless.' Then he read it again with the same impenetrable reflectiveness, and finally handed it to the frantic Brown, whose hand was beating the devil's tattoo on the back of the chair.

'I think you will find that all right, Major,' he said briefly.

The Major looked at it; whether he found it all right or not will appear later, but he found it like this:

Major Brown to P. C. Northover.

	£	s.	d.
January 1, to account rendered	5	6	0
May 9, to potting and embedding of 200 pansies	2	0	0
To cost of trolley with flowers	0	15	0
To hiring of man with trolley	0	5	0
To hire of house and garden for one day	1	0	0
To furnishing of room in peacock curtains, copper ornaments, etc	3	0	0
To salary of Miss Jameson	1	0	0
To salary of Mr Plover	1	0	0
Total	£ 14	6	0

A remittance will oblige.

'What,' said Brown, after a dead pause, and with eyes that seemed slowly rising out of his head, 'What in heaven's name is this?'

schen des Türgriffs, und Mr. Hopson kam wieder herein mit der gleichen lautlosen Schnelligkeit, legte seinem Chef ein Blatt Papier vor und verschwand wieder.

Der Mann am Schreibtisch zog und zwirbelte ein paar Mal die spitzen Enden seines Schnurrbartes, während er sich das ihm vorgelegte Blatt von oben bis unten ansah. Er nahm mit leichtem, kurzem Stirnrunzeln seinen Federhalter und änderte etwas, wobei er »liederlich« murmelte. Dann las er mit der gleichen undurchdringlichen Nachdenklichkeit noch einmal alles durch und reichte das Blatt schließlich dem innerlich tobenden Major Brown, der mit der Hand ungeduldig auf die Rückenlehne des Stuhls trommelte.

»Ich denke, das werden Sie alles korrekt finden, Major«, sagte er knapp.

Der Major sah es sich an; ob er das alles korrekt fand oder nicht, wird sich später herausstellen, aber er fand Folgendes vor:

Rechnung an Major Brown von P. G. Northover

....	£	s.	d.
Laut Rechnung vom 1. Januar	5	6	0
9. Mai, 200 Stiefmütterchen getopft & gepflanzt	2	0	0
Karren mit Blumen	0	15	0
Für den Mann mit dem Karren	0	5	0
Miete von Haus & Garten für einen Tag	1	0	0
Ausstattung des Zimmers mit pfauenblauen Behängen, Kupfergeräten, etc.	3	0	0
Salär für Miss Jameson	1	0	0
Salär für Mr. Plover	1	0	0
Insgesamt	£ 14	6	0

Um Begleichung wird gebeten.

»Was«, sagte Brown nach einer totenstillen Pause, während ihm die Augen langsam aus dem Kopf zu treten schienen, »was um Himmels willen ist das?«

'What is it?' repeated Northover, cocking his eyebrow with amusement. 'It's your account, of course.'

'My account!' The Major's ideas appeared to be in a vague stampede. 'My account! And what have I got to do with it?'

'Well,' said Northover, laughing outright, 'naturally I prefer you to pay it.'

The Major's hand was still resting on the back of the chair as the words came. He scarcely stirred otherwise, but he lifted the chair bodily into the air with one hand and hurled it at Northover's head.

The legs crashed against the desk, so that Northover only got a blow on the elbow as he sprang up with clenched fists, only to be seized by the united rush of the rest of us. The chair had fallen clattering on the empty floor.

'Let me go, you scamps,' he shouted. 'Let me–'

'Stand still,' cried Rupert authoritatively. 'Major Brown's action is excusable. The abominable crime you have attempted–'

'A customer has a perfect right,' said Northover hotly, 'to question an alleged overcharge, but, confound it all, not to throw furniture.'

'What, in God's name, do you mean by your customers and overcharges?' shrieked Major Brown, whose keen feminine nature, steady in pain or danger, became almost hysterical in the presence of a long and exasperating mystery. 'Who are you? I've never seen you or your insolent tomfool bills. I know one of your cursed brutes tried to choke me–'

'Mad,' said Northover, gazing blankly round; 'all of them mad. I didn't know they travelled in quartettes.'

»Was das ist?«, wiederholte Northover mit amüsierter Miene die Frage. »Das ist selbstverständlich Ihre Rechnung.«

»Meine Rechnung!« Die Gedanken des Majors schienen gelinde außer Rand und Band zu geraten. »Meine Rechnung! Und was habe ich damit zu tun?«

»Nun«, sagte Northover vor Lachen platzend, »natürlich möchte ich, dass Sie sie begleichen.«

Bei diesen Worten lag die Hand des Majors immer noch auf der Rückenlehne des Stuhls. Brown rührte sich ansonsten kaum, doch mit einer Hand hob er den Stuhl in die Luft und schleuderte ihn nach Northovers Kopf.

Die Beine knallten gegen den Schreibtisch, sodass Northover nur am Ellenbogen getroffen wurde, als er mit geballten Fäusten aufsprang, nur um von uns anderen mit vereinten Kräften gepackt zu werden. Der Stuhl war polternd auf den blanken Boden gefallen.

»Lasst mich los, ihr Halunken«, schrie er. »Lasst mich ...«

»Stillgestanden«, rief Rupert gebieterisch. »Major Browns Tat ist entschuldbar. Das abscheuliche Verbrechen, das Sie ausführen wollten ...«

»Ein jeder Kunde hat das gute Recht«, sagte Northover hitzig, »eine für zu hoch erachtete Rechnung zu beanstanden, aber verflixt noch mal, doch nicht mit Möbeln zu werfen.«

»Was in Gottes Namen meinen Sie mit Ihren Kunden und zu hohen Rechnungen?«, kreischte Major Brown, dessen starke feminine Seite, so beherrscht auch in Schmerz und Gefahr, im Umgang mit einem verzwickten und zur Verzweiflung treibenden Rätsel fast hysterisch zum Vorschein kam. »Wer sind Sie? Ich habe weder Sie noch Ihre unverschämten lächerlichen Rechnungen jemals gesehen. Ich weiß nur, dass eine Ihrer verfluchten Bestien versucht hat, mich zu erwürgen ...«

»Wahnsinnig«, sagte Northover, fassungslos reihum blickend; »allesamt wahnsinnig. Ich wusste gar nicht, dass sie jetzt schon im Quartett auftreten.«

'Enough of this prevarication,' said Rupert; 'your crimes are discovered. A policeman is stationed at the corner of the court. Though only a private detective myself, I will take the responsibility of telling you that anything you say–'

'Mad,' repeated Northover, with a weary air.

And at this moment, for the first time, there struck in among them the strange, sleepy voice of Basil Grant.

'Major Brown,' he said, 'may I ask you a question?'

The Major turned his head with an increased bewilderment.

'You?' he cried; 'certainly, Mr Grant.'

'Can you tell me,' said the mystic, with sunken head and lowering brow, as he traced a pattern in the dust with his sword-stick, 'can you tell me what was the name of the man who lived in your house before you?'

The unhappy Major was only faintly more disturbed by this last and futile irrelevancy, and he answered vaguely:

'Yes, I think so; a man named Gurney something–a name with a hyphen–Gurney-Brown; that was it.'

'And when did the house change hands?' said Basil, looking up sharply. His strange eyes were burning brilliantly.

'I came in last month,' said the Major.

And at the mere word the criminal Northover suddenly fell into his great office chair and shouted with a volleying laughter.

'Oh! it's too perfect–it's too exquisite,' he gasped, beating the arms with his fists. He was laughing deafeningly; Basil Grant was laughing voicelessly; and the rest of us only felt that our heads were like weathercocks in a whirlwind.

»Genug der Ausflüchte«, sagte Rupert, »Ihre Verbrechen sind entdeckt. An der Ecke der Straße ist ein Polizist postiert. Auch wenn ich selbst nur Privatdetektiv bin, übernehme ich doch die Pflicht, Sie darüber aufzuklären, dass alles, was Sie sagen ...«

»Wahnsinnig«, wiederholte Northover mit müder Miene.

Und in diesem Moment und zum ersten Mal erklang unter ihnen die merkwürdige, träumerische Stimme von Basil Grant.

»Major Brown«, sagte er, »darf ich Ihnen eine Frage stellen?«

Der Major blickte sich mit wachsender Verwirrung um.

»Sie?«, rief er aus; »gewiss doch, Mr. Grant.«

»Können Sie mir sagen«, sprach der Mystiker mit gesenktem Kopf und tiefer Stirn, während er mit seinem Stockdegen ein Muster in den Staub zeichnete, »können Sie mir sagen, wie der Name des Mannes war, der vor Ihnen in Ihrem Haus gewohnt hat?«

Den unglücklichen Major brachte diese letzte und nutzlose Belanglosigkeit nur unmerklich mehr durcheinander, und er antwortete erst unbestimmt.

»Ja, ich glaube schon; ein Mann namens Gurney irgendwas – ein Bindestrichnamen – Gurney-Brown; das war er.«

»Und wann ging das Haus in Ihre Hände über?«, fragte Basil, der plötzlich aufblickte. Seine sonderbaren Augen leuchteten funkelnd.

»Eingezogen bin ich letzten Monat«, sagte der Major.

Und bei dem bloßen Wort fiel der verbrecherische Northover in seinen großen Bürosessel und brach in schallendes Gelächter aus.

»Nein, das ist zu vortrefflich – das ist zu köstlich«, japste er, die Arme mit den Fäusten schlagend. Sein Lachen war ohrenbetäubend; Basil Grants Lachen war geräuschlos; und wir anderen hatten nur das Gefühl, als wären unsere Köpfe wie Wetterhähne in einem Wirbelwind.

'Confound it, Basil,' said Rupert, stamping. 'If you don't want me to go mad and blow your metaphysical brains out, tell me what all this means.'

Northover rose.

'Permit me, sir, to explain,' he said. 'And, first of all, permit me to apologize to you, Major Brown, for a most abominable and unpardonable blunder, which has caused you menace and inconvenience, in which, if you will allow me to say so, you have behaved with astonishing courage and dignity. Of course you need not trouble about the bill. We will stand the loss.' And, tearing the paper across, he flung the halves into the waste-paper basket and bowed.

Poor Brown's face was still a picture of distraction. 'But I don't even begin to understand,' he cried. 'What bill? what blunder? what loss?'

Mr P. G. Northover advanced in the centre of the room, thoughtfully, and with a great deal of unconscious dignity. On closer consideration, there were apparent about him other things beside a screwed moustache, especially a lean, sallow face, hawk-like, and not without a careworn intelligence. Then he looked up abruptly.

'Do you know where you are, Major?' he said.

'God knows I don't,' said the warrior, with fervour.

'You are standing,' replied Northover, 'in the office of the Adventure and Romance Agency, Limited.'

'And what's that?' blankly enquired Brown.

The man of business leaned over the back of the chair, and fixed his dark eyes on the other's face.

»Zum Henker, Basil«, sagte Rupert aufstampfend. »Wenn du nicht willst, dass ich des Wahnsinns fette Beute werde und dir dein metaphysisches Hirn aus dem Schädel puste, sagst du mir jetzt sofort, was das alles zu bedeuten hat.«

Northover stand auf.

»Gestatten Sie mir, Sir, eine Erklärung«, sagte er. »Und zuallererst gestatten Sie mir doch, Major Brown, mich bei Ihnen zu entschuldigen für einen zuhöchst abscheulichen und unverzeihlichen Schnitzer, der Ihnen Unannehmlichkeiten und Gefahren beschert hat, denen Sie, wenn Sie mir das zu sagen erlauben, mit erstaunlichem Mut und wunderbarer Würde begegnet sind. Selbstverständlich brauchen Sie sich um die Rechnung nicht zu kümmern. Den Verlust werden wir schon verkraften.« Damit zerriss er das Blatt Papier, warf die Stücke in den Papierkorb und verbeugte sich.

Das Gesicht des armen Brown bot immer noch ein Bild der Verzweiflung. »Aber ich verstehe noch nicht einmal in Ansätzen«, rief er. »Welche Rechnung? Welcher Schnitzer? Welcher Verlust?«

Mr. P. G. Northover trat in die Mitte des Raums, nachdenklich und mit sehr viel unbewusster Würde. Bei näherer Betrachtung war an ihm noch etwas anderes als sein gezwirbelter Schnurrbart zu erkennen, besonders ein mageres, fahles Gesicht, falkenhaft und nicht ohne gramvoll erworbene Klugheit. Dann blickte er abrupt auf.

»Wissen Sie, wo Sie sind, Major?«, fragte er.

»Weiß Gott, das weiß ich nicht«, sagte der Krieger mit Inbrunst.

»Sie stehen«, erwiderte Northover, »im Büro einer GmbH, der Agentur für Abenteuer und Romantik.«

»Und was soll das sein?«, fragte Brown verständnislos.

Der Geschäftsmann beugte sich über die Lehne des Stuhls und richtete seine dunklen Augen fest auf das Gesicht seines Gegenübers.

'Major,' said he, 'did you ever, as you walked along the empty street upon some idle afternoon, feel the utter hunger for something to happen–something, in the splendid words of Walt Whitman: "Something pernicious and dread; something far removed from a puny and pious life; something unproved; something in a trance; something loosed from its anchorage, and driving free." Did you ever feel that?'

'Certainly not,' said the Major shortly.

'Then I must explain with more elaboration,' said Mr Northover, with a sigh. 'The Adventure and Romance Agency has been started to meet a great modern desire. On every side, in conversation and in literature, we hear of the desire for a larger theatre of events–for something to waylay us and lead us splendidly astray. Now the man who feels this desire for a varied life pays a yearly or a quarterly sum to the Adventure and Romance Agency; in return, the Adventure and Romance Agency undertakes to surround him with startling and weird events. As a man is leaving his front door, an excited sweep approaches him and assures him of a plot against his life; he gets into a cab, and is driven to an opium den; he receives a mysterious telegram or a dramatic visit, and is immediately in a vortex of incidents. A very picturesque and moving story is first written by one of the staff of distinguished novelists who are at present hard at work in the adjoining room. Yours, Major Brown (designed by our Mr Grigsby), I consider peculiarly forcible and pointed; it is almost a pity you did not see the end of it. I need scarcely explain further the monstrous mistake. Your predecessor in your present house, Mr Gurney-Brown, was a subscriber to our agency, and our foolish clerks, ignoring alike the dignity of the hyphen and the glory of military rank, positively imagined that Major Brown and Mr Gurney-Brown were

»Major«, sagte er, »haben Sie jemals, wenn Sie nachmittags in Ihren Mußestunden durch die leere Straße spaziert sind, einen Heißhunger darauf verspürt, etwas zu erleben – etwas, in den herrlichen Worten Walt Whitmans: ›etwas Gefährliches und Gefürchtetes; etwas weit weg von einem schwächlichen und frommen Leben; etwas Unbewiesenes; etwas in Verzückung; etwas vom Anker Gelöstes und frei Treibendes.‹ Haben Sie das jemals gespürt?«

»Keinesfalls«, sagte der Major knapp.

»Dann muss ich mit meiner Erklärung weiter ausholen«, sagte Mr. Northover seufzend. »Die Agentur für Abenteuer und Romantik wurde ins Leben gerufen, um ein großes Bedürfnis unserer Zeit zu stillen. Auf allen Seiten, in Gesprächen und in der Literatur, hören wir von dem Verlangen nach einem größeren Theater der Ereignisse – nach etwas, das uns im Leben überfällt und herrlich auf Abwege führt. Nun zahlt der Mann, der dieses Verlangen nach einem abwechslungsreichen Leben spürt, der Agentur jährlich oder vierteljährlich eine bestimmte Summe; dafür unternimmt es die Agentur, ihn mit verstörenden und unheimlichen Ereignissen zu umgeben. Ein Mann tritt nichtsahnend aus dem Haus, ein aufgeregter Schornsteinfeger tritt auf ihn zu und überzeugt ihn davon, dass es ein Mordkomplott gegen ihn gibt; er steigt in eine Droschke und wird in eine Opiumhöhle gefahren; er erhält ein geheimnisvolles Telegramm oder bekommt einen dramatischen Besuch und befindet sich sogleich in einem Strudel von Ereignissen. Erst aber schreibt ein Autor, der zu unserem Mitarbeiterstab ausgezeichneter Romanciers gehört, die gegenwärtig in einem angrenzenden Zimmer konzentriert arbeiten, eine sehr malerische, packende und bewegende Geschichte. Ihre, Major Brown (erdacht von unserem Mr. Grigsby), halte ich für besonders packend und überzeugend; es ist fast schade, dass Sie deren Ende nicht erlebt haben. Ich brauche den riesigen Irrtum wohl kaum weiter zu erklären. Ihr Vorgänger in Ihrem jetzigen Haus, Mr. Gurney-Brown, war auf unsere Agentur abonniert,

the same person. Thus you were suddenly hurled into the middle of another man's story.'

'How on earth does the thing work?' asked Rupert Grant, with bright and fascinated eyes.

'We believe that we are doing a noble work,' said Northover warmly. 'It has continually struck us that there is no element in modern life that is more lamentable than the fact that the modern man has to seek all artistic existence in a sedentary state. If he wishes to float into fairyland, he reads a book; if he wishes to dash into the thick of battle, he reads a book; if he wishes to soar into heaven, he reads a book; if he wishes to slide down the banisters, he reads a book. We give him these visions, but we give him exercise at the same time, the necessity of leaping from wall to wall, of fighting strange gentlemen, of running down long streets from pursuers–all healthy and pleasant exercises. We give him a glimpse of that great morning world of Robin Hood or the Knights Errant, when one great game was played under the splendid sky. We give him back his childhood, that godlike time when we can act stories, be our own heroes, and at the same instant dance and dream.'

Basil gazed at him curiously. The most singular psychological discovery had been reserved to the end, for as the little business man ceased speaking he had the blazing eyes of a fanatic.

Major Brown received the explanation with complete simplicity and good humour.

'Of course; awfully dense, sir,' he said. 'No doubt at all, the scheme excellent. But I don't think–' He paused

und unsere dummen Angestellten, die Würde des Bindestrichs und den Ruhm des militärischen Ranges gleichermaßen ignorierend, hielten Major Brown und Mr. Gurney-Brown unerschütterlich für ein und dieselbe Person. Somit wurden Sie plötzlich mitten in die Geschichte eines anderen Mannes geschleudert.«

»Wie in aller Welt funktioniert denn das?«, fragte Rupert Grant mit leuchtenden und faszinierten Augen.

»Wir glauben, wir arbeiten an einem edlen Werk«, sagte Northover voller Wärme. »Es ist uns immer wieder aufgefallen, dass es im heutigen Leben kein beklagenswerteres Element gibt als die Tatsache, dass der heutige Mensch das künstlerische Leben im sitzenden Zustand suchen muss. Will er ins märchenhafte Reich der Feen entschweben, liest er ein Buch; will er sich ins Schlachtgetümmel werfen, liest er ein Buch; will er in den Himmel vorstoßen, liest er ein Buch; will er das Treppengeländer runterrutschen, liest er ein Buch. Wir geben ihm diese Visionen, aber gleichzeitig geben wir ihm praktische, körperliche Übungen, die Notwendigkeit, von einer Mauer auf die andere zu springen, mit merkwürdigen Männern zu kämpfen, auf langen Straßen vor Verfolgern davonzulaufen – alles gesunde und lustvolle Übungen. Wir schenken ihm einen Blick auf die großartige frühe Welt von Robin Hood oder des fahrenden Ritters, als unter dem herrlichen Himmel ein einziges großes Spiel gespielt wurde. Wir geben ihm seine Kindheit zurück, jene göttliche Zeit, da wir Geschichten durchspielen, unsere eigenen Helden sein und gleichzeitig tanzen und träumen können.«

Basil starrte ihn staunend an. Die einzigartigste psychologische Entdeckung war für den Schluss aufgespart worden, denn als der kleine Geschäftsmann aufhörte zu reden, hatte er die glühenden Augen eines Fanatikers.

Major Brown nahm die Erklärung mit guter Laune und völliger Leichtigkeit auf.

»Natürlich; unheimlich plastisch dargestellt, Sir«, sagte er. »Überhaupt kein Zweifel, hervorragender Plan. Aber ich glaube

a moment, and looked dreamily out of the window. 'I don't think you will find me in it. Somehow, when one's seen—seen the thing itself, you know—blood and men screaming, one feels about having a little house and a little hobby; in the Bible, you know, "There remaineth a rest".'

Northover bowed. Then after a pause he said:

'Gentlemen, may I offer you my card. If any of the rest of you desire, at any time, to communicate with me, despite Major Brown's view of the matter—'

'I should be obliged for your card, sir,' said the Major, in his abrupt but courteous voice. 'Pay for chair.'

The agent of Romance and Adventure handed his card, laughing.

It ran, 'P. G. Northover, BA, CQT, Adventure and Romance Agency, 14 Tanner's Court, Fleet Street.'

'What on earth is "CQT"?' asked Rupert Grant, looking over the Major's shoulder.

'Don't you know?' returned Northover. 'Haven't you ever heard of the Club of Queer Trades?'

'There seems to be a confounded lot of funny things we haven't heard of,' said the little Major reflectively. 'What's this one?'

'The Club of Queer Trades is a society consisting exclusively of people who have invented some new and curious way of making money. I was one of the earliest members.'

'You deserve to be,' said Basil, taking up his great white hat, with a smile, and speaking for the last time that evening.

When they had passed out the Adventure and Romance agent wore a queer smile, as he trod down the

nicht ...« Er hielt kurz inne und schaute verträumt aus dem Fenster. »Ich glaube nicht, dass ich bei so etwas mitmachen kann. Wenn man nämlich so etwas in der Wirklichkeit gesehen und erlebt hat, wissen Sie, Blut und schreiende Männer, dann sehnt man sich nach einem kleinen Haus und einem kleinen Hobby; wissen Sie, wie in der Bibel: ›Darum ist noch eine Ruhe vorhanden.‹«

Northover verbeugte sich. Nach einer Pause sagte er dann:

»Gentlemen, darf ich Ihnen meine Karte offerieren. Falls irgendeiner unter Ihnen zu irgendeiner Zeit den Wunsch verspürt, mit mir in Verbindung zu treten, trotz Major Browns Sicht der Dinge ...«

»Ich wäre Ihnen sehr dankbar für Ihre Karte, Sir«, sagte der Major kurz angebunden, aber höflich. »Stuhl bezahlen.«

Der Agent für Romantik und Abenteuer reichte ihm lachend seine Karte.

Darauf stand: »P. G. Northover, BA, CSB, Agentur für Abenteuer und Romantik, Tanner's Court Nr. 14, Fleet Street.«

»Was in aller Welt ist ›CSB‹?«, fragte Rupert Grant, der dem Major über die Schulter schaute.

»Wissen Sie das nicht?«, erwiderte Northover. »Haben Sie noch nie etwas vom Club der Seltsamen Berufe gehört?«

»Es scheint verflixt viele komische Sachen zu geben, von denen wir noch nichts gehört haben«, sagte der Major sinnend. »Worum geht es da?«

»Der Club der Seltsamen Berufe ist eine Gesellschaft, die ausschließlich aus Leuten besteht, die eine neue und sonderbare Art des Geldverdienens erfunden haben. Ich war eines der ersten Mitglieder.«

»Das haben Sie auch verdient«, sagte Basil, nahm lächelnd seinen großen weißen Hut und hatte an dem Abend sein letztes Wort gesprochen.

Als sie hinausgegangen waren, hatte der Agent für Abenteuer und Romantik ein seltsames Lächeln im Gesicht, als er das Ka-

fire and locked up his desk. 'A fine chap, that Major; when one hasn't a touch of the poet one stands some chance of being a poem. But to think of such a clockwork little creature of all people getting into the nets of one of Grigsby's tales,' and he laughed out aloud in the silence.

Just as the laugh echoed away, there came a sharp knock at the door. An owlish head, with dark moustaches, was thrust in, with deprecating and somewhat absurd enquiry.

'What! back again, Major?' cried Northover in surprise. 'What can I do for you?'

The Major shuffled feverishly into the room.

'It's horribly absurd,' he said. 'Something must have got started in me that I never knew before. But upon my soul I feel the most desperate desire to know the end of it all.'

'The end of it all?'

'Yes,' said the Major. '"Jackals", and the title-deeds, and "Death to Major Brown".'

The agent's face grew grave, but his eyes were amused.

'I am terribly sorry, Major,' said he, 'but what you ask is impossible. I don't know any one I would sooner oblige than you; but the rules of the agency are strict. The Adventures are confidential; you are an outsider; I am not allowed to let you know an inch more than I can help. I do hope you understand–'

'There is no one,' said Brown, 'who understands discipline better than I do. Thank you very much. Good night.'

And the little man withdrew for the last time.

He married Miss Jameson, the lady with the red hair and the green garments. She was an actress, employed (with

minfeuer austrat und seinen Schreibtisch abschloss. »Prima Kerl, dieser Major; wenn man nichts von einem Dichter in und an sich hat, besteht immer noch die Möglichkeit, zum Gedicht zu werden. Aber wenn man sich vorstellt, dass ausgerechnet so ein kleines, wie ein Uhrwerk funktionierendes Geschöpf ins Netz von Grigsbys Geschichten gerät«, und er lachte laut auf in der Stille.

Kaum war das Echo des Lachens verhallt, klopfte es lautstark an der Tür. Ein eulenhaftes Gesicht mit schwarzem Schnurrbart schob sich durch ebendiese mit einem flehentlichen und irgendwie absurden Ersuchen.

»Was! Wieder da, Major?«, rief Northover überrascht. »Was kann ich für Sie tun?«

Der Major stolperte aufgeregt ins Zimmer.

»Es ist fürchterlich absurd«, sagte er. »Es muss etwas in mir geweckt worden sein, das ich vorher gar nicht gekannt habe. Aber bei meiner Seele, ich spüre in mir das verzweifelte Verlangen zu erfahren, wie alles am Ende ausgeht.«

»Wie alles am Ende ausgeht?«

»Ja«, sagte der Major. »›Schakale‹ und die Besitzurkunden und ›Tod dem Major Brown‹.«

Das Gesicht des Agenten nahm ernste Züge an, aber seine Augen blitzten vor Vergnügen.

»Es tut mir schrecklich leid, Major«, sagte er, »aber Sie verlangen etwas Unmögliches. Keinem würde ich lieber einen Gefallen erweisen als Ihnen; aber die Regeln der Agentur sind strikt. Die Abenteuer sind vertraulich; Sie sind ein Außenstehender; ich darf Sie keinen Zoll mehr wissen lassen, als ich vertreten kann. Ich hoffe sehr, Sie verstehen …«

»Es gibt niemanden«, sagte Brown, »der mehr Verständnis für Disziplin hat als ich. Haben Sie vielen Dank. Gute Nacht.«

Und der kleine Mann zog sich zum letzten Mal zurück.

Er heiratete Miss Jameson, die Dame mit dem roten Haar und dem grünen Kleid. Sie war Schauspielerin, engagiert (mit vielen

many others) by the Romance Agency; and her marriage with the prim old veteran caused some stir in her languid and intellectualized set. She always replied very quietly that she had met scores of men who acted splendidly in the charades provided for them by Northover, but that she had only met one man who went down into a coal-cellar when he really thought it contained a murderer.

The Major and she are living as happily as birds, in an absurd villa, and the former has taken to smoking. Otherwise he is unchanged—except, perhaps, there are moments when, alert and full of feminine unselfishness as the Major is by nature, he falls into a trance of abstraction. Then his wife recognizes with a concealed smile, by the blind look in his blue eyes, that he is wondering what were the title-deeds, and why he was not allowed to mention jackals. But, like so many old soldiers, Brown is religious, and believes that he will realize the rest of those purple adventures in a better world.

andern) von der Agentur für Abenteuer und Romantik; und ihre Ehe mit dem stocksteifen alten Veteranen sorgte für einiges Aufsehen in ihrer hochgeistigen und schlaffen Szene. Darauf antwortete sie immer ganz ruhig, sie habe Dutzende von Männern erlebt, die in den für sie von Northover inszenierten Scharaden herrlich agiert hätten, aber sie habe nur einen Mann kennengelernt, der in einen Kohlenkeller hinabstieg und dabei wirklich davon überzeugt war, dort unten stecke ein Mörder.

Der Major und sie leben glücklich wie die Spatzen in einer absurden Villa, und er hat sich das Rauchen angewöhnt. Ansonsten ist er unverändert – außer vielleicht in den Momenten, in denen er, voll auf dem Posten und von femininer Selbstlosigkeit, wie der Major von Natur aus ist, in einen verzückten Zustand des Grübelns verfällt. Dann erkennt seine Gattin, insgeheim lächelnd, an dem blinden Blick in seinen blauen Augen, dass er der Frage nachhängt, was wohl die Besitzurkunden waren und warum er keine Schakale erwähnen durfte. Aber wie so viele alte Soldaten ist Brown religiös und glaubt, dass er den Rest dieser schillernden Abenteuer in einer besseren Welt erleben werde.

D. H. Lawrence

The Prussian Officer [Honour and Arms]

1.

They had marched more than thirty kilometres since dawn, along the white, hot road, where occasional thickets of trees threw a moment of shade, then out into the glare again. On either hand, the valley, wide and shallow, glistered with heat; dark green patches of rye, pale young corn, fallow and meadow and black pine-woods spread in a dull, hot diagram under a glistening sky. But right in front the mountains ranged across, pale blue and very still, the snow gleaming gently out of the deep atmosphere. And towards the mountains, on and on, the regiment marched between the rye-fields and the meadows, between the scraggy fruit-trees set regularly on either side the highroad. The burnished, dark green rye threw off a suffocating heat, the mountains drew gradually nearer and more distinct. While the feet of the soldiers grew hotter, sweat ran through their hair under their helmets, and their knapsacks could burn no more in contact with their shoulders, but seemed instead to give off a cold, prickly sensation.

He walked on and on in silence, staring at the mountains ahead, that rose sheer out of the land, and stood fold behind fold, half earth, half heaven, the heaven, the barrier with slits of soft snow in the pale, bluish peaks.

He could now walk almost without pain. At the start, he had determined not to limp. It had made him sick to

D. H. Lawrence

Der preußische Offizier
[Ehre und Waffen]

1.

Sie waren seit Tagesanbruch mehr als dreißig Kilometer marschiert, immer die weiße, heiße Straße lang, wo hier und da ein Baumdickicht einen Augenblick Schatten gab, dann wieder hinaus in die Glut. Im Tal, breit und eben, stand auf beiden Seiten flirrende Hitze; dunkelgrüne Flecken von Roggen, hellem jungen Korn, Brache und Wiese und schwarze Föhrenwälder lagen ausgebreitet in einem eintönigen, heißen Muster unter einem strahlenden Himmel. Aber direkt geradeaus erstreckten sich die Bergketten, blassblau und sehr still, der Schnee schimmerte sanft aus der weiten Atmosphäre. Und auf die Berge zu, immer weiter, marschierte das Regiment zwischen den Roggenfeldern und den Wiesen, zwischen den kümmerlichen Obstbäumen, die in regelmäßigen Abständen zu beiden Seiten der Hauptstraße standen. Der glänzende, dunkelgrüne Roggen gab eine erstickende Hitze ab, die Berge rückten allmählich näher und wurden immer klarer. Während die Füße der Soldaten heißer liefen, floss den Männern unter ihren Helmen der Schweiß durchs Haar, und ihre Tornister konnten auf den Schultern nicht mehr brennen, sondern verursachten stattdessen ein kaltes Kribbeln.

Er ging schweigend immer weiter, den Blick auf die Berge vor sich, die senkrecht aus dem Land aufragten und dort standen, Zug hinter Zug, halb Erde, halb Himmel, der Himmel, die Schranke mit Schneisen weichen Schnees in den hellen, bläulichen Gipfeln.

Er konnte jetzt fast ohne Schmerzen gehen. Beim Aufbruch hatte er sich vorgenommen, nicht zu humpeln. Es hatte ihm die

take the first steps, and during the first mile or so, he had compressed his breath, and the cold drops of sweat had stood on his forehead. But he had walked it off. What were they after all but bruises! He had looked at them, as he was getting up: deep bruises on the backs of his thighs. And since he had made his first step in the morning, he had been conscious of them, till now he had a tight, hot place in his chest, with suppressing the pain, and holding himself in. There seemed no air when he breathed. But he walked almost lightly.

The captain's hand had trembled in taking his coffee at dawn: his orderly saw it again. And he saw the fine figure of the captain wheeling on horseback at the farm-house ahead, a handsome figure in pale blue uniform with facings of scarlet, and the metal gleaming on the black helmet and the sword scabbard, and dark streaks of sweat coming on the silky bay horse. The orderly felt he was connected with that figure moving so suddenly on horseback: he followed it like a shadow, mute and inevitable and damned by it. And the officer was always aware of the tramp of the company behind, the march of his orderly among the men.

The captain was a tall man of about forty, grey at the temples. He had a handsome, finely-knit figure, and was one of the best horsemen in the West. His orderly, having to rub him down, admired the amazing riding-muscles of his loins.

For the rest, the orderly scarcely noticed the officer any more than he noticed himself. It was rarely he saw his master's face: he did not look at it. The captain had reddish-brown, stiff hair, that he wore short upon his skull. His moustache also was cut short and bristly over a full, brutal mouth. His face was rather rugged, the cheeks thin. Perhaps the man was the more handsome for the deep

Kehle zugeschnürt, die ersten Schritte zu machen, und auf den ersten beiden Kilometern hatte er immer wieder den Atem angehalten, und kalte Schweißperlen standen ihm auf der Stirn. Aber das Gehen hatte es vertrieben. Es waren ja schließlich nur Blutergüsse. Er hatte sie sich beim Aufstehen angesehen; tiefe Blutergüsse hinten auf den Oberschenkeln. Und seit er am Morgen seinen ersten Schritt gemacht hatte, war er sich ihrer bewusst, bis jetzt hatte er eine brennende Beklemmung in der Brust, denn er unterdrückte den Schmerz und hielt sich im Zaum. Er schien keine Luft zu kriegen, wenn er atmete. Aber er ging fast unbeschwert.

Die Hand des Hauptmanns hatte morgens gezittert, als er seinen Kaffee zu sich nahm: sein Ordonnanzbursche hatte es wieder gesehen. Und er sah die stattliche Gestalt des Hauptmanns, der bei dem Bauernhaus vorn zu Pferde umschwenkte, eine ansehnliche Gestalt in blassblauer Uniform mit tiefroten Paspeln, und schimmernd das Metall auf dem schwarzen Helm und der Degenscheide, und dunkle Schweißstreifen erschienen auf dem seidigen Fell des Braunen. Der Bursche fühlte, er war mit dieser Gestalt verbunden, die sich so hastig auf dem Pferd bewegte: er folgte ihr wie ein Schatten, stumm und unentrinnbar und von ihr verflucht. Und der Offizier vergaß nie, hinter ihm schritt die Kompanie, unter den Männern marschierte sein Bursche.

Der Hauptmann war ein großer Mann von etwa vierzig Jahren mit grauen Schläfen. Er hatte eine schöne, gut trainierte Figur und war einer der besten Reiter im Westen. Sein Bursche, der ihn frottieren musste, bewunderte die erstaunlichen Reitermuskeln seiner Lenden.

Im Übrigen nahm er den Offizier kaum mehr wahr als er sich selbst wahrnahm. Er sah das Gesicht seines Herrn nur selten: er blickte es nicht an. Der Hauptmann hatte rötlich braunes hartes Haar, das kurz geschnitten auf dem Schädel stand. Auch sein Schnurrbart über einem vollen, brutalen Mund war kurz geschnitten und borstig. Sein Gesicht war ziemlich kernig, die Wangen hager. Vielleicht war es ja das, was den Mann umso an-

lines in his face, the irritable tension of his brow, which gave him the look of a man who fights with life. His fair eyebrows stood bushy over light blue eyes that were always flashing with cold fire.

He was a Prussian aristocrat, haughty and overbearing. But his mother had been a Polish Countess. Having made too many gambling debts when he was young, he had ruined his prospects in the army, and remained an infantry captain. He had never married: his position did not allow it, and no woman had ever moved him to it. His time he spent riding—occasionally he rode one of his own horses at the races—and at the officers' club. Now and then he took himself a mistress. But after such an event, he returned to duty with his brow still more tense, his eyes still more hostile and irritable. With the men, however, he was merely impersonal, though a devil when roused, so that on the whole they feared him but had no great aversion from him. They accepted him as the inevitable.

To his orderly he was at first cold and just and indifferent: he did not fuss over trifles. So that his servant knew practically nothing about him, except just what orders he would give, and how he wanted them obeyed. That was quite simple. Then the change gradually came.

The orderly was a youth of about twenty-two, of medium height, and well-built. He had strong, heavy limbs, was swarthy, with a soft, black, young moustache. There was something altogether warm and young about him. He had firmly marked eyebrows over dark, expressionless eyes, that seemed never to have thought, only to have received life direct through his senses, and acted straight from instinct.

sehnlicher machte, die tief ins Gesicht gegrabenen Linien, die reizbare Spannung auf seiner Stirn, sie verliehen ihm das Aussehen eines Mannes, der mit dem Leben kämpft. Seine rotblonden Augenbrauen standen buschig über hellblauen Augen, in denen immer ein kaltes Feuer blitzte.

Er war ein preußischer Adliger, überheblich und anmaßend. Aber seine Mutter war eine polnische Gräfin gewesen. In seiner Jugend hatte er zu viele Spielschulden gemacht, das hatte seine Aussichten beim Militär zunichte gemacht, und so war er Hauptmann der Infanterie geblieben. Er hatte nie geheiratet: seine Position erlaubte es nicht, und keine Frau hatte ihn je dazu bewegt. Er verbrachte seine Zeit mit Reiten – gelegentlich nahm er mit einem seiner eigenen Pferde an einem Rennen teil – und im Offiziersclub. Hin und wieder nahm er sich eine Geliebte. Aber nach einem solchen Vorfall kehrte er mit noch stärker angespannter Stirn zum Dienst zurück, seine Augen noch feindseliger und reizbarer. Im Umgang mit den Männern war er lediglich unpersönlich, obgleich ein Teufel, wenn erzürnt, sodass sie ihn zwar fürchteten, aber keine große Abneigung von ihm zu erdulden hatten. Sie nahmen ihn hin als das Unausweichliche.

Zu seinem Ordonnanzburschen war er anfangs kalt, gerecht und gleichgültig: er machte kein Aufhebens von Lappalien. Deshalb wusste sein Diener praktisch nichts über ihn, eben nur, welche Befehle er geben würde und wie er sie ausgeführt wünschte. Das war ganz einfach. Dann kam es allmählich zu einer Veränderung.

Der Bursche war ein junger Mann von etwa zweiundzwanzig, mittelgroß und gut gebaut. Er hatte kräftige, starke Glieder, einen dunklen Teint und einen weichen, schwarzen, jugendlichen Schnurrbart. Er hatte etwas ganz und gar Warmes und Junges an sich. Er hatte stark ausgeprägte Augenbrauen über dunklen, ausdruckslosen Augen, die nie auch nur nachgedacht zu haben schienen, sondern so wirkten, als ob er das Leben direkt durch seine Sinne empfangen hätte und rein aus dem Instinkt heraus handelte.

Gradually the officer had become aware of his servant's young, vigorous, unconscious presence about him. He could not get away from the sense of the youth's person, while he was in attendance. It was like a warm flame upon the older man's tense, rigid body, that had become almost unliving, fixed. There was something so free and self-contained about him, and something in the young fellow's movement, that made the officer aware of him. And this irritated the Prussian. He did not choose to be touched into life by his servant. He might easily have changed his man, but he did not. He now very rarely looked direct at his orderly, but kept his face averted, as if to avoid seeing him. And yet as the young soldier moved unthinking about the apartment, the elder watched him, and would notice the movement of his strong young shoulders under the blue cloth, the bend of his neck. And it irritated him. To see the soldier's young, brown, shapely peasants' hands grasp the loaf or the wine-bottle sent a flash of hate or of anger through the elder man's blood. It was not that the youth was clumsy: it was rather the blind, instinctive sureness of movement of an unhampered young animal that irritated the officer to such a degree.

Once, when a bottle of wine had gone over, and the red gushed out onto the table-cloth, the officer had started up with an oath, and his eyes, bluey like fire, had held those of the confused youth for a moment. It was a shock for the young soldier. He felt something sink deeper, deeper into his soul, where nothing had ever gone before. It left him rather blank and wondering. Some of his natural completeness in himself was gone, a little uneasiness took its place. And from that time an undiscovered feeling had held between the two men.

Allmählich war der Offizier die junge, kraftvolle, unbewusste Gegenwart seines Dieners um sich gewahr geworden. Er konnte sich der Wahrnehmung des jungen Mannes, wenn der seinen Dienst versah, nicht entziehen. Sie wirkte wie eine warme Flamme auf den verkrampften, steifen Körper des älteren Mannes, der fast zur Leblosigkeit erstarrt war. Es war etwas so Freies und in sich selbst Ruhendes an dem Jungen, etwas in seiner Bewegung, das den Offizier ihn wahrnehmen ließ. Und das verdross den Preußen. Er hatte nicht den Wunsch, von seinem Diener zum Leben erweckt zu werden. Er hätte seinen Mann leicht austauschen können, aber das tat er nicht. Er blickte seinen Burschen jetzt sehr selten direkt an, sondern hielt vielmehr das Gesicht abgewandt, als wollte er vermeiden, ihn zu sehen. Und doch, sowie der junge Soldat sich gedankenlos in der Wohnung bewegte, beobachtete ihn der Ältere und nahm Notiz von der Bewegung seiner jungen starken Schultern unter dem blauen Tuch, der Kurve seines Nackens. Und es war ihm ein Dorn im Auge. Der Anblick, wie der Soldat mit seinen jungen, braunen, ebenmäßigen Händen den Brotlaib oder die Weinflasche ergriff, schickte eine Welle des Hasses oder des Zorns durch das Blut des älteren Mannes. Es war nicht so, dass der Junge unbeholfen gewesen wäre: es war vielmehr die blinde, instinktive Sicherheit der Bewegung eines ungehinderten jungen Tieres, die dem Offizier in solchem Maße ein Dorn im Auge war.

Als einmal eine Weinflasche umfiel und das Rot auf die Tischdecke spritzte, war der Offizier fluchend aufgesprungen, und seine Augen, wie Feuer so bläulich, hatten einen Moment lang die des verwirrten Burschen fixiert. Das war ein Schock für den jungen Soldaten. Er spürte etwas tiefer, immer tiefer in seine Seele sinken, wohin noch nie etwas gedrungen war. Das machte ihn bestürzt und ratlos. Etwas von seiner natürlichen inneren Ganzheit war verschwunden, und an deren Stelle war ein gewisses Unbehagen getreten. Und seit der Zeit herrschte ein unentdecktes Gefühl zwischen den beiden Männern.

Henceforward the orderly was afraid of really meeting his master. His subconsciousness remembered those steely blue eyes and the harsh brows, and did not intend to meet them again. So he always stared past his master, and avoided him. Also, in a little anxiety, he waited for the three months to have gone, when his time would be up. He began to feel a constraint in the captain's presence, and the soldier even more than the officer wanted to be left alone in his neutrality as servant.

He had served the captain for more than a year, and knew his duty. This he performed easily, as if it were natural to him. The officer and his commands he took for granted, as he took the sun and the rain, and he served as a matter of course. It did not implicate him personally.

But now if he were going to be forced into a personal interchange with his master, he would be like a wild thing caught, he felt he must get away.

But the influence of the young soldier's being had penetrated through the officer's stiffened discipline, and perturbed the man in him. He, however, was a gentleman, with long fine hands and cultivated movements, and was not going to allow such a thing as the stirring of his innate self. He was a man of passionate temper, who had always kept himself suppressed. Occasionally there had been a duel, an outburst before the soldiers. He knew himself to be always on the point of breaking out. But he kept himself hard to the idea of the Service. Whereas the young soldier seemed to live out his warm, full nature, to give it off in his very movements, which had a certain zest, such as wild animals have in free movement. And this irritated the officer more and more.

Von nun an fürchtete der Bursche, seinem Herrn wirklich zu begegnen. Sein Unterbewusstsein erinnerte sich der stahlblauen Augen und der schroffen Brauen und hatte nicht die Absicht, ihnen noch einmal zu begegnen. Deshalb schaute er immer an seinem Herrn vorbei und ging ihm aus dem Weg. Auch wartete er mit ein wenig Angst darauf, dass die nächsten drei Monate vorüber wären, denn dann war seine Dienstzeit zu Ende. Er empfand in Anwesenheit des Hauptmanns zunehmend eine Befangenheit, und der Soldat verspürte noch stärker als der Hauptmann den Wunsch, in seiner neutralen Stellung als Diener in Ruhe gelassen zu werden.

Er diente dem Hauptmann schon mehr als ein Jahr und kannte seine Pflicht. Diese erfüllte er umstandslos, als wäre es ihm angeboren. Den Offizier und seine Befehle nahm er als gegeben hin, wie Sonne und Regen, und er diente ganz selbstverständlich. Es betraf ihn nicht persönlich als Mensch.

Aber sollte er jetzt in eine persönliche Auseinandersetzung mit seinem Herrn gezwungen werden, wäre er wie ein wildes Ding in Gefangenschaft, dann, merkte er, müsse er ausbrechen.

Aber der junge Soldat hatte mit dem Einfluss seines Wesens die verhärtete Disziplin des Offiziers durchdrungen und in ihm den Mann aufgestört. Der jedoch war ein Gentleman, mit langen, feinen Händen und kultivierten Bewegungen, und so etwas wie in seinem angeborenen Selbst erschüttert zu werden ließ er nicht zu. Er war ein Mann von leidenschaftlichem Temperament, der sich immer zu zügeln wusste. Gelegentlich war es zu einem Duell gekommen, zu einem Ausbruch vor den Soldaten. Er wusste von sich, dass er immer kurz vor dem Ausbruch einer Explosion stand. Aber er hielt sich streng an den Geist des Militärs. Wohingegen der junge Soldat seine ganze, herzliche Natur auszuleben, sie in allen seinen Bewegungen auszudrücken schien, welchen eine gewisse Lust innewohnte, wie wilde Tiere sie zeigen, wenn sie sich frei bewegen. Und das war dem Offizier immer mehr ein Dorn im Auge.

In spite of himself, the captain could not regain his neutrality of feeling towards his orderly. Nor could he leave the man alone. In spite of himself, he watched him, gave him sharp orders, tried to take up as much of his time as possible. Sometimes he flew into a rage with the young soldier, and bullied him. Then the orderly shut himself off, as it were out of earshot, and waited with sullen, flushed face, for the end of the noise. The words never pierced to his intelligence, he made himself, protectively, impervious to the feelings of his master.

He had a scar on his left thumb, a deep seam going across the knuckle. The officer had long suffered from it, and wanted to do something to it. Still it was there, ugly and brutal on the young, brown hand. At last the captain's reserve gave way. One day, as the orderly was smoothing out the table-cloth, the officer pinned down his thumb with a pencil, asking:

'How did you come by that?'

The young man winced and drew back at attention.

'A wood-axe, Herr Hauptmann,' he answered.

The officer waited for further explanation. None came. The orderly went about his duties. The elder man was sullenly angry. His servant avoided him. And the next day he had to use all his will-power to avoid seeing the scarred thumb. He wanted to get hold of it and–. A hot flame ran in his blood.

He knew his servant would soon be free, and would be glad. As yet, the soldier had held himself off from the elder man. The captain grew madly irritable. He could not rest when the soldier was away, and when he was pres-

Entgegen seinem Willen gelang es dem Hauptmann nicht, das neutrale Gefühl gegenüber seinem Burschen zurückzugewinnen. Ebenso wenig konnte er ihn in Ruhe lassen. Entgegen seinem Willen beobachtete er ihn, gab ihm schneidige Befehle, versuchte alles, um von seiner Zeit so viel wie möglich in Anspruch zu nehmen. Manchmal geriet er in Rage über den jungen Soldaten und schikanierte ihn. Dann machte der Bursche die Schotten dicht, begab sich sozusagen außer Hörweite, und wartete mit trüber, geröteter Miene aufs Ende des Krachs. Die Worte drangen nie in seinen Verstand vor, er machte sich aus Selbstschutz unzugänglich für die Empfindungen seines Herrn.

Er hatte eine Narbe auf dem linken Daumen, die tief über dem Gelenk verlief. Der Offizier hatte schon lange unter ihrem Anblick gelitten und etwas unternehmen wollen. Doch immer noch war sie da, hässlich und brutal, auf der jungen, braunen Hand. Schließlich war es mit der Zurückhaltung des Hauptmanns vorbei. Als der Bursche eines Tages die Tischdecke glatt strich, nagelte der Hauptmann den Daumen mit einem Bleistift fest und fragte:

»Woher haben Sie das denn?«

Der junge Mann zuckte kurz, trat zurück und nahm Haltung an.

»Eine Axt, Herr Hauptmann«, antwortete er.

Der Offizier wartete auf eine weitere Erklärung. Es kam keine. Der Ordonnanzbursche ging seinen Pflichten nach. Der ältere Mann war missmutig und wütend. Sein Diener entzog sich ihm. Und am nächsten Tag musste er seine ganze Willenskraft einsetzen, um nicht auf den vernarbten Daumen zu schauen. Er wollte ihn ergreifen und … Eine heiße Flamme loderte in seinem Blut.

Er wusste, sein Diener würde bald frei und froh darüber sein. Bis jetzt hatte sich der Soldat von dem älteren Mann fern gehalten. Der Hauptmann wurde wahnsinnig reizbar. Er kam nicht zur Ruhe, wenn der Soldat nicht zur Stelle war, und wenn er da

ent, he glared at him with tormented eyes. He hated those fine black brows over the unmeaning dark eyes, he was infuriated by the free movement of the handsome limbs, which no military discipline could make stiff. And he became harsh and cruelly bullying, using contempt and satire. The young soldier only grew more mute and expressionless.

'What cattle were you bred by, that you can't keep straight eyes. Look me in the eyes when I speak to you.'

And the soldier turned his dark eyes to the other's face, but there was no sight in them: he stared with the slightest possible cast, holding back his sight, perceiving the blue of his master's eyes, but receiving no look from them. And the elder man went pale, and his reddish eyebrows twitched. He gave his order, barrenly.

Once he flung a heavy military glove into the young soldier's face. Then he had the satisfaction of seeing the black eyes flare up into his own, like a blaze when straw is thrown on a fire. And he had laughed with a little tremor and a sneer.

But there were only two months more. The youth instinctively tried to keep himself intact: he tried to serve the officer as if the latter were an abstract authority, and not a man. All his instinct was to avoid personal contact, even definite hate. But in spite of himself the hate grew, responsive to the officer's passion. However, he put it in the background. When he had left the army he could dare acknowledge it. By nature he was active, and had many friends. He thought what amazing good fellows they were. But, without knowing it, he was alone. Now this solitariness was intensified. It would carry him through his term. But the officer seemed to

war, schaute er ihn mit gequälten Augen an. Er hasste diese feinen, schwarzen Brauen über den nichtssagenden, dunklen Augen, er wurde in rasende Wut versetzt durch die freie Bewegung der schönen Glieder, die keine militärische Disziplin dazu bringen konnte, stramm und steif stillzustehen. Und er wurde, indem er ihn mit Verachtung strafte und verspottete, zum harschen und grausamen Schikaneur. Der junge Soldat wurde dabei nur umso stummer und ausdrucksloser.

»Von welchem Rindvieh stammen Sie ab, dass Sie nicht mal geradeaus gucken können. Sehen Sie mir in die Augen, wenn ich mit Ihnen rede.«

Und der Soldat wandte seine dunklen Augen dem Gesicht des anderen zu, aber es lag kein Ausdruck in ihnen: er stierte so stumpf wie möglich, hielt seinen Blick zurück, gewahrte zwar das Blau der Augen seines Herrn, empfing aber keinen Blick aus ihnen. Und der ältere Mann erblasste, und seine rötlichen Augenbrauen zuckten. Er erteilte seine Befehle mit kargen Worten.

Einmal warf er dem jungen Soldaten einen schweren Militärhandschuh ins Gesicht. Danach sah er mit Befriedigung, wie sich die schwarzen Augen aufblitzend in seine bohrten, so wie eine Flamme auflodert, wenn Stroh ins Feuer geworfen wird. Und er hatte, leicht erbebend, höhnisch gelacht.

Aber es blieben nur noch zwei Monate. Der junge Mann versuchte instinktiv, heil und ganz zu bleiben: er versuchte, dem Offizier so zu dienen, als wäre dieser eine abstrakte Autorität und kein Mann. Sein ganzer Instinkt trieb ihn dazu, persönlichen Kontakt zu vermeiden, sogar entschiedenen Hass. Aber entgegen seinem Willen wuchs der Hass, als Reaktion auf die Leidenschaft seines Offiziers. Die verdrängte er jedoch. Nach seinem Abschied vom Militär konnte er wagen, sie sich einzugestehen. Er war von Natur aus unternehmungslustig und hatte viele Freunde. Was für erstaunlich gute Kerle sie doch seiner Meinung nach waren. Aber ohne es zu wissen, war er allein. Jetzt wurde seine Einsamkeit noch verstärkt. Sie würde ihn

be going irritably insane, and the youth was deeply frightened.

The soldier had a sweetheart, a girl from the mountains, independent and primitive. The two walked together, rather silently. He went with her, not to talk, but to have his arm round her, and for the physical contact. This eased him, made it easier for him to ignore the captain; for he could rest with her held fast against his chest. And she, in some unspoken fashion, was there for him. They loved each other.

The captain perceived it, and was mad with irritation. He kept the young man engaged all the evenings long, and took pleasure in the dark look that came on his face. Occasionally, the eyes of the two men met, those of the younger sullen and dark, doggedly unalterable, those of the elder sneering with restless contempt.

The officer tried hard not to admit the passion that had got hold of him. He would not know that his feeling for his orderly was anything but that of a man incensed by his stupid, *perverse* servant. So, keeping quite justified and conventional in his consciousness, he let the other thing run on. His nerves, however, were suffering. At last he slung the end of a belt in his servant's face. When he saw the youth start back, the pain-tears in his eyes and the blood on his mouth, he had felt at once a thrill of deep pleasure, and of shame.

But this, he acknowledged to himself was a thing he had never done before. The fellow was too exasperating. His own nerves must be going to pieces. He went away for some days with a woman.

durch seine verbliebene Militärzeit tragen. Aber der Offizier schien nerven-, ja geisteskrank zu werden, und der junge Mann verspürte eine tiefe Angst.

Der Soldat hatte ein Liebchen, sein Schatz war ein Mädchen aus den Bergen, ungebunden und ursprünglich. Die beiden gingen miteinander spazieren, meistens schweigsam. Er ging mit ihr nicht, um mit ihr zu reden, sondern um den Arm um sie zu legen und der körperlichen Berührung wegen. Das erleichterte ihn, machte es ihm leichter, den Hauptmann zu ignorieren; denn mit ihr fest an die Brust gedrückt konnte er ruhen. Und sie war, auf unausgesprochene Weise, für ihn da. Sie hatten einander lieb.

Das blieb dem Hauptmann nicht verborgen, und es versetzte ihn in rasende Wut. Er beschäftigte den jungen Mann an allen Abenden bis spät in die Nacht und erfreute sich an der dunklen Miene, die er aufsetzte. Gelegentlich trafen sich die Augen der beiden Männer, jene des jüngeren düster und dunkel, von verbissener Standhaftigkeit, die des älteren voll des Hohns rastloser Verachtung.

Der Offizier versuchte mit allen Mitteln, sich die leidenschaftliche Anwandlung, die ihn gepackt hatte, nicht einzugestehen. Er wollte nicht erkennen, dass dieses Gefühl für seinen Ordonnanzburschen etwas anderes war als bloß das eines Mannes, der von seinem dummen, *perversen* Diener zur Weißglut gebracht wurde. Deshalb ließ er, in seinem Bewusstsein durchaus gerechtfertigt und regelkonform, der anderen Sache ihren freien Lauf. Seine Nerven allerdings mussten leiden. Schließlich schlug er seinem Diener mit dem Ende eines Riemens ins Gesicht. Als er den jungen Mann zurückweichen, die Tränen des Schmerzes in seinen Augen und das Blut an seinem Mund sah, hatte er ein tiefes Lust- und Schamgefühl zugleich empfunden.

Aber so etwas, gestand er sich ein, hatte er noch nie zuvor getan. Der Kerl war eine zu große Zumutung. Das musste ja bis zur Zerrüttung an seinen Nerven zerren. Er fuhr für einige Tage fort: mit einer Frau.

It was a mockery of pleasure. He simply did not want the woman. But he stayed on for his time. At the end of it, he came back in an agony of irritation, torment, and misery. He rode all the evening, then came straight in to supper. His orderly was out. The officer sat with his long, fine hands lying on the table, perfectly still, and all his blood seemed to be corroding.

At last his servant entered. He watched the strong, easy young figure, the fine eyebrows, the thick black hair. In a week's time the youth had got back his old well-being. The hands of the officer twitched, and seemed to be full of mad flame. The young man stood at attention, unmoving, shut off.

The meal went in silence. But the orderly seemed eager. He made a clatter with the dishes.

'Are you in a hurry?' asked the officer, watching the intent, warm face of his servant. The other did not reply.

'Will you answer my question?' said the captain.

'Yes Sir,' replied the orderly, standing with his pile of deep army-plates. The captain waited, looked at him, then asked again:

'Are you in a hurry?'

'Yes Sir,' came the answer, that sent a flash through the listener.

'For what?'

'I was going out Sir.'

'I want you this evening.'

There was a moment's hesitation. The officer had a curious stiffness of countenance.

'Yes Sir,' replied the servant, in his throat.

Es war ein Hohn der Lust. Er wollte die Frau einfach nicht. Aber er hielt die vereinbarte Zeit durch. Am Ende kam er zurück, gemartert von Ärger, Qual und Pein. Er ritt den ganzen Abend, kam dann direkt herein zum Nachtessen. Sein Bursche war außer Hauses. Der Offizier saß da, seine langen, feinen Hände lagen auf dem Tisch, völlig ruhig, und sein ganzes Blut schien sich zu zersetzen.

Endlich kam sein Diener herein. Er beobachtete die kräftige, lockere junge Figur, die feinen Augenbrauen, das volle schwarze Haar. Binnen einer Woche hatte der Junge zu seinem alten Wohlsein zurückgefunden. Die Hände des Offiziers zuckten und schienen von wahnsinnigem Feuer erfüllt zu sein. Der junge Mann hatte Haltung angenommen, strammstehend, reglos, für sich, verschlossen.

Das Essen verlief schweigend. Aber der Ordonnanzbursche wirkte ungeduldig. Er klapperte mit dem Geschirr.

»Sind Sie in Eile?«, fragte der Offizier, das angespannte, warme Gesicht seines Dieners beobachtend. Der andere antwortete nicht.

»Beantworten Sie mir meine Frage?«, fragte der Hauptmann.

»Jawohl, Herr Hauptmann«, erwiderte der Bursche, der mit seinem Stapel tiefer Militär-Teller dastand. Der Hauptmann wartete, schaute ihn an, fragte dann noch einmal:

»Sind Sie in Eile?«

»Jawohl, Herr Hauptmann«, lautete die Antwort, die wie ein Blitz den Empfänger durchfuhr.

»Weswegen?«

»Ich wollte ausgehen, Herr Hauptmann.«

»Ich brauche Sie heute Abend.«

Es gab ein kurzes Zögern. Der Offizier nahm eine seltsame steife Haltung an.

»Jawohl, Herr Hauptmann«, antwortete der Diener mit kehliger Stimme.

'I want you tomorrow evening also—in fact you may consider your evenings occupied, unless I give you leave.'

The mouth with the young moustache set close.

'Yes Sir,' answered the orderly, loosening his lips for a moment.

He again turned to the door.

'And why have you a piece of pencil in your ear?'

The orderly hesitated, then continued on his way without answering. He set the plates in a pile outside the door, took the stump of pencil from his ear, and put it in his pocket. He had been copying a verse for his sweetheart's birthday-card. He returned to finish clearing the table. The officer's eyes were dancing, he had a little, eager smile.

'Why have you a piece of pencil in your ear?' he asked.

The orderly took his hands full of dishes. His master was standing near the great green stove, a little smile on his face, his chin thrust forward. When the young soldier saw him his heart suddenly ran hot. He felt blind. Instead of answering, he turned dazedly to the door. As he was crouching to set down the dishes, he was pitched forward by a kick from behind. The pots went in a stream down the stairs, he clung to the pillar of the banisters. And as he was rising he was kicked heavily again, and again, so that he clung sickly to the post for some moments. His master had gone swiftly into the room and closed the door. The maid-servant downstairs looked up the staircase and made a mocking face at the crockery disaster.

The officer's heart was plunging. He poured himself a glass of wine, part of which he spilled on the floor, and gulped the remainder, leaning against the cool, green stove. He heard his man collecting the dishes from the

»Ich brauche Sie auch morgen Abend – übrigens können Sie Ihre sämtlichen Abende als belegt betrachten, wenn ich Ihnen nicht ausdrücklich Urlaub gebe.«

Der Mund mit dem jungen Schnurrbart presste sich zusammen.

»Jawohl, Herr Hauptmann«, antwortete der Bursche, die Lippen kurz lockernd.

Er wandte sich wieder der Tür zu.

»Und weswegen haben Sie einen Bleistift hinterm Ohr?«

Der Bursche zögerte, setzte dann seinen Weg fort, ohne zu antworten. Draußen vor der Tür stellte er das Geschirr ab, nahm den Bleistiftstummel vom Ohr und steckte ihn in die Tasche. Er hatte für die Geburtstagskarte für seinen Schatz einen Vers abgeschrieben. Er ging zurück, um den Tisch ganz abzuräumen. Die Augen des Offiziers tanzten, er zeigte ein leichtes, ungeduldiges Lächeln.

»Weswegen haben Sie einen Bleistift hinterm Ohr?«, fragte er.

Der Bursche nahm beide Hände voll Geschirr. Sein Herr stand nahe am großen grünen Ofen, ein leichtes Lächeln im Gesicht, das Kinn vorgestreckt. Als der junge Soldat ihn sah, erhitzte sich plötzlich sein Herz. Er fühlte sich blind. Statt zu antworten, ging er benommen zur Tür. Als er sich vorbeugte, um das Geschirr abzustellen, wurde er durch einen Tritt von hinten vorwärts zu Boden geworfen. Die Töpfe polterten die Stufen hinunter, er klammerte sich an den Pfosten des Treppengeländers. Und als er aufstehen wollte, wurde er wieder und immer wieder heftig getreten, sodass er sich sekundenlang elendiglich an die Holzsäule klammerte. Sein Herr war rasch in sein Zimmer gegangen und hatte die Tür zugemacht. Unten am Fuß der Treppe schaute das Hausmädchen treppaufwärts und machte spöttische Miene zur bösen Geschirrkatastrophe.

Dem Offizier sank das Herz. Er schenkte sich ein Glas Wein ein, verschüttete dabei einen Teil auf den Boden und stürzte den Rest in einem Zug hinunter, gelehnt an den kühlen, grünen Ofen. Er hörte seinen Mann das Geschirr auf der Treppe auf-

stairs. Pale, as if intoxicated, he waited. The servant entered again. The captain's heart gave a pang, as of pleasure, seeing the young fellow bewildered and uncertain on his feet, with pain.

'Schöner!' he said.

The soldier was a little slower in coming to attention.

'Yes Sir!'

The youth stood before him, with pathetic young moustache, and fine eyebrows very distinct on his forehead of dark marble.

'I asked you a question.'

'Yes Sir.'

The officer's tone bit like acid.

'Why had you a pencil in your ear?'

Again the servant's heart ran hot, and he could not breathe. With dark, strained eyes, he looked at the officer, as if fascinated. And he stood there sturdily planted, unconscious. The dithering smile came into the captain's eyes, and he lifted his foot.

'I–I forgot it–Sir,' panted the soldier, his dark eyes fixed on the other man's dancing blue ones.

'What was it doing there?'

He saw the young man's breast heaving as he made an effort for words.

'I had been writing.'

'Writing what?'

Again the soldier looked him up and down. The officer could hear him panting. The smile came into the blue eyes. The soldier worked his dry throat, but could not speak. Suddenly the smile lit like a flame on the officer's face, and a kick came heavily against the orderly's thigh. The youth moved a pace sideways. His face went dead, with two black, staring eyes.

sammeln. Blass, wie berauscht, wartete er. Der Diener kam wieder herein. Dem Offizier gab es einen Stich ins Herz, wie aus Lust, als er den jungen Burschen sah, der verstört, auf wackligen Beinen und voller Schmerzen vor ihm stand.

»Schöner!«, sagte er.

Der Soldat brauchte etwas länger, um Haltung anzunehmen.

»Jawohl, Herr Hauptmann!«

Der Junge stand vor ihm, kläglich sein junger Schnurrbart, die feinen Augenbrauen markant auf seiner Stirn aus dunklem Marmor.

»Ich hatte Sie etwas gefragt.«

»Jawohl, Herr Hauptmann.«

Der Ton des Offiziers brannte wie Säure.

»Warum hatten Sie einen Bleistift hinterm Ohr?«

Wieder erhitzte sich das Herz des Dieners, und er konnte nicht atmen. Mit dunklen, angestrengten Augen sah er den Offizier an, wie gefesselt. Und er stand da, unverrückbar aufgestellt, bewusstlos. Das zitternde Lächeln trat in die Augen des Hauptmanns, und er hob den Fuß.

»Ich – ich habe es vergessen – Herr Hauptmann«, keuchte der Soldat, der mit seinen dunklen Augen die tanzenden blauen Augen seines Gegenübers fixierte.

»Was hatte der da zu suchen?«

Er sah den Brustkorb des jungen Mannes sich heben, als dieser um Worte rang.

»Ich habe geschrieben.«

»Was geschrieben?«

Wieder musterte der Soldat ihn von oben bis unten. Der Offizier konnte ihn keuchen hören. Das Lächeln kam in seine blauen Augen. Der Soldat strengte seine trockene Kehle an, brachte aber kein Wort hervor. Plötzlich entbrannte das Lächeln im Gesicht des Offiziers wie eine Flamme, und ein schwerer Tritt traf den Schenkel des Burschen. Der junge Mann machte einen Schritt zur Seite. Sein Gesicht erlosch, darin zwei dunkle, starrende Augen.

'Well?' said the officer.

The orderly's mouth had gone dry, and his tongue rubbed in it as on dry brown paper. He worked his throat. The officer raised his foot. The servant went stiff.

'Some poetry, Sir,' came the crackling, unrecognisable sound of his voice.

'Poetry, what poetry?' asked the captain, with a sickly smile.

Again there was the working in the throat. The captain's heart had suddenly gone down heavily, and he stood sick and tired.

'For my girl, Sir,' he heard the dry, inhuman sound.

'Oh!' he said, turning away. 'Clear the table.'

"Click!"–went the soldier's throat; then again, "click!"; and then the half articulate:

'Yes Sir.'

The young soldier was gone, looking old, and walking heavily. The officer, left alone, held himself rigid, to prevent himself from thinking. His instinct warned him that he must not think. Deep inside him was the intense gratification of his passion, still working powerfully. Then there was a counteraction, a horrible breaking down of something inside him, a whole agony of reaction. He stood there for an hour motionless, a chaos of sensations, but rigid with a will to keep blank his consciousness, to prevent his mind grasping. And he held himself so until the worst of the stress had passed, when he began to drink, drank himself to an intoxication, till he slept obliterated. When he woke in the morning he was shaken to the base of his nature. But he had fought off the realisation of what he had done. He had prevented his mind from taking it in, had suppressed it along with

»Nun?«, fragte der Offizier.

Der Bursche hatte einen trockenen Mund bekommen, und seine Zunge rieb sich darin wie an Sandpapier. Er strengte seine Kehle an. Der Offizier hob den Fuß. Der Diener erstarrte.

»Gedichte, Herr Hauptmann«, ertönte seine krächzende, nicht wieder erkennbare Stimme.

»Gedichte, was für Gedichte?«, fragte der Hauptmann mit einem kränkelnden Lächeln.

Wieder arbeitete es angestrengt in der Kehle. Das Herz des Hauptmanns war plötzlich tief gesunken, und da stand er nun, müde und krank.

»Für mein Mädchen, Herr Hauptmann«, hörte er den trockenen, unmenschlichen Ton.

»So!«, sagte er und wandte sich um. »Räumen Sie den Tisch ab.«

»Klick!« (machte es in der Kehle des Soldaten; dann noch einmal: »klick!« Und dann kam kaum verständlich:

»Jawohl, Herr Hauptmann.«

Der junge Soldat war weg, gegangen schweren Schritts und alt aussehend. Der Offizier, allein gelassen, hielt sich angestrengt aufrecht, um nicht ins Nachdenken zu verfallen. Sein Instinkt warnte ihn vorm Denken. Tief im Innern empfand er eine starke Befriedigung seiner Leidenschaft, die immer noch mächtig am Werke war. Dann setzte eine Gegenwirkung ein, ein schrecklicher Zusammenbruch von etwas in seinem Innern, eine wahre Marter der Reaktion. Er stand eine Stunde reglos da, ein Chaos von Empfindungen, aber starr mit dem strengen Willen, sein Bewusstsein davon frei zu halten, seinen Verstand am Begreifen zu hindern. Und so verharrte er, bis der schlimmste Druck vorbei war, dann fing er an zu trinken, trank sich einen Rausch an, bis er wie ausgelöscht schlief. Als er morgens aufwachte, war er bis auf den Grund seines Wesens erschüttert. Aber er hatte die Erkenntnis dessen abgewehrt, was er getan hatte. Er hatte seinen Verstand daran gehindert, sie

his instincts, and the conscious man had nothing to do with it. He felt only as after a bout of intoxication, weak, but the affair itself all dim and not to be recovered. Of the drunkenness of his passion he successfully refused remembrance. And when his orderly appeared with coffee, the officer assumed the same self he had had the morning before. He refused the event of the past night—denied it had ever been—and was successful in his denial. He had not done any such thing—not he himself. Whatever there might be lay at the door of a stupid, insubordinate servant.

The orderly had gone about in a stupor all the evening. He drank some beer because he was parched, but not much, the alcohol made his feeling come back, and he could not bear it. He was dulled, as if nine-tenths of the ordinary man in him were inert. He crawled about disfigured. Still, when he thought of the kicks, he went sick, and when he thought of the threats of more kicking, in the room afterwards, his heart went hot and faint, and he panted, remembering the one that had come. He had been forced to say "For my girl". He was much too done even to want to cry. His mouth hung slightly open, like an idiot's. He felt vacant, and wasted. So, he wandered at his work, painfully, and very slowly and clumsily, fumbling blindly with the brushes, and finding it difficult, when he sat down, to summon the energy to move again. His limbs, his jaw were slack and nerveless. But he was very tired. He got to bed at last and slept inert, relaxed, in a sleep that was rather stupor than slumber, a dead night of stupefaction shot through with gleams of anguish.

aufzunehmen, hatte sie samt seiner Instinkte unterdrückt, und der Mann, der jetzt bei vollem Bewusstsein war, hatte nichts damit zu tun. Er fühlte sich lediglich wie nach einem Besäufnis, nämlich schwach, aber die Geschichte an sich war völlig verschwommen und ließ sich nicht rekapitulieren. An die Trunkenheit seiner Leidenschaft verweigerte er erfolgreich die Erinnerung. Als sein Bursche mit dem Kaffee kam, nahm der Offizier wieder das gleiche Ich an, das er am Morgen zuvor gehabt hatte. Er verdrängte den Vorfall der vergangenen Nacht – leugnete, dass er je geschehen war – und leugnete mit Erfolg. Er hat nichts dergleichen getan – nicht er selbst persönlich. Was es auch gewesen sein mochte, schuld daran war ein dummer, ungehorsamer Diener.

Der Bursche verbrachte den ganzen Abend in einem Nebel der Benommenheit. Er trank Bier, weil er ausgedörrt war, aber nicht sehr viel, denn der Alkohol brachte seine Gefühle zurück, und das konnte er nicht ertragen. Er war betäubt, als wäre der gewöhnliche Mann in ihm zu neun Zehnteln eine träge Masse. Lädiert schleppte er sich weiter. Doch wenn er an die Tritte dachte, wurde ihm übel, und wenn er an die angedrohten weiteren Tritte dachte, hinterher im Zimmer, erhitzte sich sein Herz und wurde mutlos, und er keuchte, weil er sich an den Tritt erinnerte, den er bekommen hatte. Er war gezwungen gewesen zu sagen: »Für mein Mädchen.« Er war sogar viel zu erledigt, um noch weinen zu wollen. Sein Mund stand leicht offen, wie der eines Idioten. Er fühlte sich leer und erschöpft. Deshalb trödelte er, arbeitete mühevoll und sehr langsam und ungeschickt, machte sich blind an den Bürsten zu schaffen und fand es schwierig, die Kraft aufzubringen wieder aufzustehen, nachdem er sich einmal gesetzt hatte. Seine Glieder, seine Kiefer waren schlaff und kraftlos. Aber er war sehr müde. Endlich ging er ins Bett und schlief reglos, entspannt, einen Schlaf, der mehr Erstarrung war als Schlummer, eine tieftote Nacht der Betäubung, durchschossen von Strahlen der Qual.

In the morning were the manœuvres. But he woke even before the bugle sounded. The painful ache in his chest, the dryness of his throat, the awful steady feeling of misery made his eyes come awake and dreary at once. He knew without thinking, what had happened. And he knew that the day had come again, when he must go on with his round. The last bit of darkness was being pushed out of the room. He would have to move his inert body and go on. He was so young, and had known so little trouble, that he was bewildered. He only wished it would stay night, so that he could lie still, covered up by the darkness. And yet nothing would prevent the day from coming, nothing would save him from having to get up, and saddle the captain's horse, and make the captain's coffee. It was there, inevitable. And then, he thought, it was impossible. Yet they would not leave him free. He must go and take the coffee to the captain. He was too stunned to understand it. He only knew it was inevitable—inevitable, however long he lay inert.

At last, after heaving at himself, for he seemed to be a mass of inertia, he got up. But he had to force every one of his movements from behind, with his will. He felt lost, and dazed, and helpless. Then he clutched hold of the bed, the pain was so keen. And looking at his thighs, he saw the darker bruises on his swarthy flesh and he knew that, if he pressed one of his fingers on one of the bruises, he should faint. But he did not want to faint—he did not want anybody to know. No one should ever know. It was between him and the captain. There were only the two people in the world now—himself and the captain.

Am Morgen fanden die Manöver statt. Aber er wurde schon wach, noch bevor das Signal ertönte. Der stechende Schmerz in der Brust, die Trockenheit in der Kehle, das schreckliche andauernde Gefühl des Elends machten seine Augen wach und trübten sie zugleich. Er wusste ohne zu denken, was passiert war. Und er wusste, dass es wieder Tag geworden war und er nun weiter seinen Dienst versehen musste. Der letzte Rest Dunkelheit wurde aus dem Zimmer verscheucht. Er würde seinen trägen Körper in Bewegung setzen und weitermachen müssen. Er war so jung und hatte bis jetzt so wenig Kummer erfahren, dass es ihn verblüffte. Er wünschte nur, es würde Nacht bleiben, sodass er, zugedeckt von der Dunkelheit, still liegen könnte. Und doch würde nichts das Kommen des Tages verhindern, nichts würde ihn davor bewahren, aufstehen zu müssen und das Pferd des Hauptmanns zu satteln und dem Hauptmann Kaffee zu machen. Es war da, unentrinnbar. Und doch war es unmöglich, dachte er. Sie würden ihn jedoch nicht freistellen. Er musste dem Hauptmann den Kaffee bringen. Er war zu verstört, um es zu verstehen. Er wusste nur, es war unvermeidlich – unvermeidlich, egal wie lange er träge liegen blieb.

Nachdem er sich mit aller Macht hochgestemmt hatte, denn er schien eine träge Masse zu sein, stand er endlich auf. Aber er musste sich zu jeder einzelnen Bewegung hinterrücks zwingen, mit seinem Willen. Er fühlte sich verloren, benommen und hilflos. Dann krallte er sich am Bett fest, so schneidend war der Schmerz. Und als er seine Schenkel betrachtete, sah er die dunkleren Blutergüsse unter seiner dunklen Haut, und er wusste, wenn er auch nur mit einem Finger auf einen Bluterguss drückte, würde er ohnmächtig werden. Aber er wollte nicht ohnmächtig werden – er wollte nicht, dass auch nur einer davon erfahren sollte. Keiner sollte es je erfahren. Es war eine Sache zwischen ihm und dem Hauptmann. Jetzt gab es nur noch zwei Menschen auf der Welt – ihn selbst und den Hauptmann.

Slowly, economically, he got dressed and forced himself to walk. Everything was obscure, except just what he had his hands on. But he managed to get through his work. The very pain revived his dulled senses. The worst remained yet. He took the tray and went up to the captain's room. The officer, pale and heavy, sat at the table. The orderly, as he saluted, felt himself put out of existence. He stood still for a moment submitting to his own nullification—then he gathered himself, seemed to regain himself, and then the captain began to grow vague, unreal, and the younger soldier's heart beat up. He clung to this sensation—that the captain did not exist, so that he himself might live. But when he saw his officer's hand tremble as he took the coffee, he felt everything falling shattered. And he went away, feeling as if he himself were coming to pieces, disintegrated. And when the captain was there on horseback, giving orders, while he himself stood, with rifle and knapsack, sick with pain, he felt as if he must shut his eyes—as if he must shut his eyes on everything. It was only the long agony of marching with a parched throat that filled him with one single, sleep-heavy intention: to save himself.

2.

He was getting used even to his parched throat. That the snowy peaks were radiant among the sky, that the whitey-green glacier river twisted through its pale shoals, in the valley below, seemed almost supernatural. But he was going mad with fever and thirst. He plodded on, uncomplaining. He did not want to speak, not to anybody. There were two gulls, like flakes of water and snow,

Langsam und sorgfältig zog er sich an und zwang sich zu gehen. Alles bis auf das, was er gerade in den Händen hatte, war nebelhaft. Aber er schaffte es, seine Arbeit zu erledigen. Gerade die Schmerzen erweckten seine betäubten Sinne zu neuem Leben. Das Schlimmste blieb jedoch noch. Er nahm das Tablett und ging hinauf ins Zimmer des Hauptmanns. Der Offizier, blass und massig, saß am Tisch. Der Bursche salutierte und hatte dabei das Gefühl, in seinem Dasein vernichtet zu werden. Er stand für einen Moment still, sich seiner eigenen Auslöschung ergebend – dann fasste er sich, gewann anscheinend sein Selbst zurück, und der Hauptmann wurde allmählich nebelhaft, unwirklich, und das Herz des jungen Soldaten schlug höher. Er klammerte sich an diese Wahrnehmung – dass der Hauptmann gar nicht existiere, sodass er selbst leben könne. Als er aber sah, wie die Hand seines Offiziers zitterte, als dieser die Kaffeetasse hob, fühlte er alles in Trümmer fallen. Und er ging davon mit dem Gefühl, als wäre er selbst zerbrochen, in Stücke zerfallen. Und als der Hauptmann da zu Pferde saß, Befehle erteilte, während er selbst mit Gewehr und Tornister da stand, krank vor Schmerzen, war ihm, als müsse er die Augen schließen – als müsse er die Augen vor allem verschließen. Nur die lange Marter, mit ausgedörrter Kehle zu marschieren, erfüllte ihn mit dem einzigen schlafschweren Vorsatz: sich zu retten.

2.

Er gewöhnte sich langsam sogar an seine ausgetrocknete Kehle. Dass die schneebedeckten Gipfel unterm Firmament erstrahlten, dass der weißlich grüne Gletscherstrom sich durch seine hellen seichten Stellen im Tal unten schlängelte, wirkte fast übernatürlich. Aber er wurde fast wahnsinnig vor Fieber und Durst. Er schleppte sich weiter, klaglos. Er wollte nicht reden, wollte mit keinem reden. Da waren zwei Möwen, wie Flocken

over the river. The scent of green rye soaked in sunshine came like a sickness. And the march continued, monotonously, almost like a bad sleep.

At the next farm-house, which stood low and broad near the highroad, tubs of water had been put out. The soldiers clustered round to drink. They took off their helmets, and the steam mounted from their wet hair. The captain sat on horseback, watching. He needed to see his orderly. His helmet threw a dark shadow over his light, fierce eyes, but his moustache and mouth and chin were distinct in the sunshine. The orderly must move under the presence of the figure of the horseman. It was not that he was afraid, or cowed. It was as if he were disembowelled, made empty, like an empty shell. He felt himself as nothing, a shadow creeping under the sunshine. And, thirsty as he was, he could scarcely drink, feeling the captain near him. He would not take off his helmet to wipe his wet hair. He wanted to stay in shadow, not to be forced into consciousness. Starting, he saw the light heel of the officer prick the belly of the horse; the captain cantered away, and he himself could relapse into vacancy.

Nothing, however, could give him back his living place in the hot, bright morning. He felt like a gap among it all. Whereas the captain was prouder, overriding. A hot flash went through the young servant's body. The captain was firmer and prouder with life, he himself was empty as a shadow. Again the flash went through him, dazing him out. But his heart ran a little firmer.

The company turned up the hill, to make a loop for the return. Below, from among the trees, the farm-bell

aus Wasser und Schnee, über dem Fluss. Der Geruch des vom Sonnenschein getränkten grünen Roggens kam wie eine Krankheit. Und der Marsch ging weiter, monoton, fast wie ein schlechter Schlaf.

Beim nächsten Bauernhaus, das niedrig und breit neben der Straße stand, waren Bottiche mit Wasser aufgestellt worden. Die Soldaten drängten sich dort in Gruppen, um zu trinken. Sie setzten ihre Helme ab, und ihr nasses Haar dampfte. Der Hauptmann saß zu Pferde und schaute zu. Er musste unbedingt seinen Burschen sehen. Sein Helm warf einen dunklen Schatten auf seine hellen, grimmigen Augen, aber sein Schnurrbart, sein Mund und sein Kinn waren im Sonnenschein deutlich zu erkennen. Der Bursche musste sich unter der präsenten Gestalt des Reiters bewegen. Es war nicht so, dass er Angst hatte oder eingeschüchtert war. Es war vielmehr so, als wäre er aufgeschlitzt und ausgeweidet, geleert worden, nur noch eine leere Hülse. Er fühlte sich wie ein Nichts, ein Schatten, der unterm Sonnenschein dahin kroch. Und so durstig er auch war, er konnte doch kaum trinken, weil er den Hauptmann in der Nähe spürte. Er nahm seinen Helm nicht ab, um sich durchs nasse Haar zu wischen. Er wollte im Schatten bleiben, nicht ins helle Bewusstsein gezwungen werden. Aufblickend sah er, wie die Ferse des Offiziers dem Pferd leicht die Sporen gab; der Hauptmann ritt im Kanter davon, und er selbst konnte sich wieder in die Leere zurückfallen lassen.

Nichts jedoch konnte ihm an diesem hellen, heißen Vormittag seinen Platz im Leben zurückgeben. Er fühlte sich wie eine Leerstelle darin. Wohingegen der Hauptmann stolzer war, dominant. Ein heißer Blitz durchfuhr den Körper des jungen Dieners. Der Hauptmann stand fester und stolzer im Leben, er selbst war leer wie ein Schatten. Wieder durchfuhr ihn der Blitz, machte ihn benommen. Aber sein Herz schlug ein wenig fester.

Die Kompanie schwenkte bergaufwärts, um in einer großen Schleife den Rückmarsch anzutreten. Unten, aus den Bäumen,

clanged. He saw the laborers mowing barefoot at the thick grass leave off their work and go downhill, their scythes hanging over their shoulders, like long, bright claws curving down behind them. They seemed like dream-people, as if they had no relation to himself. He felt as in a blackish dream: as if all the other things were there and had form, but he himself was only a consciousness, a gap that could think and perceive.

The soldiers were tramping silently up the glaring hillside. Gradually his head began to revolve slowly, rhythmically. Sometimes it was dark before his eyes, as if he saw this world through a smoked glass, frail shadows and unreal. It gave him a pain in his head to walk.

The air was too scented, it gave no breath. All the lush green-stuff seemed to be issuing its sap, till the air was deathly, sickly with the smell of greenness. There was the perfume of clover, like pure honey and bees. Then there grew a faint acrid tang—they were near the beeches; and then a queer clattering noise, and a suffocating, hideous smell: they were passing a flock of sheep, a shepherd in a black smock, holding his hook. Why should the sheep huddle together under this fierce sun? He felt that the shepherd could not see him, though he could see the shepherd.

At last there was the halt. They stacked rifles in a conical stack, put down their kit in a scattered circle around it, and dispersed a little, sitting on a small knoll high on the hillside. The chatter began. The soldiers were steaming with heat, but were lively. He sat still, seeing the blue mountains rise upon the land, twenty kilometres away. There was a blue fold in the ranges, then out of that, at the foot, the broad pale bed of the river, stretches of whitey-green water between pinkish-grey shoals among the dark pine-woods. There it was, spread out a long way

erklang die Glocke des Bauernhofs. Er sah, wie die Landarbeiter, die barfuß das dicke Gras mähten, die Arbeit einstellten und bergab gingen, ihre Sensen hingen ihnen über den Schultern wie lange, leuchtende Scheren, bogenförmige Klauen hinter ihnen. Sie wirkten wie Traummenschen, als hätten sie keinerlei Beziehung zu ihm. Er fühlte sich wie in einem schwarzen Traum: als ob alles andere da wäre und Gestalt hätte, er selbst aber nur ein Bewusstsein, eine Leerstelle, die denken und wahrnehmen konnte, sei.

Die Soldaten stapften schweigend den glühenden Abhang hinauf. Allmählich begann sich sein Kopf langsam, rhythmisch zu drehen. Manchmal wurde ihm dunkel vor Augen, als sähe er diese Welt durch Rauchglas, schwache Schatten und unwirklich. Er bekam Kopfschmerzen vom Gehen.

Die Luft war so voller Düfte, dass kein Atmen möglich war. Das ganze üppige Grünzeug schien seinen Saft zu verströmen, bis die Luft tödlich, eklig war vom Geruch des Grünen. Da war der Duft von Klee, wie reiner Honig und Bienen. Dann wurde ein erst schwacher, beißender Hauch immer penetranter – sie kamen in die Nähe von Buchen; und dann ein seltsamer Lärm von Getrampel und ein erstickender, scheußlicher Gestank: sie kamen an einer Schafherde vorbei, ein Schäfer im schwarzen Mantel hielt seinen Hirtenstab. Warum sollten sich die Schafe unter dieser brennenden Sonne zusammendrängen? Er glaubte, dass der Schäfer ihn nicht sehen konnte, obgleich er den Schäfer sehen konnte.

Endlich war es Zeit zur Rast. Sie stellten die Gewehre zu einer Gewehrpyramide zusammen, legten ihr Marschgepack im Kreis drum herum und verteilten sich über den Hang, setzten sich auf eine kleine, höhergelegene Kuppe. Das Geplapper begann. Die Soldaten schwitzten dampfend vor Hitze, waren aber sehr lebhaft. Er saß still, sah die blauen Berge zwanzig Kilometer weit entfernt sich über das Land erheben. Da war eine blaue Falte in der Bergkette, dann, an deren Fuß, das breite, blasse Bett des Flusses, streckenweise weißlich grünes Wasser zwischen rötlich grauen Sandbänken, umgeben von dunklen Föh-

off. And it seemed to come downhill, the river. There was a raft being steered, a mile away. It was a strange country. Nearer, a red-roofed, broad farm with white base and square dots of windows crouched beside the wall of beech-foliage on the wood's edge. There were long strips of rye and clover and pale green corn. And just at his feet, below the knoll, was a darkish bog, where globe flowers stood breathless still on their slim stalks. And some of the pale gold bubbles were burst, and a broken fragment hung in the air. He thought he was going to sleep.

Suddenly something moved into this coloured mirage before his eyes. The captain, a small, light blue and scarlet figure, was trotting evenly between the strips of corn, along the level brow of the hill. And the man making flag-signals was coming on.—Proud and sure moved the horseman figure, the quick, bright thing in which was concentrated all the light of this morning, which for the rest lay a fragile, shining shadow. Submissive, apathetic, the young soldier sat and stared. But as the horse slowed to a walk, coming up the last steep path, the great flash flared over the body and soul of the orderly. He sat waiting. The back of his head felt as if it were weighted with a heavy piece of fire. He did not want to eat. His hands trembled slightly as he moved them. Meanwhile the officer on horseback was approaching slowly and proudly. The tension grew in the orderly's soul. Then again, seeing the captain ease himself on the saddle, the flash blazed through him.

The captain looked at the patch of light blue and scarlet, and dark heads, scattered closely on the hillside. It pleased him. The command pleased him. And he was feeling proud. His orderly was among them in common

renwäldern. Da streckte er sich hin, in großer Entfernung. Und er schien den Berg hinab zu kommen, der Fluss. Mehr als einen Kilometer entfernt wurde ein Floß durchs Wasser gesteuert. Es war ein seltsamer Landstrich. Weitaus näher duckte sich ein rot gedecktes, weitläufiges Bauernhaus mit weißen Mauern und rechteckigen Fensterflecken neben der Buchenlaubwand am Waldesrand. Da erstreckten sich lange Flächen von Roggen, Klee und hellgrünem Korn. Und genau zu seinen Füßen, unter der Kuppe, lag ein dunkler Morast, wo Trollblumen atemlos still standen auf ihren schlanken Stängeln. Einige der goldgelben Blütenblasen waren zerplatzt, und ein geknicktes Überbleibsel hing in der Luft. Er meinte einzuschlafen.

Plötzlich trat etwas in diese farbenfrohe Fata Morgana vor seinen Augen. Der Hauptmann, eine kleine Figur in Hellblau und Tiefrot, trabte gelassen durch die Kornfelder, am ebenen Rand des Abhangs. Und der Mann kam, Flaggenzeichen gebend, näher. – Stolz und selbstgewiss bewegte sich die Reiterfigur, in der sich, schnell und hell, wie sie war, das ganze Licht dieses Morgens bündelte, das für alle andern einen zerbrechlichen, schönen Schatten warf. Unterwürfig, apathisch saß der junge Soldat da und schaute. Als aber das Pferd auf der letzten steilen Stelle des Pfads eine langsamere Gangart anschlug, flammte dem Burschen der große Blitz durch Leib und Seele. Er saß abwartend da. Sein Hinterkopf erschien ihm wie durch ein schweres Stück Feuer belastet. Er wollte nicht essen. Seine Hände zitterten leicht, als er sie bewegte. Unterdessen näherte sich der berittene Hauptmann langsam und stolz. Die Spannung in der Seele des Burschen wuchs. Als er dann sah, wie der Hauptmann im Sattel eine lockere Haltung annahm, durchloderte ihn wieder der Blitz.

Der Hauptmann blickte auf das Gewimmel aus Hellblau und Tiefrot und dunklen Köpfen, nah verstreut über den Berghang. Der Anblick gefiel ihm. Das Kommando gefiel ihm. Und er fühlte sich stolz. Sein Bursche befand sich unter den Män-

subjection. The officer rose a little on his stirrups to look. The young soldier sat with averted, dumb face. The captain relaxed on his seat. His slim legged, beautiful horse, brown as a beech nut, walked proudly uphill. The captain passed into the zone of the company's atmosphere: a hot smell of men, of sweat, of leather. He knew it very well. After a word with the lieutenant, he went a few paces higher, and sat there, a dominant figure, his sweat-marked horse swishing its tail, while he looked down on his men, on his orderly, a nonentity among the crowd.

The young soldier's heart was like fire in his chest, and he breathed with difficulty. The officer, looking downhill, saw three of the young soldiers, two pails of water between them, staggering across a sunny green field. A table had been set up under a tree, and there the slim lieutenant stood importantly busy. Then the captain summoned himself to an act of courage. He called his orderly.

The flame leapt into the young soldier's throat as he heard the command, and he rose blindly, stifled. He saluted, standing below the officer. He did not look up. But there was the flicker in the captain's voice.

'Go to the inn and fetch me—'—the officer gave his commands. 'Quick!' he added.

At the last word, the heart of the servant leapt with a flash, and he felt the strength come over his body. But he turned in mechanical obedience, and set off at a heavy run downhill, looking almost like a bear, his trousers bagging over his military boots. And the officer watched this blind, plunging run all the way.

nern, in gemeinsamer Unterwerfung. Der Offizier erhob sich ein wenig in seinen Steigbügeln, um besser sehen zu können. Der junge Soldat saß da mit abgewandtem Gesicht und stumm. Der Hauptmann nahm eine lockere Haltung im Sattel ein. Sein schönes, schlankbeiniges Pferd, braun wie eine Buchecker, ging stolz bergauf. Der Hauptmann gelangte in den Dunstkreis der Kompanie: ein schwelender Geruch von Männern, Schweiß und Leder. Er kannte ihn nur zu gut. Nach einem Wort mit dem Leutnant ritt er ein paar Schritte höher und blieb dort stehen, eine beherrschende Gestalt, sein schweißgezeichnetes Pferd wedelte mit dem Schweif, während er hinabsah auf seine Männer, auf seinen Burschen, eine Null in der Menge.

Das Herz des jungen Soldaten brannte wie Feuer in seiner Brust, und das Atmen fiel ihm schwer. Der Offizier schaute den Hang hinunter und sah drei junge Soldaten mit zwei Eimern Wasser zwischen sich über ein sonniges, grünes Feld stolpern. Unter einem Baum war ein Tisch aufgestellt worden, und dort stand der schlanke Leutnant mit geschäftiger Wichtigkeit. Dann nahm der Hauptmann seinen ganzen Mut zusammen. Er rief seinen Burschen zu sich.

Die Flamme sprang dem jungen Soldaten in die Kehle, als er den Befehl vernahm, und er erhob sich blindlings, benommen. Er salutierte, unter dem Offizier stehend. Er blickte nicht auf. Aber da war dieses Flattern in der Stimme des Hauptmanns.

»Gehen Sie ins Gasthaus und bringen Sie mir …«, lautete der Befehl des Offiziers. »Schnell!«, fügte er noch hinzu.

Beim letzten Wort machte das Herz des Burschen einen blitzartigen Sprung, und er fühlte, wie die Kraft seinen Körper erfüllte. Aber mit mechanischem Gehorsam drehte er sich um und machte sich auf einen schweren Lauf bergab, wobei er fast wie ein Bär aussah, denn seine Hosen bauschten sich über seinen Militärstiefeln. Und der Offizier behielt diesen blinden, stürzenden Lauf den ganzen Weg über im Blick.

But it was only the outside of the orderly's body that was obeying so humbly and mechanically. Inside had gradually accumulated a core into which all the energy of that young life was compact and concentrated. He executed his commission, and plodded quickly back uphill. There was a pain in his head, as he walked, that made him twist his features unknowingly. But hard there in the centre of his chest was himself, himself, firm, and not to be plucked to pieces.

The captain had gone up into the wood.–The orderly plodded through the hot, powerfully smelling zone of the company's atmosphere. He had a curious mass of energy inside him now. The captain was less real than himself. He approached the green entrance to the wood. There, in the half-shade, he saw the horse standing, the sunshine and the flickering shadow of leaves dancing over his brown body. There was a clearing where timber had lately been felled. Here, in the gold-green shade beside the brilliant cup of sunshine, stood two figures, blue and pink, the bits of pink showing out plainly. The captain was talking to his lieutenant.

The orderly stood on the edge of the bright clearing, where great trunks of trees, stripped and glistening, lay stretched like naked, brown-skinned bodies. Chips of wood littered the trampled floor, like splashed light, and the bases of the felled trees stood here and there, with their raw, level tops. Beyond was the brilliant, sunlit green of a beech.

'Then I will ride forward,' the orderly heard his captain say. The lieutenant saluted and strode away. He himself went forward. A hot flash passed through his belly, as he tramped towards his officer.

The captain watched the rather heavy figure of the young soldier stumble forward, and his veins too ran hot.

Aber nur äußerlich gehorchte der Körper des Burschen so demütig und mechanisch. Innerlich hatte sich ein Kern gebildet, in dem sich die ganze Energie dieses jungen Lebens gesammelt und zusammengeballt hatte. Er führte seinen Auftrag aus und schleppte sich schnell wieder zurück bergauf. Beim Gehen hatte er im Kopf einen Schmerz, der sein Gesicht zucken ließ, ohne dass er es merkte. Aber mitten in seiner Brust war er, er selbst, fest, und nichts konnte ihn in Stücke reißen.

Der Hauptmann war hoch in den Wald gegangen. – Der Bursche trottete durch den heißen, streng riechenden Dunstkreis der Kompanie. Er hatte jetzt eine seltsame Energiemasse in sich. Der Hauptmann war weniger real als er. Er näherte sich dem grünen Eingang zum Wald. Dort, im Halbschatten, sah er das Pferd stehen, das Sonnenlicht und der flackernde Laubschatten tanzten auf seinem braunen Fell. Da lag eine Lichtung, wo kürzlich Holz gefällt worden war. Hier, im goldgrünen Schatten neben dem leuchtenden Sonnenkelch, standen zwei Gestalten, blau und rot, die roten Stellen stachen deutlich hervor. Der Hauptmann redete mit seinem Oberleutnant.

Der Bursche stand am Rand der hellen Lichtung, wo große Baumstämme abgerindet und glänzend lagen, ausgestreckt wie nackte, braunhäutige Körper. Holzspäne übersäten den plattgetrampelten Boden wie versprenkeltes Licht, und hier und da standen die Stümpfe der gefällten Bäume mit ihren rauen, ebenen Oberflächen. Dahinter lag das in der Sonne leuchtende Grün einer Buche.

»Dann will ich voran reiten«, hörte der Bursche seinen Hauptmann sagen. Der Oberleutnant salutierte und schritt davon. Er selbst ging voran. Ein heißer Blitz durchfuhr seinen Bauch, als er auf seinen Offizier zutrottete.

Der Hauptmann beobachtete die ziemlich schwere Gestalt des jungen Soldaten, wie er vorwärts stolperte, und auch seine

This was to be man to man between them. He yielded before the solid, stumbling figure with bent head. The orderly stooped and put the food on a level-sawn tree-base. The captain watched the glistening, sun-inflamed, naked hands. He wanted to speak to the young soldier, but could not. The servant propped a bottle against his thigh, pressed open the cork, and poured out the beer into the mug. He kept his head bent. The captain accepted the mug.

'Hot!' he said, as if amiably.

The flame sprang out of the orderly's heart, nearly suffocating him.

'Yes Sir,' he replied, between shut teeth.

And he heard the sound of the captain's drinking, and he clenched his fists, such a strong torment came into his wrists. Then came the faint clang of the closing of the pot-lid. He looked up. The captain was watching him. He glanced swiftly away. Then he saw the officer stoop and take a piece of bread from the tree-base. Again the flash of flame went through the young soldier, seeing the stiff body stoop beneath him, and his hands jerked. He looked away. He could feel the officer was nervous. The bread fell as it was being broken. The officer ate the other piece. The two men stood tense and still, the master laboriously chewing his bread, the servant staring with averted face, his fists clenched.

Then the young soldier started. The officer had pressed open the lid of the mug again. The orderly watched the lid of the mug, and the white hand that clenched the handle, as if he were fascinated. It was raised. The youth followed it with his eyes. And then he

Adern durchlief es heiß. Zwischen ihnen ging es jetzt Mann gegen Mann. Er wich zurück vor der massiven, stolpernden Gestalt mit dem gesenkten Kopf. Der Bursche beugte sich und stellte das Essen auf einen glattgesägten Baumstumpf. Der Hauptmann beobachtete die glitzernden, sonnenverbrannten, nackten Hände. Er wollte mit dem jungen Soldaten reden, konnte es aber nicht. Der Diener hielt eine Flasche an seinen Oberschenkel, drückte den Bügelverschluss auf und goss das Bier in einen Krug. Alles mit gesenktem Kopf. Der Hauptmann nahm den Krug entgegen.

»Heiß!«, sagte er, als wäre es freundlich gemeint.

Die Flamme sprang dem Burschen aus dem Herzen und erstickte ihn fast.

»Jawohl, Herr Hauptmann«, erwiderte er mit zusammengebissenen Zähnen.

Und er hörte das Geräusch, das der Hauptmann beim Trinken machte, und er ballte die Fäuste, weil seine Handgelenke von solch einer starken Qual ergriffen wurden. Dann kam der schwache Klang, als der Deckel des Kruges zufiel. Er blickte auf. Der Hauptmann hatte ihn im Auge. Er aber schaute schnell weg. Dann sah er, wie der Hauptmann sich bückte und sich ein Stück Brot vom Baumstumpf nahm. Wieder durchfuhr den jungen Soldaten der flammende Blitz, als er sah, wie sich der steife Körper unter ihm bückte, und seine Hände zuckten. Er schaute weg. Er spürte, der Offizier war nervös. Das Brot fiel zu Boden, als es gebrochen wurde. Der Offizier aß die andere Hälfte. Die beiden Männer standen still und angespannt da, der Herr kaute ausdauernd sein Brot, der Diener schaute zu mit abgewandtem Gesicht, die Fäuste geballt.

Dann kam der junge Soldat in Fahrt. Der Offizier hatte mit einem Daumendruck den Deckel des Krugs wieder aufspringen lassen. Wie gebannt beobachtete der Bursche den Krugdeckel und die weiße Hand, die den Henkel umfasste. Der Krug wurde gehoben. Der junge Mann folgte ihm mit seinen Augen. Und

saw the thin, strong throat of the elder man moving up and down as he drank, the strong jaw working. And the instinct which had been jerking at the young man's wrists suddenly jerked free. He jumped, feeling as if he were rent in two by a strong flame.

The spur of the officer caught in a tree-root, he went down backwards with a crash, the middle of his back thudding sickeningly against the sharp-edged tree-base, the pot flying away. And in a second the orderly, with serious, earnest young face, and underlip between his teeth, had got his knee in the officer's chest and was pressing the chin backward over the farther edge of the tree-stump, pressing, with all his heart behind in a passion of relief, the tension of his wrists exquisite with relief. And with the base of his palms he shoved at the chin, with all his might. And it was pleasant too to have that chin, that hard jaw already slightly rough with beard, in his hands. He did not relax one hair's-breadth but, all the force of all his blood exulting in his thrust, he shoved back the head of the other man, till there was a little "cluck" and a crunching sensation. Then he felt as if his heart went to vapour. Heavy convulsions shook the body of the officer, frightening and horrifying the young soldier. Yet it pleased him too to repress them. It pleased him to keep his hands pressing back the chin, to feel the chest of the other man yield in expiration to the weight of his strong young knee, to feel the hard twitchings of the prostrate body jerking his own whole frame, which was pressed down on it.

But it went still. He could look into the nostrils of the other man, the eyes he could scarcely see. How curiously the mouth was pushed out, exaggerating the full lips, and

dann sah er, wie der dünne, starke Kehlkopf des älteren Mannes beim Trinken auf und ab hüpfte, der starke Kiefer arbeitete. Und der Instinkt, der an den Handgelenken des jungen Mannes gezerrt hatte, verschaffte sich plötzlich freie Bahn. Er sprang auf mit dem Gefühl, von einer starken Flamme entzwei gerissen zu werden.

Die Sporen des Offiziers verfingen sich in einer Baumwurzel, er krachte rückwärts zu Boden, seine Rückenmitte knallte mit einem widerlich dumpfen Ton gegen die scharfe Kante des Baumstumpfs, der Krug flog zur Seite. Und in Sekundenschnelle hatte der Bursche, mit ernstem, seriösem jungen Gesicht und der Unterlippe zwischen den Zähnen, das Knie auf dem Brustkorb des Offiziers und drückte dessen Kinn nach hinten zurück über die andere Kante des Baumstumpfs, drückte aus ganzem Herzen, eine leidenschaftliche Erleichterung verspürend, seine angespannten Handgelenke herrlich erlösend. Und mit den Handwurzeln schob er das Kinn zurück, mit seiner ganzen Kraft. Und es war auch eine Freude, dieses Kinn, diesen vom Bart schon leicht kratzenden Kiefer, in den Händen zu haben. Er ließ kein Haarbreit locker, sondern schob, da sein ganzes Blut mit aller Macht über seinen Vorstoß triumphierte, den Kopf des anderen Mannes zurück, bis es leicht »knack« machte und etwas knirschte. Dann hatte er das Gefühl, als ob sich sein Herz in Dunst auflöste. Schwere Zuckungen erschütterten den Körper des Offiziers, zum Schrecken und Entsetzen des jungen Soldaten. Doch er genoss es auch, diese zu unterdrücken. Er genoss es, weiter mit seinen Händen das Kinn zurückzudrücken, zu fühlen, wie der Brustkorb des anderen Mannes mit dem letzten Atemzug sich dem Gewicht seines starken, jungen Knies ergab, das starke Zittern des unterworfenen Körpers zu fühlen, das seinen eigenen Körper, dicht auf jenen gedrückt, zum Beben brachte.

Aber der Körper wurde ruhig. Der junge Mann konnte in die Nasenlöcher des anderen Mannes schauen, die Augen konnte er kaum sehen. Wie seltsam sich der Mund wölbte, so-

the moustache bristling up from them. Then, with a start, he noticed the nostrils gradually filled with blood. The red brimmed, hesitated, ran over, and went in a thin trickle down the face to the eyes.

It shocked and distressed him. Slowly, he got up. The body twitched and sprawled there inert. He stood and looked at it in silence. It was a pity *it* was broken. It represented more than the thing which had kicked and bullied him. He was afraid to look at the eyes. They were hideous now, only the whites showing, and the blood running to them. The face of the orderly was drawn with horror at the sight. Well, it was so. In his heart he was satisfied. He had hated the face of the captain. It was extinguished now. There was a heavy relief in the orderly's soul. That was as it should be. But he could not bear to see the long, military body lying broken over the tree-base, the fine fingers crisped. He wanted to hide it away.

Quickly, busily, he gathered it up and pushed it under the felled tree-trunks, which rested their beautiful smooth length either end on logs. The face was horrible with blood. He covered it with the helmet. Then he pushed the limbs straight and decent, and brushed the dead leaves off the fine cloth of the uniform. So, it lay quite still in the shadow under there. A little strip of sunshine ran along the breast, from a chink between the logs. The orderly sat by it for a few moments. Here his own life also ended.

Then, through his daze, he heard the lieutenant, in a loud voice, explaining to the men outside the wood that they were to suppose the bridge on the river below was held by the enemy. Now they were to march to the attack in such and such a manner. The lieutenant had no

dass die vollen Lippen noch stärker hervortraten, wie auch der borstige Schnurrbart darüber. Dann fuhr er zusammen, bemerkte er doch, wie sich die Nasenlöcher allmählich mit Blut füllten. Das Rot kam bis zum Rand, stockte, floss über und lief als dünnes Rinnsal über das Gesicht in die Augen.

Das quälte und entsetzte ihn. Langsam erhob er sich. Der Körper lag verzerrt und träge da. Schweigend schaute er ihn sich an. Wie schade, dass *das* da kaputt war. Es stand für mehr als das, was ihn schikaniert und getreten hatte. Er hatte Angst, die Augen anzuschauen. Die waren jetzt grässlich, nur ihr Weiß war zu sehen und das Blut, das in sie floss. Das Gesicht des Burschen verzerrte sich vor Entsetzen bei diesem Anblick. Dann war es eben so. In seinem Herzen war er zufrieden. Er hatte das Gesicht des Hauptmanns gehasst. Das war jetzt ausgelöscht. Eine starke Erleichterung machte sich in der Seele des Burschen breit. So sollte es auch sein. Aber er konnte ihn nicht ertragen, den Anblick der langen uniformierten Leiche, die erledigt über dem Baumstumpf lag, die feingliedrigen Finger gekrümmt. Er wollte sie verstecken.

Schnell und eifrig hob er sie auf und schob sie unter die gefällten Baumstämme, die glatt und lang und schön an beiden Enden auf Holzblöcken aufgebockt dalagen. Das Gesicht war vom Blut schrecklich entstellt. Er bedeckte es mit dem Helm. Dann zog er die Glieder gerade, gab ihnen eine würdige Haltung, und wischte das tote Laub vom feinen Tuch der Uniform. Somit lag der Leichnam ganz still im Schatten unter den Stämmen. Ein kleiner Streifen Sonne lief ihm über die Brust, durch eine Ritze zwischen den Klötzen. Der Ordonnanzbursche saß für kurze Zeit davor. Hier ging auch sein Leben zu Ende.

Dann hörte er durch seine Benommenheit den Oberleutnant, der mit lauter Stimme den Männern draußen vor dem Wald erklärte, sie sollten sich vorstellen, dass die Brücke über den Fluss dort unten vom Feind gehalten werde. Jetzt sollten sie auf die und die Art und Weise zum Angriff marschieren. Der Ober-

gift of expression. The orderly, listening from habit, got muddled. And when the lieutenant began it all again, he ceased to hear.

He knew he must go. He stood up. It surprised him that the leaves were glittering in the sun, and the chips of wood reflecting white from the ground. For him a change had come over the world. But for the rest it had not—all seemed the same. Only he had left it. And he could not go back.—It was his duty to return with the beer-pot and the bottle. He could not. He had left all that. The lieutenant was still hoarsely explaining. He must go, or they would overtake him. And he could not bear contact with anyone now.

He drew his fingers over his eyes, trying to find out where he was. Then he turned away. He saw the horse standing in the path. He went up to it and mounted. It hurt him to sit in the saddle. The pain of keeping his seat occupied him as they cantered through the wood. He would not have minded anything, but he could not get away from the sense of being divided from the others. The path led out of the trees. On the edge of the wood he pulled up and stood watching. There in the spacious sunshine of the valley soldiers were moving in a little swarm. Every now and then, a man harrowing on a strip of fallow shouted to his oxen, at the turn. The village and the white-towered church was small in the sunshine. And he no longer belonged to it—he sat there, beyond, like a man outside in the dark. He had gone out from everyday life into the unknown, and he could not, he even did not want to go back.

Turning from the sun-blazing valley, he rode deep into the wood. Tree-trunks, like people standing grey and still, took no notice as he went. A doe, herself a moving bit

leutnant verfügte über keinerlei Ausdrucksgabe. Der Bursche hörte aus Gewohnheit zu und geriet durcheinander. Als der Oberleutnant alles noch einmal von Anfang an wiederholte, hörte er nicht mehr hin.

Er wusste, er musste gehen. Er stand auf. Es überraschte ihn, dass die Blätter in der Sonne glitzerten und die Holzspäne weiß vom Boden aufblitzten. Für ihn war eine Veränderung über die Welt gekommen. Für den Rest aber nicht – alles schien wie immer. Nur er hatte sie verlassen. Und er konnte nicht zurückgehen. – Es war seine Pflicht, mit dem Bierkrug und der Flasche zurückzukehren. Er konnte es nicht. Er hatte all das verlassen. Der Oberleutnant gab immer noch mit heiserer Stimme Erklärungen. Er musste weg, sonst würden sie ihn einholen. Und er konnte jetzt keinen Kontakt mit irgendwem ertragen.

Er hielt die Hand über die Augen, weil er herausfinden wollte, wo er war. Dann wandte er sich zur Seite. Er sah das Pferd auf dem Pfad stehen. Er ging hin und bestieg es. Es tat ihm weh, sich in den Sattel zu setzen. Der Schmerz, sich im Sattel zu halten, nahm von ihm Besitz, als sie durch den Wald kanterten. Er hätte sich aus nichts etwas gemacht, aber er konnte sich des Gefühls nicht entledigen, von den andern getrennt zu sein. Der Pfad führte aus den Bäumen hinaus. Am Rande des Waldes zog er die Zügel fest an, blieb stehen und schaute. Dort, im ausgedehnten Sonnenschein des Tales, bewegten sich Soldaten in einer kleinen Schar. Von Zeit zu Zeit rief ein Mann, der eine Brachwiese eggte, seinen Ochsen vor der Kehre etwas zu. Das Dorf und die Kirche mit dem weißen Turm waren klein im Sonnenschein. Und er gehörte nicht mehr dazu – er saß da, weit weg, wie ein Mann draußen in der Dunkelheit. Er hatte sich vom alltäglichen Leben verabschiedet und war hinausgegangen in das Unbekannte, und er konnte, wollte nicht einmal mehr zurückkehren.

Er drehte dem sonnengleißenden Tal den Rücken zu und ritt tief in den Wald hinein. Die Baumstämme, die Menschen gleich still und grau dastanden, nahmen keinerlei Notiz von ihm. Eine

of sunshine and shadow, went running through the flecked shade. There were bright green rents in the foliage. Then it was all pine-wood, dark and cool. And he was sick with pain, he had an intolerable great pulse in his head, and he was sick. He had never been ill in his life. He felt lost, quite dazed with all this.

Trying to get down from the horse, he fell, astonished at the pain and his lack of balance. The horse shifted uneasily. He jerked its bridle and sent it cantering jerkily away. It was his last connection with the rest of things.

But he only wanted to lie down and not be disturbed. Stumbling through the trees, he came on a quiet place where beeches and pine trees grew on a slope. Immediately he had lain down and closed his eyes, his consciousness went racing on without him. A big pulse of sickness beat in him as if it throbbed through the whole earth. He was burning with dry heat. But he was too busy, too tearingly active in the incoherent race of delirium, to observe.

3.

He came to with a start. His mouth was dry and hard, his heart beat heavily, but he had not the energy to get up. His heart beat heavily. Where was he?—the barracks,—at home? There was something knocking. And, making an effort, he looked round—trees, and glitter of greenery, and reddish bright, still pieces of sunshine on the floor. He did not believe he was himself, he did not believe what he saw. Something was knocking. He made a struggle towards consciousness, but relapsed. Then he struggled again. And gradually his surroundings fell into relationship

Hirschkuh, selbst ein bewegliches Stückchen Sonne und Schatten, sprang flink durch den gesprenkelten Schatten. Im Laub taten sich strahlend grüne Spalten auf. Dann war rundum reiner Kiefernwald. Und ihm wurde schlecht vor Schmerzen, er hatte ein unerträgliches, starkes Klopfen im Kopf, und ihm wurde übel. Er war im ganzen Leben noch nicht krank gewesen. Er fühlte sich in alledem verloren, betäubt.

Als er vom Pferd steigen wollte, stürzte er, und er wunderte sich über die Schmerzen und das verlorene Gleichgewicht. Das Pferd trat ruhelos von einem Bein aufs andere. Er ruckte kurz am Zügel und schickte es fort, jäh galoppierte es davon. Das war seine letzte Verbindung zum Rest der Dinge.

Aber er wollte sich nur hinlegen, nicht gestört werden. Durch die Bäume stolpernd, gelangte er an einen ruhigen Ort, wo Buchen und Kiefern an einem Abhang wuchsen. Sofort, als er sich hingelegt und die Augen geschlossen hatte, raste sein Bewusstsein ohne ihn weiter. Ein starkes Gefühl von Übelkeit pochte in ihm, als ob es durch die ganze Erde hämmerte. Er verbrannte in der dörrenden Hitze. Aber er war zu beschäftigt, zu sehr befasst mit der diffusen Raserei des Deliriums, um darauf zu achten.

3.

Er kam ruckartig zu sich. Sein Mund war trocken und hart, und sein Herz schlug heftig, aber er hatte nicht die Kraft aufzustehen. Sein Herz schlug heftig. Wo war er? – In der Kaserne – zu Hause? Da klopfte etwas. Und unter Mühen schaute er sich um – Bäume und glitzerndes Grün und leuchtendes Rot, auf dem Boden noch immer sonnenbeschienene Flecken. Er glaubte nicht, dass er er selbst war, er glaubte nicht, was er sah. Etwas klopfte da. Er bemühte sich, zu Bewusstsein zu kommen, doch es gelang ihm nicht. Dann versuchte er es erneut. Und allmählich trat seine Umgebung in Beziehung zu

with himself. He knew, and a great pang of fear went through his heart. Somebody was knocking. He could see the heavy, black rags of a fir-tree overhead. Then everything went black. Yet he did not believe he had closed his eyes. He had not. Out of the blackness sight slowly emerged again. And someone was knocking. Quickly, he saw the blood-disfigured face of his captain, which he hated. And he held himself still with horror. Yet, deep inside him, he knew that it was so, the captain should be dead. But the physical delirium got hold of him. Someone was knocking. He lay perfectly still, as if dead, with fear. And he went unconscious.

When he opened his eyes again, he started, seeing something creeping swiftly up a tree-trunk. It was a little bird. And a bird was whistling overhead. Tap-tap-tap–it was the small, quick bird rapping the tree-trunk with its beak, as if its head were a little round hammer. He watched it curiously. It shifted sharply, in its creeping fashion. Then, like a mouse, it slid down the bare trunk. Its swift creeping sent a flash of revulsion through him. He raised his head. It felt a great weight. Then, the little bird ran out of the shadow across a still patch of sunshine, its little head bobbing swiftly, its white legs twinkling brightly for a moment. How neat it was in its build, so compact, with pieces of white on its wings. There were several of them. They were so pretty–but they crept like swift, erratic mice, running here and there among the beech-mast.

He lay down again exhausted, and his consciousness lapsed. He had a horror of the little creeping birds. All his blood seemed to be darting and creeping in his head. And yet he could not move.

ihm. Er wusste Bescheid, und ein starker Stich von Angst durchfuhr sein Herz. Jemand klopfte. Er konnte über sich die schweren, schwarzen Wedel einer Föhre sehen. Dann wurde alles schwarz. Doch er glaubte nicht, dass er die Augen geschlossen hatte. Das hatte er nicht. Aus dem Schwarz tauchte langsam wieder etwas Sichtbares auf. Und jemand klopfte. Sofort sah er das von Blut entstellte Gesicht seines Hauptmanns, das er hasste. Und er hielt sich still vor Entsetzen. Doch tief in seinem Innern wusste er, es war so, der Hauptmann musste tot sein. Aber das Delirium hatte seinen Körper im Griff. Jemand klopfte. Er lag völlig still, wie tot, vor Angst. Und er wurde bewusstlos.

Als er wieder die Augen öffnete, schreckte er zusammen, weil er etwas flink einen Baumstamm hinaufkriechen sah. Es war ein kleiner Vogel. Und ein Vogel flötete ganz oben. Tack-tack-tack – es war der kleine, flinke Vogel, der mit seinem Schnabel auf den Baumstamm einhackte, als wäre sein Kopf ein kleiner, runder Hammer. Er beobachtete ihn neugierig. Der Vogel bewegte sich behände, in seiner kriechenden Art und Weise. Dann glitt er, wie eine Maus, den glatten Stamm hinunter. Sein flinkes Kriechen ließ einen blitzartigen Anfall von Ekel über den Burschen kommen. Er hob den Kopf. Der fühlte sich so schwer an. Dann lief der kleine Vogel aus dem Schatten über einen kleinen, stillen Flecken Sonnenlicht, sein kleiner Kopf hüpfte flink auf und nieder, seine weißen Beine leuchteten hell für einen Moment. Wie trefflich sein Korper gebaut war, so stämmig, mit weißen Stellen auf den Flügeln. Da waren mehrere dieser Vögel. Sie waren so schön – aber wie flinke, irrende Mäuse krochen sie zwischen den Bucheckern hin und her.

Er legte sich wieder erschöpft hin, und sein Bewusstsein schwand. Er hatte einen Horror vor kleinen, kriechenden Vögeln. Sein ganzes Blut schien kriechend in seinen Kopf zu schießen. Und doch konnte er sich nicht bewegen.

He came to with a further ache of exhaustion. There was the pain in his head, and the horrible sickness, and his inability to move. He had never been ill in his life. He did not know where he was or what he was. Probably he had got sunstroke. Or what else?—he had silenced the captain for ever—some time ago—oh, a long time ago. There had been blood on his face, and his eyes had turned upwards. It was all right, somehow. It was peace. But now he had got beyond himself. He had never been here before. Was it life, or not-life? He was by himself. They were in a big, bright place, those others, and he was outside. The town, all the country, a big bright place of light: and he was outside, here, in the darkened open beyond, where each thing existed alone. But they would all have to come out there sometime, those others. Little, and left behind him, they all were. There had been father and mother and sweetheart. What did they all matter. This was the open land.

He sat up. Something scuffled. It was a little brown squirrel running in lovely, undulating bounds over the floor, its red tail completing the undulation of its body—and then, as it sat up, furling and unfurling. He watched it, pleased. It ran on again, friskily, enjoying itself. It flew wildly at another squirrel, and they were chasing each other, and making little scolding, chattering noises. The soldier wanted to speak to them. But only a hoarse sound came out of his throat. The squirrels burst away—they flew up the trees. And then he saw the one peeping round at him, half way up a tree-trunk. A start of fear went through him, though, in so far as he was conscious, he was amused. It still stayed, its little keen face staring at him half way up the tree-trunk, its little ears pricked up, its

Er kam zu sich, und wieder tat ihm alles weh vor Erschöpfung. Da waren die Schmerzen in seinem Kopf und die schreckliche Übelkeit und seine Unfähigkeit, sich zu bewegen. Er war im ganzen Leben noch nie krank gewesen. Er wusste nicht, wo er war und was er war. Wahrscheinlich hatte er einen Sonnenstich abbekommen. Oder was sonst? – Er hatte den Hauptmann für immer zum Schweigen gebracht – vor einiger Zeit – o ja, vor sehr langer Zeit. Blut war in seinem Gesicht gewesen, und seine Augen hatten sich nach oben verdreht. Das hatte schon irgendwie seine Richtigkeit. Das war Frieden. Aber jetzt war er weit über sich hinausgetreten. Hier war er noch nie gewesen. War es Leben oder Nicht-Leben? Er war ganz für sich. Sie waren an einem großen, hellen Ort, all die andern, und er war außen vor. Das Dorf, das ganze, weite Land, ein großer, heller Ort des Lichts: und er war hier draußen, außerhalb, hier im verdunkelten, offenen Dahinter, wo ein jedes Ding allein für sich existierte. Aber sie würden alle einmal dorthin kommen müssen, die andern. Klein und zurückgelassen waren sie alle. Das waren sie gewesen, sein Vater, seine Mutter und sein Schatz. Was spielten sie noch für eine Rolle. Dies war das offene Land.

Er richtete sich auf. Etwas raschelte. Es war ein kleines, braunes Eichhörnchen, das in schönen Bögen über den Boden hüpfte, der rote Schwanz die Bewegungen seines Körpers wogenartig vollendend – und dann, als es sich hinhockte, rollte er sich ein und wieder auf. Er sah ihm zu, voll Freude. Es lief wieder weiter, hüpfend, vergnügt. Es flog wild auf ein anderes Eichhörnchen zu, und sie jagten einander und machten kleine schimpfende, schnatternde Geräusche. Der Soldat wollte mit ihnen reden. Aber aus seiner Kehle kam nur ein Krächzen. Die Eichhörnchen stürzten davon – sie flogen die Bäume hinauf. Und dann sah er, wie das eine, auf halber Höhe des Baumstamms, ihn anlugte. Furcht durchfuhr ihn, so weit es sein Bewusstsein zuließ, war er jedoch auch belustigt. Es blieb dort, sein kleines, feines Gesicht starrte ihn von halber Höhe des Baums

clawey little hands clinging to the bark, its white breast reared. He started from it in panic.

Struggling to his feet, he lurched away. He went on walking, walking, looking for something—for a drink. His brain felt hot and inflamed for want of water. He stumbled on. Then he did not know anything. He went unconscious as he walked. Yet he stumbled on, his mouth open.

When, to his dumb wonder, he opened his eyes on the world again, he no longer tried to remember what it was. There was thick, golden light behind golden-green glitterings, and tall, grey-purple shafts, and darknesses further off, surrounding him, growing deeper. He was conscious of a sense of arrival. He was amid the reality, on the real, dark bottom. But there was the thirst burning in his brain. He felt lighter, not so heavy. He supposed it was newness. The air was muttering with thunder. He thought he was walking wonderfully swiftly and was coming straight to relief—or was it to water?

Suddenly he stood still with fear. There was a tremendous flare of gold, immense—just a few dark trunks like bars between him and it. All the young level wheat was burnished, gold glaring on its silky green. A woman, full-skirted, a black cloth on her head for head dress, was passing like a block of shadow through the glistering green corn, into the full glare. There was a farm, too, pale blue in shadow, and the timber black. And there was a church spire nearly fused away in the gold. The woman moved on, away from him. He had no language with which to speak to her. She was the bright, solid unreality. She would make a noise of words that would confuse him, and her eyes would look at him without seeing him. She was crossing there to the other side. He stood against a tree.

an, es hatte seine kleinen Ohren aufgestellt, seine klauenartigen kleinen Hände krallten sich in die Rinde, seine weiße Brust hochgereckt. Er floh vor ihm in Panik.

Mühsam auf die Beine gekommen, taumelte er davon. Er ging weiter, immer weiter, auf der Suche nach etwas – etwas zu trinken. Sein Hirn war wohl heiß und entzündet aus Wassermangel. Er stolperte weiter. Dann wusste er gar nichts mehr. Gehenden Fußes wurde er bewusstlos. Trotzdem stolperte er weiter, mit offenem Mund.

Als er mit stummem Staunen seine Augen wieder für die Welt öffnete, versuchte er nicht mehr, sich zu erinnern, was sie war. Da war dichtes, goldenes Licht hinter goldgrünem Glitzern und hohen, purpurgrauen Stämmen, und weiter weg Dunkelheit, tiefer werdend, ihn umgebend. Er spürte ein Gefühl der Ankunft. Er war inmitten der Wirklichkeit, auf dem wirklichen, dunklen Grund. Aber da brannte der Durst in seinem Hirn. Er fühlte sich leichter, nicht mehr so schwer. Er nahm an, das es wohl von der neuen Erfahrung kommen musste. In der Luft grollte der Donner. Er meinte, wunderbar flink zu gehen und direkt zur Erleichterung zu gelangen – oder war es zum Wasser?

Plötzlich blieb er voller Angst still stehen. Da war ein ungeheures Feuer aus Gold, unendlich – nur noch ein paar dunkle Stämme trennten ihn wie eine Schranke davon. Der ganze junge, glatte Weizen glänzte, leuchtete golden auf seinem seidigen Grün. Eine Frau im langen Rock, mit einem schwarzen Tuch als Kopfschmuck, ging wie ein massiver Schatten durch das glitzernde, grüne Korn ins volle, blendende Gleißen. Da war auch ein Bauernhof, blassblau im Schatten, und das Holz schwarz. Und da war ein Kirchturm, im Gold fast weggeschmolzen. Die Frau ging weiter, entfernte sich von ihm. Er hatte keine Sprache, in der er zu ihr sprechen konnte. Sie war die helle, feste Unwirklichkeit. Sie würde ein Geräusch aus Worten machen, das ihn verwirren würde, und ihre Augen würden ihn anschauen, ohne ihn zu sehen. Sie ging dort auf die andere Seite. Er lehnte sich an einen Baum.

When at last he turned, looking down the long, bare groove whose flat bed was already filling dark, he saw the mountains in a wonder-light, not far away, and radiant. Behind the soft, grey ridge of the nearest range the further mountains stood golden and pale grey, the snow all radiant like pure, soft gold. So still, gleaming in the sky, fashioned pure out of the ore of the sky, they shone in their silence. He stood and looked at them, his face illuminated. And like the golden, lustrous gleaming of the snow he felt his own thirst bright in him. He stood and gazed, leaning against a tree. And then everything slid away into space.

During the night the lightning fluttered perpetually, making the whole sky white. He must have walked again. The world hung livid around him for moments, fields a level sheen of grey-green light, trees in dark bulk, and a range of clouds black across a white sky. Then the darkness fell like a shutter, and the night was whole. A faint flutter of a half-revealed world, that could not quite leap out of the darkness!—Then there again stood a sweep of pallor for the land, dark shapes looming, a range of clouds hanging overhead. The world was a ghostly shadow, thrown for a moment upon the pure darkness, which returned ever whole and complete.

And the mere delirium of sickness and fever went on inside him—his brain opening and shutting like the night—then sometimes convulsions of terror from something with great eyes that stared round a tree—then the long agony of the march, and the sun decomposing his blood—then the pang of hate for the captain, followed by a pang of tenderness and ease. But everything was distorted, born of an ache and resolving into an ache.

Als er sich endlich umdrehte, den langen, nackten Graben hinunterblickte, dessen Bett sich bereits dunkel füllte, sah er die Berge in einem Wunderlicht, nicht weit entfernt und strahlend. Hinter der sanften, grauen Reihe der am nächsten liegenden Kette standen golden und blassgrau die ferneren Berge, der Schnee so glänzend wie reines, weiches Gold. So still, leuchtend am Himmel, gemacht aus dem reinen Erz des Himmels, glänzten sie in ihrem Schweigen. Er stand da und schaute sie an, sein Gesicht erleuchtet. Und wie das goldene, leuchtende Schimmern des Schnees fühlte er hell seinen eigenen Durst in sich. Er stand da und schaute, an einen Baum gelehnt. Und dann glitt alles davon in den weiten Raum.

In der Nacht flackerten die Blitze unaufhörlich und machte den ganzen Himmel weiß. Er musste wieder ein Stück gegangen sein. Für Augenblicke lag die Welt bleigrau um ihn, Felder ein ebener Schein von graugrünem Licht, Bäume eine dunkle Masse und eine Kette schwarzer Wolken quer über einen weißen Himmel. Dann fiel die Dunkelheit wie eine Klappe, und es war ganz Nacht. Ein schwaches Flattern einer halb enthüllten Welt, die nicht ganz aus der Dunkelheit entspringen konnte! – Dann stand da wieder ein blasser Streifen für das Land, dunkle Formen türmten sich drohend, droben hing eine Wolkenkette. Die Welt war ein gespenstischer Schatten, für einen Augenblick auf die reine Dunkelheit geworfen, die voll und ganz zurückkehrte.

Und das blanke Delirium der Übelkeit und des Fiebers tobte weiter in ihm – sein Hirn öffnete und schloss sich wie die Nacht – dann manchmal Krämpfe des Entsetzens, ausgelöst durch etwas, das mit großen Augen um einen Baum starrte – dann die lange Qual des Marsches, die Sonne, die sein Blut zersetzte – dann die stechende Anwandlung von Hass auf den Hauptmann, gefolgt von einer Anwandlung von Zartheit und Ruhe. Aber alles war verzerrt, aus einem Schmerz geboren und sich in einen Schmerz auflösend.

In the morning he came definitely awake. Then his brain flamed with the sole horror of thirstiness. The sun was on his face, the dew was steaming from his wet clothes. Like one possessed, he got up. There, straight in front of him, blue and cool and tender, the mountains ranged across the pale edge of the morning sky. He wanted them—he wanted them alone—he wanted to leave himself and be identified with them. They did not move, they were still and soft, with white, gentle markings of snow. He stood still, mad with suffering, his hands crisping and clutching. Then he was twisting in a paroxysm on the grass.

He lay still, in a kind of dream of anguish. His thirst seemed to have separated itself from him, and to stand apart, a single demand. Then the pain he felt was another single self. Then there was the clog of his body, another separate thing. He was divided among all kinds of separate beings. There was some strange, agonised connection between them, but they were drawing further apart. Then they would all split. The sun, drilling down on him, was drilling through the bond. Then they would all fall, fall through the everlasting lapse of space.

Then again his consciousness reasserted itself. He roused onto his elbow and stared at the gleaming mountains. There they ranked, all still and wonderful between earth and heaven. He stared till his eyes went black, and the mountains as they stood in their beauty, so clean and cool, seemed to have it, that which was lost in him.

4.

When the soldiers found him, three hours later, he was lying with his face over his arm, his black hair giving off

Am Morgen wurde er eindeutig wach. Und sein Hirn glühte vor entsetzlichem Durst. Die Sonne stand auf seinem Gesicht, der Tau dampfte von seiner nassen Kleidung. Wie ein Besessener stand er auf. Dort, direkt vor ihm, blau und kühl und zart, erstreckten sich die Berge über den fahlen Saum des Morgenhimmels. Er wollte sie – er wollte sie allein – er wollte sich verlassen, aus sich heraus und mit ihnen eins werden. Sie bewegten sich nicht, sie waren still und ruhig und weich, mit weißen, leichten Schneemalen. Er stand still, wahnsinnig vor Leiden, seine Hände knirschend, klammernd. Dann krümmte er sich in Krämpfen im Gras.

Er lag still, in einer Art qualvollem Traum. Sein Durst schien sich von ihm abgespalten zu haben und stand von ihm getrennt als selbstständiges Verlangen. Dann war der Schmerz, den er fühlte, ein anderes einzelnes Selbst. Dann war da der Klotz seines Körpers, ein weiteres getrenntes Ding für sich. Er war aufgespalten in viele getrennte Formen. Zwischen diesen bestand zwar eine seltsame, qualvolle Verbindung, aber sie trieben immer weiter auseinander. Dann trennten sie sich alle. Die Sonne, die auf ihn niederstach, durchbohrte das gemeinsame Band. Dann fielen sie alle, fielen durch das immerwährende Dahingleiten des Raumes.

Noch einmal behauptete sich dann sein Bewusstsein. Er stützte sich auf den Ellenbogen und schaute auf die schimmernden Berge. Dort standen sie in einer Reihe, ganz still und wundervoll zwischen Erde und Himmel. Er schaute, bis ihm schwarz vor Augen wurde, und die Berge, wie sie da in ihrer Schönheit so rein und kühl standen, schienen das zu haben, was in ihm verloren war.

4.

Als die Soldaten ihn drei Stunden später fanden, lag er da, mit dem Kopf auf dem Arm, sein schwarzes Haar gab Hitze ab un-

heat under the sun. But he was still alive. Seeing the open, black mouth the young soldiers dropped him in horror.

He died in the hospital at night, without having seen again.

The doctors saw the bruises on his legs, behind, and were silent.

The bodies of the two men lay together, side by side, in the mortuary, the one white and slender, but laid rigidly at rest, the other looking as if every moment it must rouse into life again, so young and unused, from a slumber.

ter der Sonne. Aber er lebte noch. Beim Anblick des offenen, schwarzen Mundes ließen ihn die jungen Soldaten vor Entsetzen fallen.

Er starb nachts im Krankenhaus, ohne noch einmal gesehen zu haben.

Die Ärzte sahen die Blutergüsse hinten auf seinen Beinen und sagten kein einziges Wort.

Die Leichen der beiden Männer lagen im Schauhaus nebeneinander, die eine weiß und schlank, aber steif zur Ruhe gebettet, die andere sah so aus, als müsste sie jeden Augenblick, so jung und unverbraucht, aus einem Schlummer wieder zum Leben erwachen.

Virginia Woolf

Kew Gardens

From the oval-shaped flower-bed there rose perhaps a hundred stalks spreading into heart-shaped or tongue-shaped leaves halfway up and unfurling at the tip red or blue or yellow petals marked with spots of colour raised upon the surface; and from the red, blue or yellow gloom of the throat emerged a straight bar, rough with gold dust and slightly clubbed at the end. The petals were voluminous enough to be stirred by the summer breeze, and when they moved, the red, blue and yellow lights passed one over the other, staining an inch of the brown earth beneath with a spot of the moist intricate colour. The light fell either upon the smooth, grey back of a pebble, or the shell of a snail with its brown, circular veins, or, falling into a raindrop, it expanded with such intensity of red, blue and yellow the thin walls of water that one expected them to burst and disappear. Instead, the drop was left in a second silver grey once more, and the light now settled upon the flesh of a leaf, revealing the branching thread of fibre beneath the surface, and again it moved on and spread its illumination in the vast green spaces beneath the dome of the heart-shaped and tongue-shaped leaves. Then the breeze stirred rather more briskly overhead and the colour was flashed into the air above, into the eyes of the men and women who walk in Kew Gardens in July.

The figures of these men and women straggled past the flower-bed with a curiously irregular movement not unlike that of the white and blue butterflies who crossed

Virginia Woolf

Kew Gardens

Aus dem ovalen Blumenbeet reckten sich etwa an die hundert Stängel, um sich auf halber Höhe in herz- oder zungenförmige Blumenblätter zu verstreben und sich an der Spitze in rote oder blaue oder gelbe Blütenblätter zu entrollen, die an ihrer Oberfläche von erhöhten Farbtupfern gezeichnet waren; und aus dem roten, blauen oder gelben Dunkel des Halses ragte ein gerader Sporn, rau von Goldstaub und an seinem Ende leicht wulstig. Die Blütenblätter waren üppig genug, um in der Sommerbrise zu erzittern, und wenn sie sich bewegten, dann flirrten eins über dem anderen die roten, blauen und gelben Lichter, betupften einen Zoll der braunen Erde unter ihnen mit einem Fleck von ungemein komplexer Farbe. Das Licht fiel entweder auf den glatten grauen Rücken eines Kiesels oder auf das Haus einer Schnecke mit ihren braunen rund umlaufenden Rillen, oder, wenn es in einen Regentropfen fiel, blähte es mit einer solchen Intensität von Rot, Blau und Gelb die dünnen Wasserwändchen auf, dass man darauf gefasst war, sie zerplatzen und verschwinden zu sehen. Stattdessen aber wurde der Tropfen in Sekundenschnelle wieder silbergrau, und das Licht sammelte sich jetzt auf dem Fleisch eines Blattes, und enthüllte unter der Oberfläche das verästelte Blattgeader, und wieder bewegte es sich fort und streute seinen Glanz auf die unermesslich grünen Räume unter dem Gewölbe der herz- und zungenförmigen Blätter. Dann fuhr die Brise eher etwas schärfer darüber hin und die Farbe wurde blitzschnell in die Luft darüber geworfen, in die Augen der Männer und Frauen, die im Juli in Kew Gardens spazieren gehen.

Die Gestalten dieser Männer und Frauen schwirrten an dem Blumenbeet mit einer sonderlich ungleichmäßigen Bewegung entlang, nicht unähnlich der Bewegung der weißen und

the turf in zig-zag flights from bed to bed. The man was about six inches in front of the woman, strolling carelessly, while she bore on with greater purpose, only turning her head now and then to see that the children were not too far behind. The man kept this distance in front of the woman purposely, though perhaps unconsciously, for he wished to go on with his thoughts.

'Fifteen years ago I came here with Lily,' he thought. 'We sat somewhere over there by a lake and I begged her to marry me all through the hot afternoon. How the dragonfly kept circling round us: how clearly I see the dragonfly and her shoe with the square silver buckle at the toe. All the time I spoke I saw her shoe and when it moved impatiently I knew without looking up what she was going to say: the whole of her seemed to be in her shoe. And my love, my desire, were in the dragonfly; for some reason I thought that if it settled there, on that leaf, the broad one with the red flower in the middle of it, if the dragonfly settled on the leaf she would say "Yes" at once. But the dragonfly went round and round: it never settled anywhere—of course not, happily not, or I shouldn't be walking here with Eleanor and the children. Tell me, Eleanor. D'you ever think of the past?'

'Why do you ask, Simon?'

'Because I've been thinking of the past. I've been thinking of Lily, the woman I might have married. ... Well, why are you silent? Do you mind my thinking of the past?'

'Why should I mind, Simon? Doesn't one always think of the past, in a garden with men and women lying under the trees? Aren't they one's past, all that remains of it,

blauen Schmetterlinge, die in Zickzackflügen von Beet zu Beet über den Rasen schwebten. Der Mann ging etwa sechs Zoll vor der Frau her, unbekümmert herumschlendernd, während sie zielbewusster ausschritt, sich ab und an umwendend, um zu sehen, ob die Kinder nicht zu weit zurückblieben. Der Mann wahrte seinen Abstand von der Frau zielstrebig, wenn auch vielleicht unbewusst, denn er wollte weiter seinen Gedanken nachgehen.

»Vor fünfzehn Jahren bin ich mit Lily hergekommen«, dachte er. »Irgendwo da drüben am Teich haben wir gesessen, und ich habe sie den ganzen heißen Nachmittag lang angefleht, mich zu heiraten. Wie die Libelle uns unentwegt umkreist hat: wie deutlich ich die Libelle sehe und Lilys Schuh mit der viereckigen Silberschnalle am Zeh. Die ganze Zeit, während ich redete, schaute ich auf ihren Schuh, und wenn er sich ungeduldig bewegte, wusste ich ohne aufzusehen, was sie sagen würde: ihr ganzes Wesen schien in ihrem Schuh zu stecken. Und meine Liebe, mein Begehren, steckten in der Libelle; aus irgendeinem Grund dachte ich, ließe sie sich da auf diesem Blatt, dem breiten mit der roten Blüte in der Mitte, ließe sich die Libelle auf dem Blatt nieder, würde sie sogleich »Ja« sagen. Doch die Libelle kreiste und kreiste: sie ließ sich niemals irgendwo nieder – natürlich nicht, glücklicherweise nicht, sonst würde ich hier nicht mit Eleanor und den Kindern spazieren gehen – Sag mal, Eleanor, denkst du jemals an die Vergangenheit?«

»Warum fragst du, Simon?«

»Weil ich gerade an die Vergangenheit gedacht habe. Ich habe gerade an Lily gedacht, die Frau, die ich fast geheiratet hätte ... Na, warum schweigst du? Hast du etwas dagegen, dass ich an die Vergangenheit denke?«

»Warum sollte ich etwas dagegen haben, Simon? Denkt man nicht immer an die Vergangenheit, in einem Garten, in dem Männer und Frauen unter den Bäumen liegen? Sind sie nicht

those men and women, those ghosts lying under the trees, ... one's happiness, one's reality?'

'For me, a square silver shoe buckle and a dragonfly–'

'For me, a kiss. Imagine six little girls sitting before their easels twenty years ago, down by the side of a lake, painting the water-lilies, the first red water-lilies I'd ever seen. And suddenly a kiss, there on the back of my neck. And my hand shook all the afternoon so that I couldn't paint. I took out my watch and marked the hour when I would allow myself to think of the kiss for five minutes only–it was so precious–the kiss of an old grey-haired woman with a wart on her nose, the mother of all my kisses all my life. Come, Caroline, come, Hubert.'

They walked on past the flower-bed, now walking four abreast, and soon diminished in size among the trees and looked half transparent as the sunlight and shade swam over their backs in large trembling irregular patches.

In the oval flower-bed the snail, whose shell had been stained red, blue and yellow for the space of two minutes or so, now appeared to be moving very slightly in its shell, and next began to labour over the crumbs of loose earth which broke away and rolled down as it passed over them. It appeared to have a definite goal in front of it, differing in this respect from the singular high stepping angular green insect who attempted to cross in front of it, and waited for a second with its antennae trembling as if in deliberation, and then stepped off as rapidly and strangely in the opposite direction. Brown cliffs with deep green lakes in the hollows, flat, blade-like trees that waved from root to tip, round boulders of grey stone, vast crumpled surfaces of a thin crackling texture–

unsere Vergangenheit, alles was davon übrig bleibt, diese Männer und Frauen, diese Geister, unter den Bäumen liegend … eines jeden Glück, eines jeden Wirklichkeit?«

»Für mich, eine viereckige Schuhschnalle und eine Libelle –«

»Für mich, ein Kuss. Stell dir sechs kleine Mädchen vor, wie sie vor zwanzig Jahren hinter ihren Staffeleien sitzen, da unten am Ufer des Teichs und die Seerosen malen, die ersten roten Seerosen, die ich je gesehen hatte. Und plötzlich ein Kuss, da hinten auf meinem Hals. Und den ganzen Nachmittag bebte meine Hand so, dass ich nicht malen konnte. Ich habe meine Uhr vorgezogen und die Stunde festgelegt, in der ich es mir erlauben könnte, nur für fünf Minuten, an den Kuss zu denken – er war so kostbar – der Kuss einer alten grauhaarigen Frau mit einer Warze auf der Nase, der Mutter aller Küsse meines Lebens. Komm Caroline, komm Hubert.«

Sie gingen weiter an dem Blumenbeet entlang, jetzt zu viert nebeneinander, und gleich wurden sie zwischen den Bäumen kleiner und sahen zur Hälfte durchsichtig aus, als das Sonnenlicht und der Schatten über ihre Rücken in großen zitternden unregelmäßigen Flecken glitt.

In dem ovalen Blumenbeet schien sich die Schnecke, deren Haus für die Spanne von etwa zwei Minuten rot, blau und gelb gefleckt war, jetzt sehr sachte in ihrem Haus zu regen, und sie begann sich als nächstes über die Krumen lockerer Erde vorzuarbeiten, die abbröckelten und, während sie darüber hinzog, herunterrollten. Sie schien ein bestimmtes Ziel vor sich zu haben, im Unterschied zu dem eigentümlich stelzenden steifen grünen Insekt, das versuchte, vor ihr hinüberzukommen, und mit zitternden Fühlern eine Sekunde innehielt, als ob es mit sich zu Rate gehen müsse, und dann so eilig und eigenartig in die entgegengesetzte Richtung davonstelzte. Braune Klippen mit dunkelgrünen Seen in den Mulden, flache klingenscharfe Bäume, die sich von der Wurzel bis zur Spitze wiegten, runde Findlinge aus grauem Gestein, riesenhafte durchfurchte Flächen von einer

all these objects lay across the snail's progress between one stalk and another to his goal. Before he had decided whether to circumvent the arched tent of a dead leaf or to breast it there came past the bed the feet of other human beings.

This time they were both men. The younger of the two wore an expression of perhaps unnatural calm; he raised his eyes and fixed them very steadily in front of him while his companion spoke, and directly his companion had done speaking he looked on the ground again and sometimes opened his lips only after a long pause and sometimes did not open them at all. The elder man had a curiously uneven and shaky method of walking, jerking his hand forward and throwing up his head abruptly, rather in the manner of an impatient carriage horse tired of waiting outside a house; but in the man these gestures were irresolute and pointless. He talked almost incessantly; he smiled to himself and again began to talk, as if the smile had been an answer. He was talking about spirits–the spirits of the dead, who, according to him, were even now telling him all sorts of odd things about their experiences in Heaven.

'Heaven was known to the ancients as Thessaly, William, and now, with this war, the spirit matter is rolling between the hills like thunder.' He paused, seemed to listen, smiled, jerked his head and continued:

'You have a small electric battery and a piece of rubber to insulate the wire–isolate?–insulate?–well, we'll skip the details, no good going into details that wouldn't be understood–and in short the little machine stands in any convenient position by the head of the bed, we will say, on a neat mahogany stand. All arrangements being properly fixed by workmen under my direction, the

feinen knisternden Textur – all diese Dinge lagen der Schnecke bei ihrem Fortkommen von einem Stängel zum andern im Weg, bis zu ihrem Ziel. Bevor sie entschieden hatte, ob sie dem gewölbten Zeltdach eines toten Blattes ausweichen oder es angehen sollte, erschienen neben dem Beet die Füße anderer menschlicher Wesen.

Dieses Mal waren beide Männer. Der Jüngere von beiden drückte eine vielleicht unnatürliche Gelassenheit aus; er hob den Blick und richtete ihn völlig unbewegt vor sich hin, während sein Begleiter redete, und wenn sein Begleiter zu reden aufhörte, blickte er sogleich wieder zu Boden, und manchmal öffnete er die Lippen, nur nach einer langen Pause, und manchmal öffnete er sie überhaupt nicht. Der ältere Mann hatte eine komisch ungleichmäßige und wackelige Art zu gehen, die Hand vorwärtsschleudernd und den Kopf abrupt nach oben werfend, so wie ein ungeduldiges Kutschpferd, das es satt hat, draußen vor dem Haus zu warten; doch bei diesem Mann waren diese Gebärden unschlüssig und nichtssagend. Er redete nahezu unausgesetzt; er lächelte vor sich hin und fing wieder an zu reden, als ob das Lächeln eine Antwort gewesen wäre. Er sprach über Geister – die Geister der Verstorbenen, die ihm, wie er meinte, in eben diesem Moment alle Arten seltsamer Sachen über ihre Erfahrungen im Himmel erzählten.

»Der Himmel, William, das war für die Alten Thessalien, und jetzt, mit diesem Krieg, da rollt die geistige Substanz wie Donner zwischen den Hügeln.« Er hielt inne, schien aufzuhorchen, lächelte, schleuderte seinen Kopf hoch und redete weiter: –

»Da hätten wir eine kleine elektrische Batterie und ein Stück Gummi, um den Draht zu isolieren – insulieren? – isolieren? – nun gut, die Details schenken wir uns, es ist zwecklos, in die Details zu gehen, das würde unverständlich – also kurz gesagt, dieser kleine Apparat steht an einer geeigneten Stelle am Kopfende des Bettes, sagen wir, auf einem hübschen Mahagonitischchen. Alle Vorrichtungen sind unter meiner Leitung von den Hand-

widow applies her ear and summons the spirit by sign as agreed. Women! Widows! Women in black–'

Here he seemed to have caught sight of a woman's dress in the distance, which in the shade looked a purple black. He took off his hat, placed his hand upon his heart, and hurried towards her muttering and gesticulating feverishly. But William caught him by the sleeve and touched a flower with the tip of his walking-stick in order to divert the old man's attention. After looking at it for a moment in some confusion the old man bent his ear to it and seemed to answer a voice speaking from it, for he began talking about the forests of Uruguay which he had visited hundreds of years ago in company with the most beautiful young woman in Europe. He could be heard murmuring about forests of Uruguay blanketed with the wax petals of tropical roses, nightingales, sea beaches, mermaids, and women drowned at sea, as he suffered himself to be moved on by William, upon whose face the look of stoical patience grew slowly deeper and deeper.

Following his steps so closely as to be slightly puzzled by his gestures came two elderly women of the lower middle class, one stout and ponderous, the other rosy cheeked and nimble. Like most people of their station they were frankly fascinated by any signs of eccentricity betokening a disordered brain, especially in the well-to-do; but they were too far off to be certain whether the gestures were merely eccentric or genuinely mad. After they had scrutinized the old man's back in silence for a moment and given each other a queer, sly look, they went on energetically piecing together their very complicated dialogue:

werkern fein säuberlich eingestellt, die Witwe legt ihr Ohr daran und ruft wie vereinbart durch ein Zeichen den Geist herbei. Weiber! Witwen! Weiber in Schwarz –«

Jetzt erst schien er in der Ferne ein Frauenkleid erspäht zu haben, das im Schatten violett-schwarz aussah. Er nahm seinen Hut ab, legte die eine Hand auf sein Herz, und rannte murmelnd und fieberhaft gestikulierend auf sie zu. Aber William packte ihn am Ärmel und streifte mit der Spitze seines Spazierstocks eine Blume, um die Aufmerksamkeit des alten Mannes abzulenken. Nachdem der alte Mann sie in ziemlicher Verwirrung einen Augenblick betrachtet hatte, neigte er sein Ohr zu ihr hinunter und schien einer aus ihr sprechenden Stimme zu antworten, denn er fing an, über die Wälder von Uruguay zu reden, die er vor Hunderten von Jahren in Begleitung der schönsten jungen Frau in ganz Europa besucht hatte. Man konnte ihn von uruguayischen Wäldern murmeln hören, übersät von den Wachsblättern tropischer Rosen, von Nachtigallen, Meeresstränden, Seejungfrauen und Frauen, die im Meer ertrunken waren, während er sich von William weiterziehen ließ, auf dessen Gesicht sich der Ausdruck stoischer Geduld langsam vertiefte.

Seinen Schritten so dicht folgend, dass sie von seinen Gestikulationen einigermaßen verwirrt wurden, kamen zwei ältliche Frauen aus der unteren Mittelschicht des Weges, die eine massig und schwerfällig, die andere rosenwangig und behände. Wie die meisten Menschen ihrer Klasse waren sie von jedwedem Anzeichen von Exzentrizität, das auf einen verwirrten Geist hindeutete, rückhaltlos begeistert, besonders bei den Wohlhabenden; aber sie waren zu weit entfernt, um sicher zu sein, ob die Gestikulationen bloß exzentrisch waren oder echt verrückt. Nachdem sie einen Augenblick lang den Rücken des alten Mannes stillschweigend geprüft hatten und sich einen seltsamen verstohlenen Blick zugeworfen hatten, schritten sie energisch weiter und stückelten ihren ungemein komplizierten Dialog zusammen:

'Nell, Bert, Lot, Cess, Phil, Pa, he says, I says, she says, I says, I says–'

'My Bert, Sis, Bill, Grandad, the old man, sugar,
Sugar, flour, kippers, greens,
Sugar, sugar, sugar.'

The ponderous woman looked through the pattern of falling words at the flowers standing cool, firm, and upright in the earth, with a curious expression. She saw them as a sleeper waking from a heavy sleep sees a brass candlestick reflecting the light in an unfamiliar way, and closes his eyes and opens them, and seeing the brass candlestick again, finally starts broad awake and stares at the candlestick with all his powers. So the heavy woman came to a standstill opposite the oval-shaped flower bed, and ceased even to pretend to listen to what the other woman was saying. She stood there letting the words fall over her, swaying the top part of her body slowly back wards and forwards, looking at the flowers. Then she suggested that they should find a seat and have their tea.

The snail had now considered every possible method of reaching his goal without going round the dead leaf or climbing over it. Let alone the effort needed for climbing a leaf, he was doubtful whether the thin texture which vibrated with such an alarming crackle when touched even by the tip of his horns would bear his weight; and this determined him finally to creep beneath it, for there was a point where the leaf curved high enough from the ground to admit him. He had just inserted his head in the opening and was taking stock of the high brown roof and was getting used to the cool brown light when two other people came past outside on the turf. This time they were both young, a young man and a young woman. They were both in the prime of youth, or even in that season which precedes the prime of youth, the season before

»Nell, Bert, Lot, Cess, Phil, Pa, sagt er, sag ich, sagt sie, sag ich, sag ich, sag ich –«

»Mein Bert, Sis, Bill, Opapa, der alte Mann, Zucker,
Zucker, Mehl, Bücklinge, Grünzeug,
Zucker, Zucker, Zucker.«

Die Massige sah mit einem merkwürdigen Gesichtsausdruck durch das Muster herabrieselnder Worte auf die Blumen, die kühl, fest und aufrecht in der Erde standen. Sie sah sie an wie ein Schläfer, der aus einem schweren Schlaf erwacht, einen Messingleuchter ansieht, der das Licht auf ungewöhnliche Weise reflektiert, und dann seine Augen schließt, sie öffnet, und als er wieder den Messingleuchter sieht, schließlich hellwach zu werden beginnt und den Leuchter aus Leibeskräften anstarrt. So kam die schwere Frau dem ovalen Blumenbeet gegenüber zum Stillstand und gab auch nicht weiter vor, dem was die andere redete zuzuhören. Sie stand da, ließ die Worte an sich herabrieseln und wiegte den Oberkörper vor und zurück, während sie die Blumen betrachtete. Dann schlug sie vor, dass sie eine Sitzgelegenheit suchen und ihren Tee nehmen sollten.

Die Schnecke hatte nun jedwede Möglichkeit überdacht, ihr Ziel zu erreichen, ohne rund um das Blatt kriechen oder es übersteigen zu müssen. Abgesehen von der erforderlichen Anstrengung, ein Blatt zu übersteigen, zweifelte sie, ob die feine Textur des Blattes, das schon, wenn es von der Spitze ihrer Fühler berührt wurde, mit einem derartig alarmierenden Geknister erzitterte, ihr Gewicht aushalten würde; und das bewog sie schließlich, unten hindurchzukriechen, denn da war eine Stelle, an der das Blatt hoch genug vom Boden abgehoben war, um dies zuzulassen. Gerade hatte sie ihren Kopf in die Öffnung gesteckt und hatte das hohe braune Dach in Augenschein genommen und gewöhnte sich an das kühle braune Licht, als zwei weitere Menschen draußen auf dem Rasen vorbeikamen. Dieses Mal waren beide jung, ein junger Mann und eine junge Frau. Sie standen beide in der Blüte ihrer Jugend oder sogar in der Zeit,

the smooth pink folds of the flower have burst their gummy case, when the wings of the butterfly, though fully grown, are motionless in the sun.

'Lucky it isn't Friday,' he observed.

'Why? D'you believe in luck?'

'They make you pay sixpence on Friday.'

'What's sixpence anyway? Isn't it worth sixpence?'

'What's "it"—what do you mean by "it"?'

'O, anything—I mean—you know what I mean.'

Long pauses came between each of these remarks; they were uttered in toneless and monotonous voices. The couple stood still on the edge of the flower-bed, and together pressed the end of her parasol deep down into the soft earth. The action and the fact that his hand rested on the top of hers expressed their feelings in a strange way, as these short insignificant words also expressed something, words with short wings for their heavy body of meaning, inadequate to carry them far and thus alighting awkwardly upon the very common objects that surrounded them, and were to their inexperienced touch so massive; but who knows (so they thought as they pressed the parasol into the earth) what precipices aren't concealed in them, or what slopes of ice don't shine in the sun on the other side? Who knows? Who has ever seen this before? Even when she wondered what sort of tea they gave you at Kew, be felt that something loomed up behind her words, and stood vast and solid behind them; and the mist very slowly rose and uncovered—O, Heavens, what were those shapes?—little white tables, and waitresses who looked first at her and then at him; and there was a bill that he would pay with a real two shilling piece, and it was real, all real, he assured himself, finger-

die der Jugendblüte vorausgeht, der Zeit, bevor die glatten blassrosa Falten der Blume ihre klebrige Kapsel gesprengt haben, wenn die Flügel des Schmetterlings, obgleich vollkommen ausgewachsen, sich reglos in der Sonne halten.

»Zum Glück ist heute nicht Freitag«, bemerkte er.

»Wieso? Glaubste an Glück?«

»Freitags muss man einen Sixpence blechen.«

»Was is denn schon ein Sixpence? Ist es keinen Sixpence wert?«

»Was heißt ›es‹ – was meinste mit ›es‹?«

»Och irgendwas – ich mein – du weißt schon, was ich mein.«

Lange Pausen traten zwischen diese Äußerungen: vorgebracht von tonlosen und monotonen Stimmen. Das Paar stand still am Rand des Blumenbeets, und gemeinsam drückten sie die Spitze ihres Sonnenschirms tief in die weiche Erde. Der Vorgang sowie die Tatsache, dass seine Hand oben auf der ihren ruhte, drückten auf sonderbare Weise ihre Gefühle aus, so wie diese kurzen bedeutungslosen Wörter auch irgendetwas ausdrückten, Wörter mit kurzen Flügeln, gemessen an ihrem schweren Bedeutungskörper, unzureichend um sie weit zu tragen, und so landeten sie täppisch auf den ganz gewöhnlichen Dingen, die sie umgaben und die für ihre unerfahrene Berührung zu klobig waren: aber wer weiß (so dachten sie, als sie den Sonnenschirm in die Erde drückten), was für jähe Abgründe nicht in ihnen verborgen waren, oder welche Eishänge auf der anderen Seite glitzerten? Wer weiß? Wer hat dies je zuvor gesehen? Selbst wenn sie gern wissen wollte, was man in Kew wohl für einen Tee bekäme, spürte er, dass hinter ihren Worten etwas aufschimmerte und unermesslich und fest hinter ihnen stand; und sehr langsam hob sich der Nebel und enthüllte – Ach du lieber Himmel – was waren das für Gebilde? – kleine weiße Tischchen, und Kellnerinnen, die zuerst sie anschauten und dann ihn; und da war eine Rechnung, die er mit einem wirklichen Zweischillingstück bezahlen würde, und es war wirklich,

ing the coin in his pocket, real to everyone except to him and to her; even to him it began to seem real; and then—but it was too exciting to stand and think any longer, and he pulled the parasol out of the earth with a jerk and was impatient to find the place where one had tea with other people, like other people.

'Come along, Trissie; it's time we had our tea.'

'Wherever does one have one's tea?' she asked with the oddest thrill of excitement in her voice, looking vaguely round and letting herself be drawn on down the grass path, trailing her parasol, turning her head this way and that way forgetting her tea, wishing to go down there and then down there, remembering orchids and cranes among wild flowers, a Chinese pagoda and a crimson crested bird; but he bore her on.

Thus one couple after another with much the same irregular and aimless movement passed the flower-bed and were enveloped in layer after layer of green blue vapour, in which at first their bodies had substance and a dash of colour, but later both substance and colour dissolved in the green-blue atmosphere. How hot it was! So hot that even the thrush chose to hop, like a mechanical bird, in the shadow of the flowers, with long pauses between one movement and the next; instead of rambling vaguely the white butterflies danced one above another, making with their white shifting flakes the outline of a shattered marble column above the tallest flowers; the glass roofs of the palm house shone as if a whole market full of shiny green umbrellas had opened in the sun; and in the drone of the aeroplane the voice of the summer sky murmured its fierce soul. Yellow and black,

ganz wirklich, dessen vergewisserte er sich, indem er mit der Münze in seiner Tasche spielte, wirklich für alle, außer für ihn und für sie; selbst für ihn schien es wirklich zu werden; und dann – aber es war zu aufregend, so dazustehen und weiter nachzudenken, und mit einem Ruck zog er den Sonnenschirm aus der Erde und hielt ungeduldig nach dem Ort Ausschau, an dem man mit anderen Menschen, wie andere Menschen, Tee trinken konnte.

»Komm jetzt, Trissie; höchste Zeit für unseren Tee.«

»Wo in aller Welt trinkt man denn seinen Tee?« fragte sie mit einem höchst sonderlich erregten Beben in der Stimme, während sie vage um sich schaute und sich weiter den Wiesenweg hinunterschleppen ließ, den Sonnenschirm hinter sich her ziehend, den Kopf dahin und dorthin drehend, ihren Tee vergessend, dahinüber und dorthinüber laufen wollend, sich an Orchideen und Kraniche zwischen wilden Blumen erinnernd, an eine chinesische Pagode und an einen Vogel mit karmesinroter Haube; doch er zog sie fort.

In dieser Weise zog ein Paar nach dem anderen mit genau derselben ungleichmäßigen und ziellosen Bewegung an dem Blumenbeet vorüber und wurde Schicht um Schicht in grünblauen Dunst gehüllt, in dem zunächst ihre Körper Substanz und einen Schuss Farbe hatten, doch später lösten sich beide, Substanz und Farbe, in der grünblauen Atmosphäre auf. Wie heiß es war! So heiß, dass sogar die Drossel zu hüpfen beschloss, ein mechanischer Vogel im Schatten der Blumen, mit langen Pausen zwischen einer Bewegung und der nächsten; anstatt unbestimmt umherzuschweifen, tanzten die weißen Schmetterlinge übereinander und ließen mit ihren weißen, sich hierhin und dahin verschiebenden Flocken über den höchsten Blumen die Kontur einer zerschlagenen Marmorsäule entstehen; die Glasdächer des Palmenhauses leuchteten, als ob sich in der Sonne ein ganzer Marktplatz voller glänzend grüner Schirme aufgetan hätte; und in das Dröhnen des Flugzeugs hinein mur-

pink and snow white, shapes of all these colours, men, women, and children were spotted for a second upon the horizon, and then, seeing the breadth of yellow that lay upon the grass, they wavered and sought shade beneath the trees, dissolving like drops of water in the yellow and green atmosphere, staining it faintly with red and blue.

It seemed as if all gross and heavy bodies had sunk down in the heat motionless and lay huddled upon the ground, but their voices went wavering from them as if they were flames lolling from the thick waxen bodies of candles. Voices. Yes, voices. Wordless voices, breaking the silence suddenly with such depth of contentment, such passion of desire, or, in the voices of children, such freshness of surprise; breaking the silence? But there was no silence; all the time the motor omnibuses were turning their wheels and changing their gear; like a vast nest of Chinese boxes all of wrought steel turning ceaselessly one within another the city murmured; on the top of which the voices cried aloud and the petals of myriads of flowers flashed their colours into the air.

melte die Stimme des Sommerhimmels wild und inbrünstig. Gelb und schwarz, rosarot und schneeweiß, Gestalten in all diesen Farben, Männer, Frauen und Kinder, wurden sekundenlang an den Horizont getupft, und dann, als sie die Fülle von Gelb, die über dem Gras lag, sahen, taumelten sie und suchten Schatten unter den Bäumen, lösten sich in der gelben und grünen Atmosphäre wie Wassertropfen auf, färbten sie zaghaft mit Rot und Blau.

Es schien, als seien alle plumpen und schweren Körper in der Hitze reglos niedergesunken und lägen ineinander verknäult auf dem Boden, aber ihre Stimmen kamen taumelnd aus ihnen hervor, als ob sie Flammen wären, die den dicken Wachskörpern der Kerze entführen. Stimmen, ja, Stimmen, wortlose Stimmen, die plötzlich die Stille mit einer solch tiefen Befriedigung durchbrachen, solch einer Leidenschaft des Begehrens, oder, in den Stimmen der Kinder, solcher Frische des Erstauntseins; durchbrachen die Stille? Aber da war keine Stille; die ganze Zeit ließen die Omnibusse die Räder kreisen und wechselten die Gänge; wie ein unermesslicher Satz stahlgeschmiedeter chinesischer Büchsen, die sich unaufhörlich ineinander drehten, murmelte die Stadt; und darüber schrien die Stimmen laut auf, und die Blütenblätter von Myriaden von Blumen blitzten ihre Farben in die Luft.

Graham Greene

Across the Bridge

'They say he's worth a million,' Lucia said. He sat there in the little hot damp Mexican square, a dog at his feet, with an air of immense and forlorn patience. The dog attracted your attention at once; for it was very nearly an English setter, only something had gone wrong with the tail and the feathering. Palms wilted over his head, it was all shade and stuffiness round the bandstand, radios talked loudly in Spanish from the little wooden sheds where they changed your pesos into dollars at a loss. I could tell he didn't understand a word from the way he read his newspaper—as I did myself picking out the words which were like English ones. 'He's been here a month,' Lucia said. 'They turned him out of Guatemala and Honduras.'

You couldn't keep any secrets for five hours in this border town. Lucia had only been twenty-four hours in the place, but she knew all about Mr Joseph Calloway. The only reason I didn't know about him (and I'd been in the place two weeks) was because I couldn't talk the language any more than Mr Calloway could. There wasn't another soul in the place who didn't know the story—the whole story of the Hailing Investment Trust and the proceedings for extradition. Any man doing dusty business in any of the wooden booths in the town is better fitted by long observation to tell Mr Calloway's tale than I am, except that I was in—literally—at the finish. They all watched the drama proceed with immense interest, sympathy and respect. For, after all, he had a million.

Graham Greene

Über die Brücke

»Es heißt, er besitzt eine Million«, sagte Lucia. Er saß auf dem kleinen, heißen, dunstigen mexikanischen Platz, einen Hund zu seinen Füßen mit einer Miene unendlicher und verlorener Geduld. Der Hund lenkte sofort die Aufmerksamkeit auf sich; er war nämlich beinahe ein englischer Setter; nur mit dem Schweif und der Behaarung stimmte etwas nicht. Palmen welkten über seinem Kopf; rund um den Musikpavillon lastete schattige Schwüle, und von den kleinen Holzbuden, wo sie einem die Pesos zu einem schlechten Kurs umwechselten, klangen aus dem Radio laute spanische Stimmen herüber. Aus der Art, wie er seine Zeitung las, konnte ich erkennen, dass er kein Wort verstand – genau wie ich, der ich nur die Worte heraussuchte, die mit englischen Ähnlichkeit hatten. »Er ist schon einen Monat hier«, erzählte mir Lucia. »Aus Guatemala und Honduras hat man ihn ausgewiesen.«

In dieser Grenzstadt war es unmöglich, ein Geheimnis länger als fünf Stunden zu bewahren. Lucia war erst seit vierundzwanzig Stunden in der Stadt, aber sie wusste bereits alles über Mr. Joseph Calloway. Der einzige Grund, warum ich nichts von ihm wusste (und ich war schon seit zwei Wochen hier), lag darin, dass ich die Sprache ebenso wenig beherrschte wie er. Jeder andere Mensch im Ort kannte die Geschichte – die ganze Geschichte vom Halling Investment Trust und dem Auslieferungsverfahren, und jeder Mensch, der in einer der hölzernen Verkaufsbuden der Stadt seinen zweifelhaften Geschäften nachgeht, ist aufgrund lange dauernder Beobachtungen besser geeignet, die Geschichte von Mr. Calloway zu erzählen als ich – nur war ich im buchstäblichen Sinne des Wortes beim Ende zugegen. Alle aber verfolgten den Ablauf des Dramas mit ungeheu-

Every once in a while through the long steamy day, a boy came and cleaned Mr Calloway's shoes: he hadn't the right words to resist them–they pretended not to know his English. He must have had his shoes cleaned the day Lucia and I watched him at least half a dozen times. At midday he took a stroll across the square to the Antonio Bar and had a bottle of beer, the setter sticking to heel as if they were out for a country walk in England (he had, you may remember, one of the biggest estates in Norfolk). After his bottle of beer, he would walk down between the money changers' huts to the Rio Grande and look across the bridge into the United States: people came and went constantly in cars. Then back to the square till lunch-time. He was staying in the best hotel, but you don't get good hotels in this border town: nobody stays in them more than a night. The good hotels were on the other side of the bridge: you could see their electric signs twenty storeys high from the little square at night, like lighthouses marking the United States.

You may ask what I'd been doing in so drab a spot for a fortnight. There was no interest in the place for anyone; it was just damp and dust and poverty, a kind of shabby replica of the town across the river: both had squares in the same spots; both had the same number of cinemas. One was cleaner than the other, that was all, and more expensive, much more expensive. I'd stayed across there a couple of nights waiting for a man a tourist bureau said was driving down from Detroit to Yucatán and would sell a place in his car for some fantastically small figure–twenty dollars, I think it was. I don't know if he existed or

rer Spannung, Anteilnahme und Hochachtung. Denn schließlich besaß er doch eine Million.

Während des langen, dampfend heißen Tages kam von Zeit zu Zeit ein Junge und putzte Mr. Calloway die Schuhe; er kannte nicht die richtigen Ausdrücke, um sie abzuwimmeln – und sie gaben stets vor, sein Englisch nicht zu verstehen. An dem Tag, da Lucia und ich ihn beobachteten, ließ er sich mindestens ein halbes Dutzend Mal die Schuhe putzen. Zu Mittag schlenderte er über den Platz hinüber zur Bar Antonio und trank eine Flasche Bier; dabei hielt sich der Setter dicht an seine Fersen, als spazierten sie in England durch die Gegend (Sie erinnern sich vielleicht, dass er eines der größten Landgüter in Norfolk besaß). Nach der Flasche Bier pflegte er zwischen den Buden der Geldwechsler zum Rio Grande hinunterzugehen und über die Brücke in die Vereinigten Staaten hinüberzuschauen; dort herrschte ein ständiges Kommen und Gehen von Leuten in Autos. Dann kehrte er auf den Platz zurück, bis es Zeit zum Mittagessen war. Er wohnte im besten Hotel; aber gute Hotels gibt es in dieser Stadt an der Grenze gar nicht. Niemand hält sich hier länger als eine Nacht auf. Die guten Hotels lagen jenseits der Brücke. Abends konnte man von dem kleinen Platz aus ihre Leuchtschriften über dem zwanzigsten Stockwerk erblicken, wie Leuchttürme, die die Grenze der USA bezeichneten.

Sie werden sich vielleicht fragen, was ich vierzehn Tage lang in einem so öden Nest tat. Die Stadt war für niemanden interessant; sie bestand nur aus feuchter Schwüle, Staub und Elend und war damit gewissermaßen ein schäbiger Abklatsch der anderen Stadt jenseits des Flusses: Beide hatten an derselben Stelle einen Platz; beide besaßen die gleiche Auswahl von Kinos; nur war die eine sauberer als die andere und teurer, viel teurer. Ich hatte ein paar Tage auf der anderen Seite zugebracht und auf einen Mann gewartet, der nach Angabe des Reisebüros von Detroit nach Yucatán unterwegs war und mir um eine fantastisch geringe Summe – ich glaube, es waren zwanzig Dollar – einen

was invented by the optimistic half-caste in the agency; anyway, he never turned up and so I waited, not much caring, on the cheap side of the river. It didn't much matter; I was living. One day I meant to give up the man from Detroit and go home or go south, but it was easier not to decide anything in a hurry. Lucia was just waiting for a car going the other way, but she didn't have to wait so long. We waited together and watched Mr Galloway waiting–for God knows what.

I don't know how to treat this story–it was a tragedy for Mr Calloway, it was poetic retribution, I suppose, in the eyes of the shareholders he'd ruined with his bogus transactions, and to Lucia and me, at this stage, it was pure comedy–except when he kicked the dog. I'm not a sentimentalist about dogs, I prefer people to be cruel to animals rather than to human beings, but I couldn't help being revolted at the way he'd kick that animal–with a hint of cold-blooded venom, not in anger but as if he were getting even for some trick it had played him a long while ago. That generally happened when he returned from the bridge: it was the only sign of anything resembling emotion he showed. Otherwise he looked a small, set, gentle creature with silver hair and a silver moustache, and gold-rimmed glasses, and one gold tooth like a flaw in character.

Lucia hadn't been accurate when she said he'd been turned out of Guatemala and Honduras; he'd left voluntarily when the extradition proceedings seemed likely to go through and moved north. Mexico is still not a very centralized state, and it is possible to get round gover-

Platz in seinem Auto überlassen würde. Ich weiß nicht, ob es den Mann wirklich gab oder ob er eine Erfindung des optimistischen Mischlings im Reisebüro war. Wie dem auch sei, aufgetaucht ist er nie, und so wartete ich, ohne dass es mir viel ausmachte, auf der billigen Seite des Flusses. Es machte mir wirklich nicht viel aus; ich lebte ja. Eines Tages würde ich mir den Mann aus Detroit aus dem Kopf schlagen und nach Hause oder nach dem Süden ziehen; aber es war bequemer, keine Entscheidung zu übereilen. Lucia wartete auch auf ein Auto, das allerdings in der anderen Richtung fuhr; doch sie brauchte nicht so lange zu warten. So warteten wir miteinander und sahen zu, wie Mr. Calloway wartete – weiß Gott, worauf.

Ich bin mir nicht ganz im Klaren, wie ich an diese Geschichte herangehen soll – für Mr. Calloway war es eine Tragödie; in den Augen der Aktionäre, die er mit seinen Transaktionen ruiniert hatte, war es poetische Gerechtigkeit; und für Lucia und mich war es, in diesem Stadium. eine Komödie – außer wenn er seinen Hund mit Füßen trat. Ich bin bei Hunden nicht sentimental, es ist mir lieber, jemand ist zu Tieren grausam als zu Menschen. Aber ich konnte nicht anders. ich war empört über die Art, wie immer wieder dieses Tier trat – mit eiskaltem Hass, nicht im Zorn, so als wollte er sich damit für einen Streich rächen, den ihm der Hund vor langer Zeit gespielt hatte. Gewöhnlich tat er es, wenn er von der Brücke zurückkehrte, und es war das einzige Zeichen, durch das er so etwas wie Gemütserregung verriet. Sonst machte er stets den Eindruck eines kleinen, gesetzten, harmlosen Geschöpfs, mit silbrigem Haar und silbrigem Schnurrbart und einer goldgeränderten Brille und einem einzigen Goldzahn, der in seinem Gesicht wie ein Charakterfehler wirkte.

Lucia hatte nicht ganz recht gehabt, als sie sagte, er sei aus Guatemala und Honduras ausgewiesen worden; er vielmehr freiwillig gegangen, als es sich zeigte, dass dem Auslieferungsbegehren höchstwahrscheinlich stattgegeben würde, und war nach Norden gereist. Mexiko ist noch kein sehr stark zentrali-

nors as you can't get round cabinet ministers or judges. And so he waited there on the border for the next move. That earlier part of the story is, I suppose, dramatic, but I didn't watch it and I can't invent what I haven't seen—the long waiting in ante-rooms, the bribes taken and refused, the growing fear of arrest, and then the flight—in gold-rimmed glasses—covering his tracks as well as he could, but this wasn't finance and he was an amateur at escape. And so he'd washed up here, under my eyes and Lucia's eyes, sitting all day under the bandstand, nothing to read but a Mexican paper, nothing to do but look across the river at the United States, quite unaware, I suppose, that everyone knew everything about him, once a day kicking his dog. Perhaps in its semi-setter way it reminded him too much of the Norfolk estate—though that, too, I suppose, was the reason he kept it.

And the next act again was pure comedy. I hesitate to think what this man worth a million was costing his country as they edged him out from this land and that. Perhaps somebody was getting tired of the business, and careless; anyway, they sent across two detectives, with an old photograph. He'd grown his silvery moustache since that had been taken, and he'd aged a lot, and they couldn't catch sight of him. They hadn't been across the bridge two hours when everybody knew that there were two foreign detectives in town looking for Mr Calloway—everybody knew, that is to say, except Mr Calloway, who couldn't talk Spanish. There were plenty of people who could have told him in English, but they didn't. It wasn't

sierter Staat, und es ist dort möglich, einen Gouverneur herumzukriegen, wie dies bei einem Minister oder Richter nicht möglich wäre. Und so wartet Mr. Calloway hier an der Grenze die Entwicklung der Dinge ab. Dieser länger zurückliegende Teil der Geschichte war vermutlich sehr dramatisch, aber ich erlebte ihn nicht mit und kann auch nicht erfinden, was ich nicht gesehen habe – das endlose Warten in Vorzimmern, die angenommenen und auch die zurückgewiesenen Bestechungsgelder, die wachsende Angst vor der Verhaftung, und endlich die Flucht – mit goldgefassten Brillengläsern –, auf der er seine Sporen verwischte, so gut er konnte. Aber hier war er nicht in der Welt der Hochfinanz, und im Flüchten war er ein reiner Amateur. So war er hier gestrandet, saß unter Lucias und meinen Blicken den ganzen Tag zu Füßen des Musikpavillons, hatte nichts zu lesen als eine mexikanische Zeitung und nichts zu tun, als über den Fluss in die Vereinigten Staaten zu starren, hatte wahrscheinlich nicht die leiseste Ahnung, dass jedermann genau über ihn Bescheid wusste, und gab einmal am Tag seinem Hund ein paar Fußtritte. Vielleicht erinnerte ihn das Tier, dieser halbe Setter, zu sehr an das Gut in Norfolk – obwohl ich vermute, dass dies mit ein Grund war, warum er sich den Hund hielt.

Der nächste Akt war wieder reinste Komödie. Ich wage gar nicht daran zu denken, wie viel dieser Mann, der eine Million besaß, seinen Heimatstaat kostete, während man ihn aus einem Land nach dem andern hinausdrängte. Vielleicht begann man der Sache überdrüssig und nachlässig zu werden; jedenfalls wurden zwei Detektive herübergeschickt mit einer alten Fotografie. Mr. Calloway hatte sich jedoch, seitdem diese Aufnahme gemacht worden war, seinen silbrigen Schnurrbart wachsen lassen und war überdies stark gealtert; und so entdeckten sie ihn nicht. Die beiden waren noch keine zwei Stunden herüben, da wusste schon jeder, dass zwei ausländische Detektive in der Stadt waren und Mr. Calloway suchten – das heißt, jeder Mensch wusste es außer Mr. Calloway selbst, der nicht Spa-

cruelty, it was a sort of awe and respect: like a bull, he was on show, sitting mournfully in the plaza with his dog, a magnificent spectacle for which we all had ring-side seats.

I ran into one of the policemen in the Bar Antonio. He was disgusted; he had had some idea that when he crossed the bridge life was going to be different, so much more colour and sun, and–I suspect–love, and all he found were wide mud streets where the nocturnal rain lay in pools, and mangy dogs, smells and cockroaches in his bedroom, and the nearest to love, the open door of the Academia Comercial, where pretty mestizo girls sat all the morning learning to typewrite. Tip-tap-tip-tap-tip–perhaps they had a dream, too–jobs on the other side of the bridge, where life was going to be so much more luxurious, refined and amusing.

We got into conversation; he seemed surprised that I knew who they both were and what they wanted. He said, 'We've got information this man Calloway's in town.'

'He's knocking around somewhere,' I said.
'Could you point him out?'
'Oh, I don't know him by sight,' I said.

He drank his beer and thought a while. 'I'll go out and sit in the plaza. He's sure to pass sometime.'

I finished my beer and went quickly off and found Lucia. I said, 'Hurry, we're going to see an arrest.' We didn't care a thing about Mr Calloway, he was just an elderly man who kicked his dog and swindled the poor, and

nisch konnte. Freilich gab es eine ganze Menge von Leuten, die es ihm auf Englisch hätten sagen können, aber sie taten es nicht. Es war nicht Grausamkeit, sondern eine Art Ehrfurcht und Hochachtung: Wie er mit seinem Hund so trübsinnig auf der Plaza saß, glich er einem Stier in der Arena; und wir alle hatten Sitzplätze in der ersten Reibe für dieses großartige Schauspiel.

In der Bar Antonia lief mir einer der Detektive über den Weg. Er war sehr übel gelaunt; denn er hatte die Vorstellung gehabt, das Leben werde anders sein, sobald er die Brücke überquert hätte: So viel mehr Farbe und Sonne würde es geben – und ich habe den Verdacht, auch so viel mehr Liebe. Und was er dann vorfand, waren breite Erdstraßen, wo der nächtliche Regen noch in Pfützen lag, räudige Hunde, üble Gerüche und Küchenschaben im Schlafzimmer, und als das, was der Liebe noch am nächsten kam, die offene Tür der Academia Comercial, wo hübsche Mestizenmädchen den ganzen Vormittag Maschinschreiben lernten. Tipptapp – tipptapp – tipptapp – vielleicht träumten sie auch – von guten Stellen jenseits der Brücke, wo das Leben viel luxuriöser, kultivierter und amüsanter sein würde.

Wir kamen ins Gespräch. Er schien überrascht, dass ich wusste, wer er und sein Begleiter wären und was sie wollten. Er sagte: »Wir haben Informationen, wonach dieser Calloway in der Stadt sein soll.«

»Ja, er treibt sich irgendwo herum«, erwiderte ich.

»Könnten Sie ihn uns zeigen?«

»Ach, wissen Sie, von Ansehen kenne ich ihn nicht«, war meine Antwort.

Er trank sein Bier und überlegte eine Weile. Dann sagte er: »Ich werde auf die Plaza hinausgehen und mich dort hinsetzen. Sicher wird er einmal vorbeikommen.«

Ich trank mein Bier aus und entfernte mich dann rasch, um Lucia aufzusuchen. »Beeil dich«, sagte ich, »jetzt können wir eine Verhaftung mit ansehen.« Mr. Calloways Schicksal kümmerte uns wenig. Für uns war er bloß ein ältlicher Herr, der sei-

who deserved anything he got. So we made for the plaza; we knew Calloway would be there, but it had never occurred to either of us that the detectives wouldn't recognize him. There was quite a surge of people round the place; all the fruit-sellers and boot-blacks in town seemed to have arrived together; we had to force our way through, and there in the little green stuffy centre of the place, sitting on adjoining seats, were the two plain-clothes men and Mr Calloway. I've never known the place so silent; everybody was on tiptoe, and the plain-clothes men were staring at the crowd looking for Mr Calloway, and Mr Calloway sat on his usual seat staring out over the money-changing booths at the United States.

'It can't go on. It just can't,' Lucia said. But it did. It got more fantastic still. Somebody ought to write a play about it We sat as close as we dared. We were afraid all the time we were going to laugh. The semi-setter scratched for fleas and Mr Calloway watched the U.S.A. The two detectives watched the crowd, and the crowd watched the show with solemn satisfaction. Then one of the detectives got up and went over to Mr Calloway. That's the end, I thought. But it wasn't, it was the beginning. For some reason they had eliminated him from their list of suspects. I shall never know why. The man said:

'You speak English?'

'I *am* English,' Mr Calloway said.

Even that didn't tear it, and the strangest thing of all was the way Mr Calloway came alive. I don't think anybody had spoken to him like that for weeks. The Mexi-

nem Hund Fußtritte versetzte und arme Leute beschwindelte und der vollauf verdiente, was ihm zuteil wurde. Also machten wir uns auf den Weg nach der Plaza. Wir wussten, dass Calloway dort war, aber wir wären beide nie auf den Gedanken gekommen, dass die Detektive ihn nicht erkennen würden. Rund um den Platz gab es einen richtigen Volksauflauf; alle Obsthändler und Schuhputzer der Stadt schienen sich zu gleicher Zeit eingefunden zu haben. Wir bahnten uns mit Mühe einen Weg durch sie, und dort, in der kleinen, grünen, drückend schwülen Mitte des Platzes, saßen auf zwei Bänken nebeneinander die beiden Kriminalbeamten und Mr. Calloway. Ich hatte den Platz nie so still gesehen; alles stand auf den Zehenspitzen, und die Detektive starrten die Volksmenge an und suchten nach Mr. Calloway, und Mr. Calloway saß an seinem gewohnten Platz und starrte über die Buden der Geldwechsler hinweg nach den Vereinigten Staaten.

»Das kann doch nicht so weitergehen, das ist unmöglich«, sagte Lucia. Aber es ging doch so weiter, es wurde sogar noch fantastischer. Jemand sollte ein Lustspiel darüber schreiben. Wir saßen den dreien so nahe, wie wir nur wagten, und fürchteten die ganze Zeit, wir könnten in lautes Gelächter ausbrechen. Der halbe Setter kratzte sich wegen seiner Flöhe, und Mr. Calloway betrachtete die USA. Die beiden Detektive beobachteten das ganze Schauspiel mit feierlicher Genugtuung. Da stand einer der beiden Detektive auf und trat auf Mr. Calloway zu. »Das ist das Ende«, dachte ich; aber es war es nicht. Es war der Anfang. Aus irgendeinem Grunde hatten sie ihn von ihrer Liste verdächtiger Personen gestrichen. Warum, du werde ich nie erfahren. Der Polizeibeamte sagte:

»Sprechen Sie Englisch?«

»Ich *bin* Engländer«, antwortete Mr. Calloway.

Aber selbst das brachte nicht das erwartete Ende, und das Merkwürdigste war die Art, wie Mr. Calloway plötzlich lebendig wurde. Ich glaube, seit Wochen hatte niemand so mit ihm

cans were too respectful—he was a man with a million—and it had never occurred to Lucia and me to treat him casually like a human being; even in our eyes he had been magnified by the colossal theft and the world-wide pursuit.

He said, 'This is rather a dreadful place, don't you think?'

'It is,' the policeman said.

'I can't think what brings anybody across the bridge.'

'Duty,' the policeman said gloomily. 'I suppose you are passing through.'

'Yes,' Mr Calloway said.

'I'd have expected over here there'd have been—you know what I mean—life. You read things about Mexico.'

'Oh, life,' Mr Calloway said. He spoke firmly and precisely, as if to a committee of shareholders. 'That begins on the other side.'

'You don't appreciate your own country until you leave it.'

'That's very true,' Mr Galloway said. 'Very true.'

At first it was difficult not to laugh, and then after a while there didn't seem to be much to laugh at; an old man imagining all the fine things going on beyond the international bridge. I think he thought of the town opposite as a combination of London and Norfolk—theatres and cocktail bars, a little shooting and a walk round the field at evening with the dog—that miserable imitation of a setter—poking the ditches. He'd never been across, he couldn't know that it was just the same thing over again—even the same layout; only the streets were paved and the hotels had ten more storeys, and life was more

gesprochen. Die Mexikaner waren zu respektvoll – er war ein Mann mit einer Million –, und Lucia und mir war es nie eingefallen, ihm so unbefangen zu begegnen wie einem gewöhnlichen Menschen. Selbst in unseren Augen hatte er durch seinen ungeheuerlichen Raubzug und durch die weltweite Verfolgung an Größe gewonnen.

Mr. Calloway sagte: »Das ist ein fürchterliches Nest, nicht wahr?«

»Jawohl«, pflichtete ihm der Detektiv bei.

»Ich kann mir nicht vorstellen, was einen über die Brücke locken könnte.«

»Die Pflicht«, antwortete in düsterem Ton der Kriminalbeamte. »Sie sind wohl auf der Durchreise?«

»Ja«, antwortete der Engländer.

»Ich hätte erwartet, dass es hier herüben – sie wissen schon, was ich meine – Leben geben würde. Man liest so Sachen über Mexiko.«

»Ach das Leben«, erwiderte Mr. Calloway. Er sprach in einem festen und präzisen Ton, als wende er sich an einen Ausschuss von Aktionären, »das Leben beginnt auf der anderen Seite.«

»So ist es. Man weiß sein eigenes Land erst zu schätzen, wenn man es verlässt.«

»Sehr richtig, sehr richtig«, sagte Mr. Calloway.

Anfangs fiel es uns schwer, nicht zu lachen, doch nach einer Weile schien es nicht mehr viel zu lachen zu geben: ein alter Mann, der von all den herrlichen Dingen träumte, die sich jenseits der internationalen Brücke ereigneten. Ich glaube, er stellte sich die Stadt am andern Ufer als eine Mischung von London und Norfolk vor – Theater und Cocktailbars, eine kleine Jagd und ein abendlicher Gang durch die Felder, bei dem der Hund – diese elende Nachahmung eines Setters – in den Gräben stöberte. Er war nie drüben gewesen; so konnte er nicht wissen, dass es dort genau dasselbe war – selbst der gleiche Stadtplan; nur waren die Straßen dort gepflastert und die Hotels wa-

expensive, and everything was a little bit cleaner. There wasn't anything Mr Calloway would have called living–no galleries, no book-shops, just *Film Fun* and the local paper, and *Click* and *Focus* and the tabloids.

'Well,' said Mr Calloway, 'I think I'll take a stroll before lunch. You need an appetite to swallow the food here. I generally go down and look at the bridge about now. Care to come, too?'

The detective shook his head. 'No,' he said, I'm on duty. I'm looking for a fellow.' And that, of course, gave *him* away. As far as Mr Calloway could understand, there was only one 'fellow' in the world anyone was looking for–his brain had eliminated friends who were seeking their friends, husbands who might be waiting for their wives, all objectives of any search but just the one. The power of elimination was what had made him a financier–he could forget the people behind the shares.

That was the last we saw of him for a while. We didn't see him going into the Botica Paris to get his aspirin, or walking back from the bridge with his dog. He simply disappeared, and when he disappeared, people began to talk, and the detectives heard the talk. They looked silly enough, and they got busy after the very man they'd been sitting next to in the garden. Then they, too, disappeared. They, as well as Mr Calloway, had gone to the state capital to see the Governor and the Chief of Police, and it must have been an amusing sight there, too, as they bumped into Mr Calloway and sat with him in the waiting-rooms. I suspect Mr Calloway was generally shown in first, for everyone knew he was worth a million. Only in

ren um zehn Stockwerke höher, und das Leben war teurer, und alles war ein wenig reinlicher. Auch dort gab es nichts, was Mr. Calloway als Leben bezeichnet hätte – keine Bildergalerien, keine Buchhandlungen, nur die Lokalzeitung und etliche amerikanische Filmzeitschriften und Kurzberichte über die letzten Ereignisse.

»Na, ich glaube, ich werde vor dem Lunch noch einen kleinen Spaziergang machen«, erklärte Mr. Calloway. »Man muss Appetit haben, um hier das Essen hinunterzubringen. Gewöhnlich gehe ich um diese Zeit zum Fluss und schaue über die Brücke. Haben Sie Lust, mitzukommen?«

Der Detektiv sagte mit einem Kopfschütteln: »Geht nicht. Ich bin im Dienst. Ich suche einen Burschen.« Damit verriet er sich natürlich. Soweit Mr. Calloway die Situation durchschaute, gab es in der ganzen Welt nur einen »Burschen«, nach dem irgendjemand suchte – sein Hirn hatte Freunde ausgeschieden, die ihre Freunde suchten, Ehegatten, die vielleicht auf ihre Frauen warteten, kurz, jegliches Objekt einer Fahndung bis auf eines. Diese Fähigkeit der Elimination hatte ihn zum Finanzgewaltigen gemacht – er konnte die Menschen vergessen, die hinter den Aktien standen.

Dann sahen wir ihn eine ganze Weile nicht. Wir sahen weder, wie er in die Botica Paris ging, um sein Aspirin zu holen, noch, wie er mit seinem Hund von der Brücke zurückkam. Er verschwand einfach, und als er verschwunden war, begannen die Leute zu reden, und die Detektive hörten ihr Gerede. Sie sahen reichlich dumm drein und waren plötzlich mit größtem Eifer hinter dem Mann her, der im Garten neben ihnen gesessen hatte. Dann verschwanden auch sie. Sie hatten sich – genau wie Mr. Calloway – in die Hauptstadt des Staates begeben, um den Gouverneur und den Polizeichef aufzusuchen, und es muss ein erheiternder Anblick gewesen sein, wie sie dort wieder auf Mr. Calloway stießen und neben ihm im Vorzimmer warteten. Ich habe den starken Verdacht, dass im allgemeinen Mr. Callo-

Europe is it possible for a man to be a criminal as well as a rich man.

Anyway, after about a week the whole pack of them returned by the same train. Mr Calloway travelled Pullman, and the two policemen travelled in the day coach. It was evident that they hadn't got their extradition order.

Lucia had left by that time. The car came and went across the bridge. I stood in Mexico and watched her get out at the United States Customs. She wasn't anything in particular, but she looked beautiful at a distance as she gave me a wave out of the United States and got back into the car. And I suddenly felt sympathy for Mr Calloway, as if there were something over there which you couldn't find here, and turning round I saw him back on his old beat, with the dog at his heels.

I said 'Good afternoon', as if it had been all along our habit to greet each other. He looked tired and ill and dusty, and I felt sorry for him–to think of the kind of victory he'd been winning, with so much expenditure of cash and care–the prize this dirty and dreary town, the booths of the money-changers, the awful little beauty parlours with their wicker chairs and sofas looking like the reception rooms of brothels, that hot and stuffy garden by the bandstand.

He replied gloomily 'Good morning', and the dog started to sniff at some ordure and he turned and kicked it with fury, with depression, with despair.

And at that moment a taxi with the two policemen in it passed us on its way to the bridge. They must have seen that kick; perhaps they were cleverer than I had

way als erster vorgelassen wurde, da ja jedermann wusste, dass er Millionär war. Nur in Europa ist es möglich, dass ein Mensch sowohl ein Verbrecher als auch ein reicher Mann ist.

Jedenfalls kehrte nach ungefähr einer Woche die ganze Gesellschaft mit demselben Zug zurück. Mr. Calloway fuhr im Pullmanwagen, und die zwei Polizeibeamten reisten im gewöhnlichen Waggon. Es war ganz offenkundig, dass sie den Auslieferungsbefehl nicht erwirkt hatten.

Zu diesem Zeitpunkt war Lucia bereits abgereist. Das Auto kam und fuhr über die Brücke. Ich stand in Mexiko und sah zu, wie sie am amerikanischen Zollgebäude ausstieg. Sie war nichts Besonderes, aber aus der Entfernung wirkte sie geradezu schön, wie sie aus den Vereinigten Staaten zu mir herüberwinkte und dann wieder in den Wagen stieg; ich empfand plötzlich Mitgefühl mit Mr. Calloway, als ob es dort drüben etwas gäbe, was man hier nicht finden könnte, und als ich mich umwandte, sah ich ihn auf seinem gewohnten Spaziergang und den Hund an seinen Fersen.

Ich sagte »Guten Tag«, als ob wir uns schon immer gegrüßt hätten. Er sah müde, krank und verstaubt aus und tat mir leid – man muss nur überlegen, was für einen Sieg er unter soviel Aufwand an Kosten und Sorgen errungen hatte: Der Preis war diese schmutzige öde Stadt, waren die Buden der Geldwechsler, die abscheulichen kleinen Schönheitssalons, die mit ihren Korbstühlen und Sofas wie die Empfangsräume eines Bordells wirkten, war der heiße, dumpfe Garten um den Musikpavillon.

Calloway erwiderte meinen Gruß mit einem düsteren »Guten Morgen« – und der Hund schickte sich an, einen Kot zu beschnuppern; da fuhr sein Herr herum und versetzte ihm voll Zorn, Niedergeschlagenheit und Verzweiflung einen Fußtritt.

In diesem Augenblick fuhr ein Taxi mit den beiden Polizeibeamten auf dem Weg zur Brücke an uns vorüber. Sie mussten diesen Tritt gesehen haben; vielleicht besaßen sie mehr Ver-

given them credit for, perhaps they were just sentimental about animals, and thought they'd do a good deed, and the rest happened by accident. But the fact remains—those two pillars of the law set about the stealing of Mr Galloway's dog.

He watched them go by. Then he said, 'Why don't you go across?'

'It's cheaper here,' I said.

'I mean just for an evening. Have a meal at that place we can see at night in the sky. Go to the theatre.'

'There isn't a chance.'

He said angrily, sucking his gold tooth, 'Well, anyway, get away from here.' He stared down the hill and up the other side. He couldn't see that that street climbing up from the bridge contained only the same money-changers' booths as this one.

I said, 'Why don't *you* go?'

He said evasively, 'Oh—business.'

I said, 'It's only a question of money. You don't *have* to pass by the bridge.'

He said with faint interest, 'I don't talk Spanish.'

'There isn't a soul here,' I said, 'who doesn't talk English.'

He looked at me with surprise. 'Is that so?' he said. 'Is that so?'

It's as I have said; he'd never tried to talk to anyone, and they respected him too much to talk to him—he was worth a million. I don't know whether I'm glad or sorry that I told him that. If I hadn't, he might be there now, sitting by the bandstand having his shoes cleaned—alive and suffering.

stand, als ich ihnen zugetraut hatte; vielleicht hatten sie bloß eine sentimentale Zuneigung zu Tieren und meinten, sie würden eine gute Tat vollbringen, und es ergab sich das Weitere durch Zufall. Aber die Tatsache bleibt bestehen: Jene beiden Stützen des Gesetzes fassten den Plan, Mr. Calloways Hund zu stehlen.

Dieser blickte ihnen prüfend nach, als sie vorüberfuhren. Dann wandte er sich an mich: »Warum gehen Sie nicht hinüber?«

»Hier ist es billiger«, antwortete ich.

»Ich meine, nur für einen Abend zum Dinner in dem Hotel, das wir nachts am Himmel sehen können. Ins Theater gehen.«

»Gibt es keines.«

Er sog an seinem Goldzahn und sagte dann erbittert: »Auf jeden Fall weg von hier.« Dabei blickte er die Uferböschung hinab und drüben wieder hinauf. Er konnte ja nicht sehen, dass die Straße, die sich dort von der Brücke auf die Höhe hinaufzog, aus genau den gleichen Wechselstuben bestand wie diese hier.

Ich fragte: »Warum gehen denn Sie nicht?«, und er antwortete ausweichend: »Ach – Geschäfte.«

Darauf sagte ich ihm: »Es ist nur eine Geldfrage. Sie müssen ja nicht über die Brücke gehen.«

»Ich spreche nicht Spanisch«, sagte er darauf mit schwachem Interesse.

»Aber hier ist doch kein Mensch, der nicht Englisch redet«, sagte ich.

Er blickte mich überrascht an. »Ist das wahr?«, fragte er. »Ist das wahr?«

Meine Behauptung war richtig gewesen. Er hatte niemals versucht, mit irgendeinem Menschen zu sprechen; und sie hatten so viel Hochachtung vor ihm, dass sie auch nicht mit ihm redeten – er besaß ja eine Million. Heute weiß ich nicht, ob ich froh oder traurig darüber bin, dass ich es ihm sagte. Hätte ich es nicht getan, dann säße er jetzt noch dort im Musikpavillon und ließe sich die Schuhe putzen – leidend, aber lebendig.

Three days later his dog disappeared. I found him looking for it, calling it softly and shamefacedly between the palms of the garden. He looked embarrassed. He said in a low angry voice, 'I *hate* that dog. The beastly mongrel', and called 'Rover, Rover' in a voice which didn't carry five yards. He said, 'I bred setters once. I'd have shot a dog like that.' It reminded him, I *was* right, of Norfolk, and he lived in the memory, and he hated it for its imperfection. He was a man without a family and without friends, and his only enemy was that dog. You couldn't call the law an enemy; you have to be intimate with an enemy.

Late that afternoon someone told him they'd seen the dog walking across the bridge. It wasn't true, of course, but we didn't know that then–they'd paid a Mexican five pesos to smuggle it across. So all that afternoon and the next Mr Calloway sat in the garden having his shoes cleaned over and over again, and thinking how a dog could just walk across like that, and a human being, an immortal soul, was bound here in the awful routine of the little walk and the unspeakable meals and the aspirin at the *botica*. That dog was seeing things he couldn't see–that hateful dog. It made him mad–I think literally mad. You must remember the man had been going on for months. He had a million and he was living on two pounds a week, with nothing to spend his money on. He sat there and brooded on the hideous injustice of it. I think he'd have crossed over one day in any case, but the dog was the last straw.

Next day when he wasn't to be seen, I guessed he'd gone across and I went too. The American town is as

Drei Tage später verschwand sein Hund. Ich entdeckte Mr. Calloway, wie er nach dem Tier suchte, leise und verschämt unter den Palmen des Gartens nach ihm rief. Er sah verlegen aus. In einem kaum hörbaren, grollenden Ton sagte er: »Ich hasse den Hund, den elenden Köter«, und rief wieder seinen Namen mit einer Stimme, die keine fünf Meter weit reichte. Er sagte: »Ich züchtete einstmals Setter. So ein Biest hätte ich damals erschossen.« Aber der Hund erinnerte ihn – damit hatte ich ebenfalls recht gehabt – an Norfolk, und Mr. Calloway lebte in der Erinnerung an jene Zeit und hasste das Tier wegen seiner Unvollkommenheit. Er war ein Mann ohne Familie und ohne Freunde, und sein einziger Feind eben jener Hund. Das Gesetz kann man nämlich nicht als Feind bezeichnen; mit einem Feind muss man auf vertrautem Fuß stehen können.

Am späten Nachmittag erzählte ihm jemand, man habe gesehen, wie der Hund über die internationale Brücke gelaufen sei. Das war natürlich nicht wahr, doch wussten wir das damals nicht. Die Detektive hatten einem Mexikaner fünf Pesos gegeben, damit er ihn hinüberschmuggle. Also saß Mr. Calloway den Rest des Tages und den ganzen nächsten Tag im Garten, ließ sich immer wieder die Schuhe putzen und sann darüber nach, wie ein Hund so einfach hinübergehen und ein menschliches Wesen, eine unsterbliche Seele, hier in dem öden Einerlei des kleinen Spaziergangs, der unbeschreiblich schlechten Mahlzeiten und des Aspirins in der Botica festgehalten werden könne. Sie dürfen nicht vergessen, dass der Mann dies schon durch Monate so trieb. Er besaß eine Million und lebte hier von zwei Pfund die Woche und fand überhaupt nichts, wofür er hätte sein Geld ausgeben können. Er saß einfach da und brütete über die grässliche Ungerechtigkeit seiner Lage. Ich glaube, eines Tages wäre er auf jeden Fall über die Brücke gegangen; der Hund aber beschleunigte diesen Entschluss.

Als er am folgenden Tag nirgends zu finden war, vermutete ich, dass er über die Brücke gegangen war, und ging auch. Die

small as the Mexican. I knew I couldn't miss him if he was there, and I was still curious. A little sorry for him, but not much.

I caught sight of him first in the only drug-store, having a Coca-cola, and then once outside a cinema looking at the posters; he had dressed with extreme neatness, as if for a party, but there was no party. On my third time round, I came on the detectives—they were having Coca-colas in the drug-store, and they must have missed Mr Calloway by inches. I went in and sat down at the bar.

'Hello,' I said, 'you still about.' I suddenly felt anxious for Mr Calloway, I didn't want them to meet.

One of them said, 'Where's Calloway?'

'Oh,' I said, 'he's hanging on.'

'But not his dog,' he said, and laughed. The other looked a little shocked, he didn't like anyone to *talk* cynically about a dog. Then they got up—they had a car outside.

'Have another?' I said.

'No thanks. We've got to keep moving.'

The men bent close and confided to me, 'Galloway's on this side.'

'No!' I said.

'And his dog.'

'He's looking for it,' the other said.

'I'm damned if he is,' I said, and again one of them looked a little shocked, as if I'd insulted the dog.

I don't think Mr Calloway was looking for his dog, but his dog certainly found him. There was a sudden hilarious yapping from the car and out plunged the semi-set-

amerikanische Stadt ist nicht größer als die mexikanische. Ich wusste, dass ich ihn einfach nicht übersehen konnte, wenn er dort war, und ich war immer noch neugierig. Auch tat er mir leid, wenn auch nicht übermäßig.

Ich erblickte ihn zum ersten Mal in dem einzigen Drugstore der Stadt, wo er ein Coca-Cola trank, und dann wieder, während er vor einem Kino die Plakate betrachtete; er war außerordentlich sorgfältig gekleidet, wie für eine Gesellschaft; nur gab es keine Gesellschaft. Als ich das dritte Mal vorüberkam, stieß ich auf die Detektive – sie tranken im Drugstore ihr Coca-Cola und konnten Mr. Calloway nur um Sekunden versäumt haben. Ich ging hinein und setzte mich an die Bar.

»Hallo«, rief ich ihnen zu, »sie sind noch immer da?« Plötzlich packte mich die Sorge um Mr. Calloway, und ich hatte keine Lust mehr, mit den Detektiven zusammenzutreffen.

Aber einer von ihnen sagte: »Wo steckt Calloway?«

»Ach, er harrt noch immer aus.«

»Nicht aber sein Hund«, erwiderte er lachend. Der andere sah leicht schockiert drein; es passte ihm nicht, dass jemand zynisch über einen Hund redete. Dann erhoben sie sich; vor der Tür stand ihr Wagen.

»Trinken Sie noch eins?«, sagte ich einladend.

»Danke, nein. Wir müssen wieder weiter.«

Der eine Kriminalbeamte beugte sich zu mir herab und vertraute mir an: »Calloway ist auf dieser Seite.«

»Nein!?«, sagte ich.

»Und sein Hund auch.«

»Er sucht ihn«, fügte der zweite hinzu.

»Der Teufel soll mich holen, wenn er das tut«, entgegnete ich, und wieder sah der eine ein wenig schockiert drein, als hätte ich den Hund beleidigt.

Ich glaube nicht, dass Mr. Calloway seinen Hund suchte; doch auf jeden Fall fand der Hund ihn. Aus dem Auto kam plötzlich ein frohlockendes Gekläff, und dann sprang der Set-

ter and gambolled furiously down the street. One of the detectives–the sentimental one–was into the car before we got to the door and was off after the dog. Near the bottom of the long road to the bridge was Mr Calloway–I do believe he'd come down to look at the Mexican side when he found there was nothing but the drug-store and the cinemas and the paper-shops on the American. He saw the dog coming and yelled at it to go home–'home, home, home', as if they were in Norfolk–it took no notice at all, pelting towards him. Then he saw the police car coming, and ran. After that, everything happened too quickly, but I think the order of events was this–the dog started across the road right in front of the car, and Mr Calloway yelled, at the dog or the car, I don't know which. Anyway, the detective swerved–he said later, weakly, at the inquiry, that he couldn't run over a dog, and down went Mr Calloway, in a mess of broken glass and gold rims and silver hair, and blood. The dog was on to him before any of us could reach him, licking and whimpering and licking. I saw Mr Calloway put up his hand, and down it went across the dog's neck and the whimper rose to a stupid bark of triumph, but Mr Calloway was dead–shock and a weak heart.

'Poor old geezer,' the detective said, 'I bet he really loved that dog', and it's true that the attitude in which he lay looked more like a caress than a blow. I thought it was meant to be a blow, but the detective may have been right. It all seemed to me a little too touching to be true as the old crook lay there with his arm over the dog's neck, dead with his million between the money-changers' huts, but it's as well to be humble in the face of

ter-Bastard heraus und jagte in tollen Sprüngen die Straße hinab. Einer der Detektive – der sentimentale – saß schon im Wagen, ehe wir noch die Tür erreichten, und war hinter dem Hund her. Fast am Ende der langen Straße, die zur Brücke führte, stand Mr. Calloway – ich glaube, er war dorthin gegangen, um auf die mexikanische Seite hinüberzuschauen, als er gemerkt hatte, dass es am amerikanischen Ufer nichts weiter gab ab den Drugstore, die Kinos und die Zeitungsstände. Er sah den Hund auf sich zukommen und brüllte ihm entgegen, er solle heimgehen – »Heim, heim, heim«, als wären sie in Norfolk; das Tier achtete gar nicht darauf und sprang auf ihn zu. Dann sah er das Polizeiauto kommen und rannte. Was weiter geschah, spielte sich viel zu schnell ab. Aber ich glaube, die Reihenfolge der Ereignisse war so: Der Hund setzte unmittelbar vor dem Wagen über die Straße und Mr. Calloway stieß einen Schrei aus – ich weiß nicht, ob er dem Hund galt oder dem Wagen. Auf jeden Fall verriss der Detektiv den Wagen – später gab er bei der polizeilichen Untersuchung kleinlaut an, er könne einen Hund nicht überfahren –, und Mr. Calloway lag auf dem Pflaster, in einem Durcheinander von Glassplittern, goldenen Brillenrändern, silbernem Haar und Blut. Der Hund warf sich über ihn, ehe einer von uns ihn erreichen konnte, leckend und winselnd und wieder leckend. Ich sah, wie Calloway seine Hand erhob. Sie fiel über den Hals des Tieres, und das Gewinsel erhob sich zu einem dummen Triumphgeheul. Aber Mr. Calloway war tot – der Schreck und ein schwaches Herz.

»Armer alter Knabe«, sagte der Detektiv. »Ich möchte wetten, dass er den Hund wirklich gern gehabt hat.« Tatsächlich deutete die Haltung des Toten eher auf eine Liebkosung hin als auf einen Schlag. Ich glaubte, dass es ein Schlag hätte werden sollen, doch der Detektiv mag recht gehabt haben. Das Ganze schien mir ein bisschen zu rührend, um wahr zu sein, wie der alte Gauner nun mit dem Arm um den Hals des Hundes auf der Straße lag, tot trotz seiner Million, zwischen den Buden der

human nature. He had come across the river for something, and it may, after all, have been the dog he was looking for. It sat there, baying its stupid and mongrel triumph across his body, like a piece of sentimental statuary: the nearest he could get to the fields, the ditches, the horizon of his home. It was comic and it was pitiable, but it wasn't less comic because the man was dead. Death doesn't change comedy to tragedy, and if that last gesture was one of affection, I suppose it was only one more indication of a human being's capacity for self-deception, our baseless optimism that is so much more appalling than our despair.

Geldwechsler; aber vielleicht ist es gut, angesichts der menschlichen Natur demütig zu sein. Er war aus irgendeinem Grund über den Fluss gekommen, und vielleicht war es letzten Endes doch der Hund gewesen, wonach er suchte. Der saß da wie eine sentimentale Statue und stieß über dem Leichnam das blöde Triumphgeheul eines Köters aus. Näher konnte er den Feldern, den Gräben, dem Umkreis seiner Heimat nicht kommen. Es war komisch und zugleich mitleiderregend; aber es war nicht weniger komisch, weil der Mann tot war. Der Tod macht aus der Komödie noch keine Tragödie, und wenn jene letzte Handbewegung eine Geste der Liebe gewesen war, dann war sie auch, glaube ich, nur ein neuer Beweis für die menschliche Selbsttäuschung, für unsern grundlosen Optimismus, der so viel fürchterlicher ist als unsere Verzweiflung.

Anmerkungen

1 »der Liebe Nahrung«: »If music be the food of love« / »Wenn Musik der Liebe Nahrung ist«. Freihändig zitiert, Shakespeare, wer sonst, *Twelfth Night / Was ihr wollt*, 1. Akt, 1. Szene (Anm. d. Ü.).

2 Old Timbersides: Timber = Holz, das Gegenteil von Eisen. Einerseits satirisch verkehrte Anspielung auf »Old Ironsides«, den großen Krieger und Puritaner Oliver Cromwell, und andererseits auf die Holzwanten alter Schiffe im Gegensatz zu den damals neuen Schiffen aus Eisen. Kurz: ein alter verweichlichter Mann, ein Wanst (Anm. d. Ü.).

3 Chick Points: *chick* = acht Schilling. Allerdings weist John McGivering in seinen verdienstvollen Internet-Noten zu dieser Erzählung noch darauf hin, dass das Wort auch die Kurzform von *chicken* ist und für die Summe von vier Rupien steht (Anm. d. Ü.).

4 Scott: Doch wohl eher als euphemistisches viktorianisches Reimwort für »Gott« zu deuten. Auch wenn der Exeget John McGivering darin eine Anspielung auf den US-General Winfield Scott zu erkennen meint (Anm. d. Ü.).